Jack Vance
De parasiet

DE PARASIET

JACK VANCE

VERZAMELD WERK 19

John H. Vance

Uitgegeven door Spatterlight, Amstelveen 2019
Oorspronkelijk verschenen als *Bad Ronald*, Ballantine,
New York 1973
Deze vertaling is conform de gerestaureerde tekst van de
Vance Integral Edition © 2019 M.K. Stuyter SJ

ISBN 978-1-61947-249-5

www.spatterlight.nl

Jack Vance
De parasiet

Hoofdstuk I

Elaine Wilby kookte bijna nooit een ingewikkelde maaltijd. Na acht uur achter haar bureau, had ze totaal geen zin meer om ook nog eens in de keuken te gaan staan sloven, vooral omdat ze zelf niet al te veel om eten gaf. Het leek haar belachelijk om twee of drie uur te besteden aan een bedenksel dat niet beter smaakte dan een lekker gehaktbrood en dat op precies dezelfde manier werd gekauwd, doorgeslikt en verteerd. Ronald was ook niet bepaald een fijnproever — als hij maar een tweede portie en een lekker toetje kreeg. Haar gewezen eega had een nogal vulgaire smaak gehad. Hij hield van dingen als varkenspootjes met zuurkool, en stinkende kazen, om van whisky en bier maar te zwijgen, en sigaren die het hele huis vulden met de stank van vieze voeten. Een wonder dat hun huwelijk nog zolang stand had gehouden. Mevrouw Wilby had zich vooral zorgen gemaakt over Ronald — een opgroeiende jongen had vaderlijke leiding nodig, dat vond ze toen tenminste. Inmiddels wist ze beter. Ronald deed het uitstekend zonder enige bemoeienis van zijn vader, en dat was precies wat mevrouw Wilby wilde.

Toch had ze deze zondag een bijzonder lekker avondmaal klaargemaakt — een kleine rollade met aardappelpuree en doperwten, en als toetje de bananentaart met slagroom waar Ronald zo dol op was. Terwijl mevrouw Wilby de rollade in plakken sneed bedacht ze dat dit een werkje was dat Ronald van haar zou moeten gaan overnemen; vlees snijden was een vaardigheid die iedere heer zich eigen moest maken. Ronald was natuurlijk nog maar zestien, bijna zeventien en waarom zou ze de jongen versneld volwassen willen maken? Hij groeide toch al zo hard — eigenlijk veel te hard naar mevrouw Wilby's smaak.

Onder het eten keek ze naar hem. Ronald was een prima knul geworden. Zijn cijfers op school waren beter dan gemiddeld en zouden nog veel beter kunnen zijn als hij een beetje meer zijn best zou doen op zijn huiswerk. Ook een leuke jongen om te zien, bedacht ze, niet knap in de gebruikelijke zin, maar waardig en gevoelig. Hij kon wel een kilootje of tien missen, maar het was niet iets om je zorgen over te maken. Ronald was een beetje traag door de puberteit gekomen en vroeg of laat zou hij al dat babyvet wel in stevige spieren omzetten. Hij had het donkere haar van zijn vader en ook zijn vaders bouw: brede heupen, misschien iets te smalle schouders en lange armen en benen. Het brede voorhoofd, de lange rechte neus en de volle lippen kwamen allemaal van de kant van Elaines familie, de Dankins, net als Ronalds beleefdheid, voorkomendheid en onbevangenheid. Ronald deelde haar afkeer van whisky en sigaren en hij had beloofd nooit te gaan drinken of roken.

Die gedachte riep een hele reeks herinneringen op en ze lachte bitter. Haar onderbewustzijn moest aan het werk geweest zijn toen ze zo'n feestelijk maal klaarmaakte. Ze vroeg: "Weet je wat voor dag het is vandaag?"

"Ja, natuurlijk, het is zondag."

"En wat nog meer?"

Ronald tuitte zijn lippen zoals hij zijn moeder vaak had zien doen. "Ik ben niet jarig…dat is pas volgende week zaterdag. Jij bent jarig op twintig maart…Het is ook geen bijzondere feestdag…Ik geef het op."

"Jij kan het je vast niet meer herinneren. Vandaag is het tien jaar geleden dat je vader en ik besloten om uit elkaar te gaan."

"Is dat alweer tien jaar geleden? Mis je hem?"

"Absoluut niet."

"Ik ook niet. Maar ik vraag me wel af waarom hij nooit eens bij ons langskomt."

Tien jaar geleden had mevrouw Wilby aangeboden om af te zien van kinderalimentatie, op voorwaarde dat Armand Wilby zijn voogdij en bezoekrecht zou opgeven, een voorstel dat Armand met zijn gladde verkopershandigheid en zijn oog voor buitenkansjes snel had aangenomen, en waarom zou ze Ronald dan nu nog lastigvallen met de armzalige bijzonderheden? "Hij heeft er waarschijnlijk geen behoefte aan," zei mevrouw Wilby.

Ronald schudde afkeurend zijn hoofd. "Nou ja — ik ben blij dat hij ons in dit huis laat wonen, ook al is het een oud kreng."

"Het is een Victoriaans huis," zei mevrouw Wilby op effen toon. "Het is geen kreng, zoals jij het noemt."

"Alle kinderen op school noemen het zo."

"Weten zij veel."

"Daar ben ik het mee eens. Het is nogal een vulgair stel. Maar het blijft aardig van hem."

Mevrouw Wilby snoof. Misschien moest ze Ronald toch maar bepaalde feiten onder ogen brengen. "De situatie is niet zo eenvoudig als jij denkt."

"Oh? Waarom niet?"

"Als een getrouwd stel gaat scheiden," legde mevrouw Wilby uit, "heeft de vrouw recht op een maandelijks geldbedrag dat alimentatie heet; voor alle ellende die ze heeft ondergaan. In plaats van alimentatie hebben wij het recht gekregen om gratis in dit huis te wonen."

Ronald knikte beschaafd. Alles was nu duidelijk. Toch opmerkelijk dat iemand — Armand Wilby, de President van de Verenigde Staten, Jezus Christus in eigen persoon — het zou wagen om zijn moeder zoveel narigheid aan te doen! Elaine Wilby, een stevige, volslanke vrouw met een asblonde knot, een bleke huid en koele blauwe ogen, was geen vrouw die met zich liet sollen.

Bij Central Valley IJzerwaren waar ze achter de boekhoudmachine werkte, had haar gedecideerde optreden een hele cyclus kantoorlegenden doen ontstaan en zelfs meneer Lang had een wat ongemakkelijk ontzag voor haar.

Mevrouw Wilby hoopte vurig dat Ronald een medische carrière zou kiezen. Ze stelde zich vaak voor hoe hij lang en trots in zijn witte jas wonderen van geneeskunst zou verrichten. Dokter Ronald Wilby, medisch specialist! Maar wanneer ze zo voor zich heen zat te fantaseren, deed een tweede gedachte haar de angst om het hart slaan. Over nog maar twee jaar zou Ronald naar de universiteit gaan, naar de medische opleiding met zijn coschappen en tenslotte een plaats als arts-assistent. Elk flutgrietje zou proberen hem in haar klauwen te krijgen en ongetwijfeld zou hij gaan trouwen en zijn eigen leven gaan leiden, en wat moest zij dan?

Vroeg naar haar werk gaan en laat thuiskomen in een leeg oud huis, met alleen de televisie als gezelschap.

Ronald wist waar zijn moeder over inzat. Soms wilde ze hem geen tweede portie ijs geven en dan zei hij altijd: "Ik heb maar geluk dat jij op me let. Ik weet niet hoe ik het zal moeten redden als ik niet meer thuis woon." Waarop mevrouw Wilby dan altijd antwoordde: "Nou ja, voor deze keer zal het wel geen kwaad kunnen. Maar we moeten je toch heus op een streng dieet gaan zetten."

"Jemig, moeder! Ik ben niet dik! Ik ben gewoon fors!"

"Je kan makkelijk tien kilo kwijt, lieverd. Je huidige gewicht is niet gezond."

Ronalds forse gestalte trok ook de aandacht van de *football* coach die weleens wilde proberen hoe Ronald het in zijn ploeg zou doen. Ronald zei dat hij erover na zou denken. Hij hield niet van harde optaters en het idee zou zijn moeder helemaal niet aanstaan, daar was hij van overtuigd. Als het om zijn gezondheid ging nam ze geen enkel risico. Een keertje niezen betekende meteen warme kruiken en lagen warme kleren; elk schrammetje werd met alcohol ontsmet, dik met zalf besmeerd en met een indrukwekkend verband afgedekt. Sport was vulgair, zinloos en gevaarlijk. Hoe konden mensen hun geld weggooien aan een footballwedstrijd als de wereld vol ellende en verwoesting was die om aandacht vroegen? Ronald bekeek dat inmiddels op dezelfde manier. Maar hij zag toch wel dat sportlui een aantal aangename voordeeltjes genoten. Daar had je bijvoorbeeld Laurel Hansen die dol was op football en footballspelers, maar die Ronalds toenaderingspogingen afwees. Wilde ze met hem naar de film? Jammer, maar ze was al uitgenodigd voor een slaapfeestje. Wilde ze misschien met hem langs de platenwinkel om hem te helpen een paar grammofoonplaten uit te kiezen? Jammer, maar ze moest dringend haar haar wassen. Zondag dan misschien, een ijscoupe in Harries eethuis? Jammer, maar ze had al een afspraak om te gaan tennissen.

Deze toestand knaagde aan Ronalds zelfvertrouwen, ook al zag hij echt de intellectuele tekortkomingen wel van pummels met van die forse kinnen zoals Jim Neale en Ervin Loder, allebei goed bevriend met Laurel Hansen. Ronald zelf was uiteraard van nature een aristocraat, een fiere verschijning in de traditie van Byron, voortgedreven door een wild en stormachtig temperament. Hij had een paar gedichten geschreven, waaronder *Ode aan de Dageraad, De Tuinen van mijn Geest* en *De Wereld een Illusie,* die zijn moeder allemaal schitterend vond. Wanneer hij in de spiegel keek en zijn hoofd precies goed hield, zodat zijn bolle wangen en kin niet zo opvielen, zag hij daar uit zijn half geloken ogen een galante jongeman staan, met een lange, indrukwekkende neus en het voorhoofd van een dromer, en het was ondenkbaar dat een meisje die zou kunnen weerstaan. Als hij Laurel nu maar kon overhalen om ergens met hem heen te gaan waar ze alleen waren zodat hij haar kon betoveren met zijn schitterende visioenen! Want Ronald, een groot liefhebber van fantasyverhalen, had een wonderbaarlijk land verzonnen dat achter de Berg van de Zeven Wolken lag, aan de overkant van de Acrileense Zee: Atranta. Ronald had zijn moeder weleens over Atranta en zijn bewoners verteld, maar ze leek er nogal sceptisch over. Bij nader inzien was het misschien maar beter om Laurel niet in vertrouwen te nemen, in ieder geval voorlopig niet, anders zou ze nog kunnen denken dat hij een malloot was.

HOOFDSTUK II

OP RONALDS VERJAARDAG maakte mevrouw Wilby altijd een speciaal dinertje klaar van Ronalds lievelingsgerechten. Dit jaar zou het niet zo'n jachtig gedoe zijn als gewoonlijk, want Ronalds zeventiende verjaardag viel op een zaterdag. Ronald droomde al maanden van onmogelijke cadeaus: een motorfiets, een kleine kleuren-tv voor op zijn kamer, een driedaagse trip naar Disneyland, een sterke telescoop, een zeilkano en ook — met een stiekeme wellustige grijns — Laurel Hansens onderbroek. Op die motorfiets had hij af en toe een duidelijke zinspeling gemaakt, maar zijn moeder maakte daar korte metten mee: motorfietsen vroegen gewoonweg om ongevallen en de lui die erop reden waren een slonzig zootje en wat mankeerde er trouwens aan Ronalds mooie drieversnellingsfiets waar hij een paar jaar geleden nog zo trots op was?

"Er mankeert niks aan m'n fiets," grauwde Ronald. "Maar ik ben oud genoeg voor een rijbewijs — eerlijk gezegd al een heel jaar. Ik neem niet aan dat je het goed zou vinden als ik een auto kocht."

"Dat heb je goed geraden. Eén auto in de familie is genoeg. Weet je wel wat de verzekering zou kosten?"

"Vast wel een heleboel."

Mevrouw Wilby knikte kortaf. "Maar het is wel tijd dat je leert autorijden, gewoon voor in geval van nood. En zet die overdreven ideeën over auto's en motorfietsen maar uit je hoofd. Met een auto krijg je alleen maar slechte cijfers, en voor iemand die van plan is naar de universiteit te gaan om medicijnen te studeren zijn ze trouwens toch al niet al te best."

Ronald haalde somber zijn schouders op. "Je zegt het maar."

Het werd zaterdagochtend en Ronald was redelijk blij met zijn cadeautjes. Hij kreeg het modieuze safari-jasje waar hij zijn zinnen op had gezet, een stel boeken: *Levens van Beroemde Componisten, Hoe Bouw Ik Mijn Eigen Telescoop, Is er Leven op Andere Werelden?* van Poul Anderson en de driedelige reeks *In de Ban van de Ring* van Tolkien, een felicitatiekaart van tante Margaret uit Pennsylvania, die wat meer gewicht kreeg door het vijf-dollarbiljet dat er met een paperclip aan vast was gemaakt, en er was ook een mapje van namaak-krokodillenleer met een bon erin die Ronald Arden Wilby recht gaf op tien lessen bij Rijschool Delta. Ronald bedacht dat het al met al veel beroerder had kunnen uitpakken. Het jasje zat als gegoten en toen Ronald zichzelf in de spiegel bekeek vond hij dat het hem heel goed stond, en zijn moeder was het met hem eens. "Die kleur staat je heel goed en het jasje is uitstekend gesneden. Je lijkt er behoorlijk slank in."

Het ontbijt verliep geheel naar Ronalds wensen: ananassap, koffiebroodjes met warme chocolademelk en daarna varkensworstjes en aardbeienwafels met slagroom. Onder het eten bekeek Ronald zijn nieuwe boeken. *Levens van Beroemde Componisten* doorzag hij als een poging om zijn belangstelling te wekken voor 'goede muziek', in plaats van de 'herrie en kabaal' waar Ronald normaal naar luisterde.

Eerlijk gezegd zag het boek er best interessant uit en hij vond een paar zeldzame episodes in Mozarts jeugd die zijn moeder vast niet had opgemerkt.

Hij pakte *Hoe Bouw Ik Mijn Eigen Telescoop.* "Hmm," zei Ronald, "dat is interessant!...Dat wist ik niet...Er staat hier dat een spiegel slijpen een heel lastig en nauwkeurig werkje is!"

"Dingen die de moeite waard zijn krijg je nu eenmaal niet voor niks," zei mevrouw Wilby.

"Ik zou veel liever een stel lenzen gebruiken," zei Ronald. "Die kun je bij Edmund Scientific als bouwpakket kopen en dan hoef je niet al dat slijpen en polijsten te doen."

Mevrouw Wilby zei maar niets meer. Of het nu met lenzen of met spiegels was, sterrenkunde zou een geweldige liefhebberij zijn voor Ronald die veel te veel tijd besteedde aan dagdromen over wie weet wat allemaal. Ze ruimde de tafel af terwijl Ronald de voordelen van een telescoop overwoog. Zijn slaapkamerraam keek uit op het huis van de Murrays, een meter of negentig verderop. Een van de ramen van de bovenverdieping was van de slaapkamer van de tweeling, Della en Sharon, en het zou best eens leuk kunnen zijn om te zien wat daar 's avonds allemaal voorviel. Een goede, krachtige telescoop zou misschien zelfs op de afstand van Laurel Hansens huis, zes zijstraten verderop, belangwekkende bijzonderheden kunnen prijsgeven. Jammer genoeg werd het zicht belemmerd door een bosje eucalyptusbomen. Zou het mogelijk zijn om in een eucalyptusboom te klimmen als je een telescoop bij je had? ... In elk geval iets om over na te denken.

Om drie uur diende mevrouw Wilby een verjaardagsmaal op van gebakken kipfilet, aardappelpuree en een grote bananentaart met slagroom van de bakker. Ronald blies in één adem de kaarsjes uit en koos ervoor om zijn punt taart te laten vergezellen door een portie vanille-ijs.

Na het eten vroeg Ronald zich af wat Laurel van plan zou zijn en hij slenterde naar de telefoon. Hij begon het nummer te draaien en hield toen aarzelend op. Als hij gewoon bij Laurel langsging kreeg ze de kans niet om nee te zeggen. Dan kon hij met haar praten en misschien zou ze dan inzien dat hij een aantrekkelijk iemand met diepgang was, en wie weet wat daaruit zou voortkomen?

Hij ging naar zijn kamer, kamde zijn haar en besproeide zich met *Tahitiaanse Prins*. Hij trok zijn nieuwe safari-jasje aan, keek in de spiegel en salueerde tegen zijn spiegelbeeld. Hij liep naar beneden. "Ik ga een eindje lopen," zei hij tegen zijn moeder. "Ik blijf niet zo lang weg."

Ronald liep stevig door, met een kaarsrechte rug om zijn jasje beter uit te laten komen. Uit Orchard Street sloeg hij de hoek om naar Honeysuckle Lane die langs de achterkant van het oude landgoed van Hastings liep. Vandaar liep hij door naar Drury Way, waar hij rechtsaf sloeg en twee zijstraten overstak voor hij Laurel Hansens huis bereikte. Ralph Hansen, Laurels vader, was de baas van de Sierra Lumber Company, een grote houthandel, en de Hansens woonden in een naar de maatstaven van Oakmead nogal luxueuze grote bungalow met een voorgevel van oude bakstenen. De ramen hadden aan weerszijden witte houten blinden en het spanen dak was groen geverfd. Mevrouw Hansen was een vooraanstaand lid van de gemeenschap van Oakmead en ook een verwoed tuinliefhebster. Langs de oprit stonden rozenstruiken en langs de randen van een smetteloos gazon bloeiden chrysanten, asters, margrieten en petunia's.

Ronald kuierde het pad op en voelde geërgerd dat zijn hart sneller klopte dan gewoonlijk. Er was geen enkele reden om zenuwachtig te worden, verzekerde hij zichzelf, helemaal geen énkele reden. Bij de voordeur trok hij zijn jasje recht, drukte op de bel en wachtte. Misschien was Laurel wel alleen thuis; dan kwam ze sip en eenzaam kijken wie er was en dan stond Ronald daar. Er konden allerlei geweldige dingen gebeuren... Laurels moeder deed de deur open — een slanke, knappe vrouw van in de veertig, met een modieus kort kapsel van zilverglanzend haar, zeeblauwe ogen net als Laurel, en fijne, broze, porseleinen gelaatstrekken. Ze had Ronald nooit ontmoet en bekeek hem vragend van top tot teen. "Ja?"

Ronald schraapte zijn keel en zei met zijn beleefdste stem: "Is Laurel thuis?"

Ronalds hoffelijke beleefdheid ging totaal aan mevrouw Hansen voorbij. "Ze is achter het huis."

"Zou ik haar misschien even kunnen spreken?"

Mevrouw Hansen maakte een onverschillig gebaar. "Loop maar door naar de achterdeur. Ze zal wel bij het zwembad rondhangen."

Ronald stapte stijfjes het huis in, waarna hij even bleef staan met de bedoeling een paar minuutjes te blijven babbelen, maar mevrouw Hansen was al in de gang verdwenen. Een kille vrouw die het nogal hoog in de bol had, vond Ronald. Hij keek het vertrek rond: Laurels woonomgeving en geboorteplek. De intimiteit ervan wond hem nogal op. Zij ademde deze lucht in, zij zat op deze stoelen, zij keek naar deze schilderijen, zij warmde zich bij deze open haard! Ronald haalde diep adem, zette zijn ziel wijd open en probeerde de omgeving in zich op te nemen. Hij kreeg het gevoel dat hij Laurel nu al beter kende.

Hij hoorde lichte voetstappen — mevrouw Hansen kwam de kamer weer in met lichtjes opgetrokken wenkbrauwen. Op heldere, duidelijke toon zei ze: "Laurel is buiten achter het huis."

"O, ja," zei Ronald haastig. "Ik stond alleen even uw kamer te bewonderen."

Mevrouw Hansen leek het wel niet te horen. "Deze kant op." Ze ging Ronald voor door de woonkamer en door een dubbele schuifdeur naar buiten het terras op. "Laurel!" riep mevrouw Hansen. "Er is iemand voor je!"

Laurel was met haar vrienden in het zwembad aan het dollen en reageerde niet.

Mevrouw Hansen zei tegen Ronald: "Ik neem aan dat je wel een manier vindt om haar aandacht te trekken."

"Dank u zeer," zei Ronald. Hij liep in de richting van het zwembad. De situatie stond hem helemaal niet aan: hij voelde zich gekwetst en hij was kwaad op Laurel. Ze had alleen thuis moeten zijn, en sip en treurig op zijn komst moeten zitten wachten. Moet je haar in plaats daarvan nu eens zien: harteloos plezier makend met haar vrienden. Er waren twee meisjes, Wanda McPherson en Nancy Rucker, en twee jongens, Jim Neale, achterspeler in de footballploeg, en Martin Woolley. Jim Neales vader was de eigenaar van Oakmead Liquors, de slijterij, wat Jim helemaal onder aan de maatschappelijke ladder had moeten plaatsen, maar moet je hem hier eens pontificaal in het zwembad van de Hansens zien spartelen! En dat niet alleen, maar tot Ronalds afkeer en walging klom Laurel ook nog op zijn rug om van zijn schouders af te duiken. Martin Woolley, klassenvertegenwoordiger, miste de atletische bouw van Jim Neale en leek zelfs wel louter uit armen, benen en ribben te bestaan. Hij had een slordige bos haar, een neus als een ijspegel en zijn mondhoeken hingen somber omlaag. Waarom Martin zo populair was was Ronald een raadsel, maar daar slungelde hij naast het zwembad en Wanda en Nancy hingen aan zijn lippen.

Ronald ging naast het zwembad staan. "Hallo allemaal."

Wanda, Nancy en Martin groetten beleefd terug, Laurel wapperde achteloos met haar hand en Jim die in het water dobberde negeerde hem totaal. Ronald zag hem onder water op Laurel afzwemmen. Hij greep haar bij haar enkels, duwde zijn hoofd tussen haar benen, sprong boven water uit en smeet haar gillend terug in het water. Laurel droeg een witte bikini en Ronald keek geboeid naar hoe ze tegen het laddertje opklom om druipend op de kant te komen staan. Laurel was een blonde fee: slank, volmaakt, tenger, aanlokkelijk als een kom aardbeien met slagroom. Ronald had nog nooit zoiets verschrikkelijk moois gezien. Maar hoe kon haar moeder dit toestaan? Die bikini hield niets verborgen! Ze had net zo goed naakt kunnen zijn!

Ronald slenterde rond het zwembad. Laurel keek hem van opzij aan en zei op vrij effen toon: "Zo, Ronald, hoe is het vandaag met jou?"

"O, prima. Ik was een beetje aan de wandel en toen dacht ik, laat ik eens langsgaan om te zien wat je aan het doen bent."

"Ik heb gezwommen."

"Dat zie ik." Ronald aarzelde en vroeg toen: "Ben je vanavond bezet? Ik bedoel, wil je met me naar het theater?"

Laurel schudde haar hoofd. "Ik ga al wat anders doen."

Ronald propte zijn handen in zijn zakken en tuurde met gefronst voorhoofd over het zwembad. "Morgenavond dan misschien?"

"We hebben bezoek."

"Oh... Nou ja, een andere keer dan."

Laurel zei niets. Jim Neale kwam op zijn rug drijvend langs. Laurel deed een stap naar voren, zette haar voet op zijn borst en duwde hem onder. "Dat had je nog tegoed omdat je me kopje onder hebt gegooid. Nu staan we quitte!"

Jim spatte wat water omhoog en Ronald sprong verontwaardigd achteruit. "Hé! Ik sta hier ook nog hoor!"

"Het is maar water," zei Jim. "Over een uurtje is het verdampt."

"Er zijn zelfs mensen die het drinken," zei Martin.

Ronald forceerde een spontane lach. "Ik heb geen bezwaar tegen water, maar ik had toch liever dat het ergens anders verdampte."

Laurel liep naar de duikplank, nam de juiste houding aan en dook. Ronald liep naar een ligstoel en ging erin zitten: een elegante, wereld-wijze jongeman die geamuseerd naar de vrolijk spelende kinderen keek. Hij kon zijn ogen niet van Laurel afhouden. Die kleine lapjes witte stof waren onthullender dan helemaal niets!

Ronald zat daar een halfuur zonder dat iemand ook maar enige aandacht aan hem schonk. Mevrouw Hansen kwam naar het zwembad gelopen.

"Mevrouw Rucker belde net. Ze gaan de houtskool aansteken. Dus als jullie nog vlees willen zou ik maar opschieten!"

De hele groep verdween babbelend in de kleedhokjes. Ronald bleef in de ligstoel achter.

Na een halve minuut stond hij op, hij liep om het huis heen, het hek door en de straat op.

Met hangend hoofd en opgetrokken schouders liep hij met grote stappen terug naar Drury Way. Een zijstraat verder bleef hij staan om naar het huis van de Hansens te kijken. Als je emotie in een straal zou kunnen bundelen, en als haat in hitte kon worden omgezet, dan zou het huis in een warreling van vlammen uitbarsten en zou iedereen die zich erin bevond dansend naar buiten komen rennen om over het gazon heen en weer te rollebollen. Ze konden allemaal doodvallen, die waardeloze, nutteloze schepsels! Hij zou ze geen van allen gaan redden. Behalve Laurel dan. Haar zou hij meenemen naar een ver eiland, of een ingesneeuwde blokhut, met niemand anders in de buurt dan zij tweeën! Wat zou ze haar gedrag betreuren! Wat zou ze om vergeving smeken! En hij zou zeggen: "Weet je nog dat jullie met z'n allen aan het zwemmen waren en ineens allemaal weggingen en mij in m'n eentje naast het zwembad lieten zitten? Zulke dingen vergeet ik niet!"

Helaas was zo'n wraakactie moeilijk te regelen.

Heftig snuivend liep Ronald verder over Drury Way, waar het licht van de ondergaande zon door de populieren van het landgoed van Hastings scheen. Bij Honeysuckle Lane keek hij nog een keer om en zag hij het hele groepje naar buiten komen om in Jim Neales oude Volkswagen te klauteren. Ronald trok een kwaad gezicht. Hij had de banden lek moeten steken, of een kabel van de stroomverdeler los moeten trekken. Behalve natuurlijk dat Jim Neale meteen zou raden wie de schuldige was en dat zou niet best zijn.

Na de barbecue zou Jim vast een eindje gaan rijden met Laurel. Jim was vrijpostig, Laurel was zwak, Ronald wist wat er zou gaan gebeuren. Hij voelde zich eigenaardig aangedaan; verdriet, woede en gekwetstheid klopten in zijn keel. Er viel niets aan te doen, maar ooit zou hij op de een of andere manier toch zijn gram halen!

Hij liep Honeysuckle Lane in en de ondergaande zon achter zijn rug wierp een gigantische schaduw voor hem uit, die Ronald een meter of vijftig lang wat sombere afleiding bood. Wat reageerde zijn schaduw belachelijk op zijn bewegingen!

Er kwam hem iemand tegemoet, Carol Mathews, op de fiets. De elfjarige Carol, die net zo blond was als Laurel Hansen, woonde om de hoek op May Street. De zon scheen pal in haar gezicht en liet haar mooie groene ogen oplichten. Ze zag Ronald niet en reed pardoes tegen hem op. Ronald greep haar stuur en liep achteruit tot de fiets stilstond. De fiets viel om en voor Carol ook op de grond kon vallen ving Ronald haar op en hield haar tegen zich aan. "Wat doe je nou!" snauwde Ronald.

"Oh, sorry, hoor!" hijgde ze. "Ik zag je niet."

Carol was al flink ontwikkeld; Ronald voelde haar borsten tegen zijn torso. Er begon een ingewikkelde emotie in zijn binnenste te kolken. Die blonde meisjes kon het ook niks schelen wat ze deden; die dachten maar dat ze alles konden maken! Hij boog zijn hoofd en gaf Carol een zoen op haar mond. Ze staarde hem stomverbaasd aan en probeerde zich toen los te worstelen. "Laat me los!"

"Kalm aan," zei Ronald. "Jij hebt nog wat tegoed."

"Nee, niet waar! Laat me los!"

"Niet zo vlug." Ronalds hand leek wel uit eigen beweging onder haar rokje te kruipen. Carol gilde verontwaardigd. Ronald legde snel zijn hand op haar mond. Hij keek naar beide kanten de laan door. Leeg. Hij gromde in Carols oor: "Ga je gillen? Nou? Zeg op? Waag het niet!"

Carol keek op met verstarde groene ogen en schudde haar hoofd. Ronald haalde zijn hand weg en ze hapte naar adem. "Laat me alsjeblieft gaan! Ik deed het niet expres..."

"O, daar dacht ik al helemaal niet meer aan." Met zijn hand weer op haar mond sleepte Ronald haar schoppend, hinkend, worstelend en rukkend de tuin van het oude landgoed in. Carol wist haar gezicht vrij te trekken en zei hijgend: "Ik wil daar niet heen!" Ze begon te schreeuwen: Ronald klampte zijn hand over haar natte open mond; ze beet in zijn handpalm en kreeg voor straf een klap.

Onder zijn hand maakte Carol paniekerige geluiden alsof ze wilde zeggen: "Ik kan geen adem krijgen! Ik kan geen adem krijgen!"

Ronald drukte wat minder hard. "Waag het niet om te gaan schreeuwen! Hoor je me? Zeg ja!"

Koppige Carol zei helemaal niets maar probeerde zich los te trekken; Ronald gaf haar een draai om haar oren en sleurde haar terug. Hij keek zoekend de oude overwoekerde tuin rond. Carol jammerde zachtjes: "Wat ga je doen?"

"Dat zul je wel zien."

"Nee!" Carol begon weer te schreeuwen en Ronald kneep onmiddellijk haar mond weer dicht en duwde zijn gezicht tot op vijftien centimeter van het hare. Hij zei op afgemeten, onheilspellende toon: "Waag het niet me nog een keer te bijten, en je kunt maar beter niet gaan gillen!"

Carol staarde omhoog als een gehypnotiseerd konijn. Ronald haalde zijn hand weg en Carol kneep haar ogen dicht alsof ze op die manier de hele situatie wilde uitwissen. Ronald duwde haar op de grond onder een oude treurwilg.

"Rustig nou maar," zei Ronald. "Dit wordt echt heel leuk. Eerlijk waar."

Carols mond begon te trillen en vertrok; de tranen stroomden over haar wangen. "Niet doen, alsjeblieft! Nee! Nee, nee, nee!"

"Stil jij! En straks kun je ook maar beter tegen niemand wat zeggen!"

Carol lag te snikken. Haar haar zat vol gras en bladeren, haar kleren zaten in de war en ze was helemaal van streek. Zo zou Laurel er onder gelijksoortige omstandigheden ook uitzien, bedacht Ronald. Dat zou nog beter geweest zijn.

Ronald besloot om nu aardig te doen. Hij aaide over haar haar. "Stil maar. Dat was toch leuk, niet?"

"Nee."

"Natuurlijk wel! Zullen we het morgen nog een keer doen?"

"Nee!"

"Waarom niet? Ik neem…" Ronald hief zijn hoofd op en luisterde in de vallende avond. Er stond iemand te roepen. "Carol! Carol!" Een vrouwenstem.

"Dat is mijn moeder! Ik ga nu meteen naar huis!" Carol probeerde te gaan zitten.

Ronald duwde haar weer omlaag. "Niet zo snel. Ga je het verklappen?"

Carol kneep haar mond stijf dicht en schudde haar hoofd: eerder een koppig en verontwaardigd gebaar dan een belofte om te zwijgen.

"Ach, kom op nou!" Ronald sloeg een geveinsde vleierige toon aan. "Zou je het niet graag nog een keertje doen, morgen bijvoorbeeld?"

"Nee. En jij ook niet, want dan zit je in de gevangenis." Heftig snikkend schoof ze bij hem vandaan en ze krabbelde overeind op haar knieën.

Ronald trok haar met een ruk terug. "Wacht jij eens even. Je moet beloven om het geheim te houden."

Worstelend en duwend probeerde Carol zich los te trekken. Ze deed haar mond al open om te gaan schreeuwen. Ronald gooide haar op de grond en drukte haar mond dicht. Ze beet hem in zijn hand en wist eindelijk hijgend een wilde kreet te slaken. Ronald greep haar bij haar keel. "Stil jij!" siste hij. "Kop dicht! Geen kik!"

Carol vocht en worstelde en schopte en Ronald hield haar keel dichtgeknepen tot ze kalmer werd en toen hij haar losliet bleef ze slap liggen.

"Carol," zei Ronald terwijl hij naar haar gezicht tuurde. "Carol?"

Een eigenaardig koud gevoel bekroop Ronald. Hij zei op dringende toon: "Carol! Hou je me nou voor de gek? ... Ik hield jou ook maar voor de gek, hoor. Zullen we vriendjes worden?" En hoopvol er achteraan: "Als jij het tegen niemand zegt, zeg ik het ook niet."

Carol zei niets. In haar halfopen ogen weerspiegelde de glans van het grijze schemerlicht; haar tong hing slap uit haar mond.

"Ze is dood," mompelde Ronald. "Ojee, ojee. Ze is dood."

Hij sprong overeind en tuurde door de schaduwen. "Nou vooral m'n hoofd niet verliezen," zei Ronald. "Ik moet goed nadenken."

Hij stond in het schemerlicht stil te luisteren. Stilte, op het geluid van het stadsverkeer in de verte na. Hier onder de oude treurwilg klonk alle geluid gedempt.

Ronald hield zichzelf voor: Ik ben anders. Ik heb altijd al geweten dat ik anders ben. Ik ben beter dan de gewone man — doelbewuster en intelligenter. En nu moet ik dat bewijzen. Nou, goed dan! Ik aanvaard deze uitdaging van het lot!

Hij haalde diep adem en blies de lucht langzaam uit. Hij moest stalen zenuwen hebben en een wil zo sterk als die van een onaards super-schepsel! En nu dus het belangrijkste eerst. Het lijk moest verstopt worden. Hij keek de schemerige oude tuin rond en sloop behoedzaam naar een schuur waarin hij een oude schep vond. Precies wat hij nodig had. Hij koos een plek naast de schuur en begon te graven nadat hij eerst zijn safari-jasje uitgetrokken had om het niet vuil te maken. Pas op! Er reed een auto door Honeysuckle Lane!

Remmen piepten. De auto stopte. Ronald holde naar het hek en tuurde de laan af.

Het was een lichtbruin met witte stationwagen die Ronald enigszins bekend voorkwam. De koplampen doorboorden de schemer en verlichtten iets dat midden op straat lag: Carols fiets. Ronalds hart sprong in zijn keel.

De bestuurder stapte uit en stapte in de felle koplampbundel: een lange, magere man met het gezicht van een Apache opperhoofd. Ronald herkende hem als Donald Mathews, Carols vader. Zou hij naar Carol op zoek zijn? Nee, waarschijnlijk kwam hij net van zijn werk. Hij bleef even naar de fiets staan kijken, duidelijk geërgerd door wat hij voor Carols slordigheid hield, en toen raapte hij de fiets op, legde hem achter in de stationwagen en reed weg.

Geen tijd meer te verliezen. Ronald duwde het lijk in het gat en schepte aarde op de bleke vlek. Wacht even! Carols gescheurde onderbroek. Ook het gat in om samen met de rest begraven te worden. Ronald stampte de aarde stevig aan en strooide er toen bladeren en twijgjes en rottend palmblad overheen. Hij zette de schep terug in de schuur nadat hij zijn vingerafdrukken eraf had geveegd. Toen pakte hij een van de palmbladen waarmee hij overal waar hij had gelopen over de grond veegde, in de hoop zijn voetafdrukken uit te wissen. Nu moest hij maken dat hij wegkwam. Hij sprong over het hek Honeysuckle Lane in en holde met lange snelle passen naar Orchard Street. Daar bleef hij staan om op adem te komen en de toestand in ogenschouw te nemen. In de straat was geen verkeer te bekennen en Ronald liep in bedaarder tempo verder met een hoofd vol warrelende gedachten. Bepaalde ideeën verwierp hij meteen als het overwegen niet waard. De toestand was achter de rug. Een betreurenswaardig voorval — een ongeluk, eigenlijk. Hij had het uitstekend afgehandeld. Hij had natuurlijk eigenlijk die fiets weg moeten halen vóór meneer Mathews hem vond, maar een mens kon nu eenmaal niet aan alles tegelijk denken. Van nu af aan was wat hem betrof de hele gebeurtenis afgerond — klaar, afgelopen en uit, nooit gebeurd. Hij ging de hele kwestie uit zijn hoofd zetten alsof het nooit was gebeurd.

Hij liep de traptreden naar de veranda op en bleef weer even staan. Zijn moeder was buitengewoon scherp; hij moest tegen elke prijs gewoon doen. Luchtig, ontspannen, vriendelijk, beheerst; kortom gewoon zichzelf zijn.

Hij stapte het huis binnen. Zijn moeder zat in de woonkamer

naar een reisverslag op de televisie te kijken. "Hallo, moeder," zei Ronald.

"Hallo, lieverd. Waar ben je geweest?"

"O — hier en daar. Grotendeels bij Laurel Hansen thuis. Ik had mijn zwembroek mee moeten nemen, iedereen lag in het zwembad."

"Laurel Hansen? Is dat niet dat kleine blonde meisje?"

Ronald tuitte zijn lippen. De woorden 'dat kleine blonde meisje' stonden hem helemaal niet aan. Carol was helemaal niet zo klein; in feite was ze — maar dat was een denkrichting die hij absoluut niet mocht inslaan, nu niet en nooit niet.

"Je ziet er een beetje verhit uit, jongen," zei mevrouw Wilby. "En wat heb je daar in je haar?"

Ronald veegde het dingetje weg. "Gewoon maar een blaadje." Hij lachte. "Ik denk dat ik een beetje verbrand ben, daar naast dat zwembad."

"Jammer dat je er niet aan dacht om je zwembroek mee te nemen. Dat doe je dan maar een andere keer. Waar is je nieuwe jasje? Hang het maar netjes op een hangertje, dan blijft het goed in model…Wat is er mis?"

Ronald bleef verstijfd staan.

HOOFDSTUK III

"M'N JASJE — het ligt nog bij de Hansens. Ik kreeg het warm en toen heb ik het uitgetrokken ... Ik hol wel even terug om het op te halen."

"Laat maar hoor, het is al donker. Het ligt daar heus wel veilig tot morgen."

"Ik ga het liever nu meteen even ophalen. Ik moet trouwens ook nog iets tegen Laurel zeggen."

Mevrouw Wilby keek Ronald schattend na. Zo ondernemend was hij normaal niet. Maar hij was vast bezorgd om zijn leuke nieuwe jasje. Ze keerde terug naar de beslommeringen van de Nieuw Guineese koppensnellers.

Ronald rende Orchard Street af met een hart dat in zijn keel klopte. Hij sloeg de hoek om naar Honeysuckle Lane maar bleef doodstil staan toen hij achter het landgoed van Hastings allerlei koplampen en een groep mannen in de gaten kreeg. Geboeid sloop Ronald zo'n dertig meter dichterbij. Twee van de voertuigen waren politiewagens. Op het terrein van het landgoed zag hij felle lampen flakkeren. Meneer Mathews had er geen gras over laten groeien.

Ronald draaide zich om en strompelde naar huis. Hij deed de deur open, wankelde de woonkamer in en liet zich op de bank vallen. Mevrouw Wilby keek geschrokken naar hem. "Wat is er aan de hand? Kon je je jasje niet vinden?"

Ronald merkte dat hij niets kon zeggen. De woorden bleven in zijn keel steken. Hij sloeg gefrustreerd tegen de zijkant van zijn hoofd.

Mevrouw Wilby schakelde de televisie uit. "Wat is er in 's hemels- naam aan de hand? Ronald! Niet doen, lieverd! Zo erg kan het toch niet zijn!"

"Het is veel erger," kwaakte Ronald schor. "Het is het ergste wat maar kan. Ik weet niet hoe ik het je moet vertellen."

Met een stalen stem zei mevrouw Wilby: "Dan moet je maar liever bij het begin beginnen."

"Ik kwam terug bij de Hansens vandaan," zei Ronald. "In de laan kwam ik een meisje tegen — Carol Mathews. Ze vroeg of ik met haar mee wilde de tuin van het landgoed van Hastings in om wat voor haar te doen, om haar te helpen haar hond te zoeken. Ik ging met haar mee en toen begon ze, nou ja, flirterig te doen. Sexy, zou jij het denk ik noemen. In ieder geval wilde ze dat ik het met haar deed en, nou ja, dat deed ik. Toen zei ze dat ze het zou vertellen als ik haar geen geld gaf en ik zei dat ik dat niet wilde. Ze begon te schreeuwen en ik probeerde haar stil te krijgen en we raakten aan het vechten en toen per ongeluk…Toen was ze dood."

Het bleef heel lang doodstil.

"Ronald," hijgde mevrouw Wilby. "O, Ronald, wat verschrikkelijk. Wat verschrikkelijk."

Ronald reageerde heel wat sneller. "Ik was bang en angstig. Het was vreselijk. Het ging echt allemaal per ongeluk, moeder, ik wilde het helemaal niet, het ging allemaal zo vlug, ik kon er niks aan doen."

"Dat snap ik, Ronald…Maar wat heb je daarna gedaan?"

"Nou, toen heb ik een schep gezocht en haar begraven. En toen ben ik naar huis gegaan. Maar ik vergat m'n jasje. En toen ik daarnet terugging was de politie er. Meneer Mathews had in de laan haar fiets gevonden en hij zal wel gedacht hebben dat ze daar was."

Elaine Wilby zat verslagen op haar stoel terwijl de hele structuur van haar leven om haar heen in elkaar stortte. En die van Ronalds leven. Ze zouden geen genade kennen voor Ronald. Ze zouden hem meenemen en hem opsluiten tussen de misdadigers en de viezeriken.

Met een holle stem zei Ronald: "Ik weet niet wat ik moet beginnen…Ik wil niet naar de gevangenis, weg van huis, weg van jou…Wat zouden ze met me doen?"

"Ik moet nadenken," zei mevrouw Wilby.

Even later zei Ronald: "Niemand heeft me gezien. Ik heb al m'n sporen uitgewist. Er waren geen…" Zijn stem stierf weg. Hij had het stuur van Carols fiets vastgepakt; misschien zaten z'n vingerafdrukken wel op het metalen stuur.

Mevrouw Wilby schudde vermoeid haar hoofd. "Ze hebben het jasje. De politie zal aan het merk zien dat het bij Goran vandaan komt en de verkoopster zal zich herinneren dat ik het heb gekocht. Het was het laatste in de winkel. O, Ronald, hoe kon je zoiets doen?"

"Ik weet het niet, moeder, eerlijk waar niet. Ik verloor gewoon m'n hoofd. Als zij niet had gezegd dat ze het zou vertellen als ze geen geld kreeg en als ze niet was gaan schreeuwen..."

"Voor de politie maakt dat geen verschil. Het komt natuurlijk in alle kranten. Het wordt onze ondergang! En we hadden nog wel zo'n schitterende loopbaan voor je uitgestippeld."

Aarzelend zei Ronald: "Vind je dat ik aan de politie moet gaan vertellen hoe het gebeurd is?"

Mevrouw Wilby deed haar ogen dicht. Dit was een nachtmerrie. Hoe kon haar nu zoiets overkomen? Het was allemaal zo volstrekt onwezenlijk! Onredelijk! Onrechtvaardig! Dat verdiende ze niet, en ook die arme, domme, bange Ronald niet, die tenslotte niet veel meer dan een kleine jongen was, haar eigen kleine jongen, die erop vertrouwde dat zij hem zou helpen en beschermen. Maar hoe?

"Ik weet werkelijk niet wat ik moet beginnen," zei ze met een toonloze stem. "Ik heb het geld niet om je ergens heen te kunnen sturen. Je tante Margaret...maar die zou zich nooit in zo'n wespennest willen steken. En je vader..." Mevrouw Wilby viel stil; die gedachte was te onbenullig om hem uit te spreken.

"Het ging echt per ongeluk, moeder! Ik wou dat ik haar nooit had gezien!"

"Ja, lieverd, dat begrijp ik heel goed, hoor...Jij gaat niet naar de gevangenis. We hebben nog een dag of twee voor ze de herkomst van het jasje hebben opgespoord."

"Maar wat kunnen we doen?"

"Ik zou het echt niet weten."

"Ik wou maar dat het niet was gebeurd," jammerde Ronald. "Kon ik het maar..."

"Ronald, hou je mond. Ik moet nadenken."

Er verstreken vijf minuten waarin Ronald handenwringend zat te snikken en gorgelende keelgeluiden maakte om aan te geven hoe erg het hem speet en hoe wanhopig hij zich voelde. Mevrouw Wilby zat als versteend op haar stoel.

Eindelijk kwam ze in beweging. Ronald keek haar hoopvol aan. Ze schudde somber haar hoofd. "Het is gewoon een verschrikkelijke puinhoop. Ik weet werkelijk niet wat ik moet doen."

"Zouden we niet samen weg kunnen gaan? Naar de bergen of zo, of naar een plek waar niemand ons zou komen zoeken?"

Mevrouw Wilby snoof. "Dat is volstrekt ondoenlijk, Ronald. Ik heb geen zin in een leven als vluchteling. En bovendien heb ik geen geld in huis."

"Ik zou kunnen gaan werken voor ons levensonderhoud," zei Ronald somber.

Mevrouw Wilby liet even een treurig lachje horen. "Ik weet eerlijk gezegd niet wat we moeten doen. Niets lijkt haalbaar. Ik neem aan dat ik je naar een of ander ver oord zou kunnen sturen..."

"Nee, moeder! Ik wil niet in m'n eentje weggaan!"

Mevrouw Wilby slaakte een diepe zucht. "Dat weet ik, lieverd. Ik wil ook niet dat je weggaat. Het minst onhaalbare plan lijkt nog om jou ergens te verstoppen tot ik wat geld bij elkaar heb weten te schrapen. Dan zouden we naar de oostkust kunnen gaan of misschien naar Florida, waar we een nieuw leven zouden kunnen beginnen."

"Dat klinkt helemaal niet zo gek," zei Ronald terwijl hij de tranen over zijn oude, makkelijke leventje wegslikte dat nu wel voorgoed voorbij was. "Mij kan het niet schelen, als ze me maar niet bij jou weghalen."

"Dat gaat niet gebeuren, lieverd. Ik vraag me alleen af waar we jou zolang kunnen verstoppen."

"Ik kan wel in de schuur achter het huis gaan wonen."

Mevrouw Wilby schudde haar hoofd. "Dat is de eerste plek waar de politie zou gaan kijken."

"Dan hebben we nog de zolder. Weet je nog dat ik daar vroeger altijd een tent bouwde toen ik klein was?"

"Die zolder gaan ze heel zorgvuldig uitkammen, net als elke andere voor de hand liggende plek. En bovendien is het een heel eind omhoog met jouw eten en dan met de po weer naar beneden, want dat zou de enige sanitaire mogelijkheid zijn. We hebben een plek nodig waar je fatsoenlijk en redelijk schoon kan wonen en dat betekent een wc...We hebben beneden nog wel een tweede wc, natuurlijk."

"Het benedentoilet? Dat lijkt niet erg praktisch."

"Integendeel," zei mevrouw Wilby. "Het is juist heel praktisch." Ze kwam overeind. "Maar dan moeten we wel een heleboel werk verzetten."

De voordeur van het huis van de familie Wilby kwam uit op een gang. Links had je de woonkamer en rechts de eetkamer. Recht vooruit lag een brede trap naar een overloopje, waar de trap een slag maakte en in tegengestelde richting naar de zolder liep. Onder die trap was een toilet: een combinatie van garderobe en opfrisruimte, met helemaal achterin onder de overloop een wc. Nog maar drie maanden geleden hadden mevrouw Wilby en Ronald samen de gang en de toiletruimte opnieuw behangen om die lichter te maken en een minder ouderwets aanzien te geven.

Nu lichtten ze de deur uit z'n hengsels, en ze wrikten de deurstijlen, de drempel en de plint los. Toen nagelden ze klampen tegen de zijstijlen en de bovendorpel van het kozijn en ook op de vloer, waarbij ze zo zachtjes mogelijk probeerden te timmeren. In de opening maakten ze een stuk gipsplaat pas, dat nog over was van het opknappen van Ronalds kamer. Voor ze het stuk gipsplaat vastnagelden droegen ze een ledikant naar het toilet, een stel dekens en een elektrisch kacheltje. De verste wand van het toilet was de achterwand van de provisiekast in de keuken. Ze zaagden een gat in het pleisterwerk en de tengels van de achterwand van het toilet om een geheim klapdeurtje te maken, waardoor Ronald een paar keer in en uit kroop om te laten zien dat hij erdoor kon. Toen nagelden ze het stuk gipsplaat vast om de deuropening af te sluiten en daarna plakten ze er netjes nieuw behang overheen.

De kale vloer waar de drempel had gezeten was nog een beetje een probleem, maar dat losten ze op door in een van de slaapkamers boven een passend stuk plint los te wrikken en daarmee het gat op te vullen.

Het was vier uur in de morgen en het benedentoilet was verdwenen.

Van nu af aan mocht Ronald zich niet meer vertonen. Gokkend dat mevrouw Schumacher, hun nieuwsgierige buurvrouw, op dit uur wel zou liggen slapen, bracht mevrouw Wilby de gesloopte deur en de losgewrikte kozijnstijlen naar de rommelhoop achter de garage, waar de extra toevoeging aan alle rommel die daar al lag totaal niet opviel.

Ondertussen bracht Ronald zijn nieuwe verjaardagsboeken naar zijn schuilplaats, z'n radio met z'n oortelefoontje, een pyjama, ochtendjas, pantoffels en nog wat losse spulletjes.

Mevrouw Wilby ruimde zorgvuldig de gang op en hing om het helemaal af te maken nog een schilderij voor de oude deuropening. Ze was van mening dat de illusie volmaakt was — de schuilplaats was niet te zien.

In het oosten werd het ochtendgrauwen al zichtbaar. "Ga er nu maar gauw in," zei mevrouw Wilby, "en denk eraan dat je moet leren om heel stil te doen! En je mag nooit de wc doortrekken als je er niet absoluut zeker van bent dat het veilig is!"

"Ik heb nog één ding nodig," zei Ronald nogal nadrukkelijk. "Ik wil m'n Atranta aantekeningen mee, dan kan ik tenminste nog wat doen. En ik heb ook een beetje honger."

"Nou haal vlug je aantekeningen en dan naar binnen. Het wordt al licht buiten."

Ronald haalde de blocnotes uit zijn kamer. "Volgens mij is dat zo ongeveer alles wat ik nodig heb."

Zijn moeder leek hem wel amper te horen. "Van nu af aan kunnen we niets meer riskeren. Tweemaal kloppen is het gevaarsein. Dat betekent: Geen geluid! Geen kik! Als de kust weer vrij is, klop ik vier keer. En nu vlug naar binnen, dan ben je veilig. Ik maak je ontbijt klaar en dat geef ik je dan wel aan door het deurtje."

Ronald keek bedroefd rond in de keuken en de eetkamer waar hij en zijn moeder zo menig lekker maaltje hadden genuttigd. Het werd mevrouw Wilby, die tot nu toe zorgvuldig haar gevoelens onder de duim had weten te houden, bijna te veel. Hij neemt afscheid van dit alles, dacht ze, en het is ook echt een afscheid want niets kan ooit meer hetzelfde zijn, voor geen van ons beiden!

Ronald zei schor: "Hoelang denk je dat het zal gaan duren?"

"Geen idee van. Maar we moeten realistisch zijn en ik denk toch zeker op zijn minst een paar maanden."

Ronald keek somber over zijn schouder naar het geheime deurtje. "Een paar maanden?"

"Op zijn minst. Misschien zelfs wel een half jaar. Ik weet dat het zwaar zal zijn, voor ons allebei, maar daar is niets aan te doen."

"Het geeft niet hoor, moeder, ik vind het echt niet erg… Ik hoop alleen dat het niet al te lang zal hoeven duren."

"Dat hoop ik ook. Zodra we genoeg geld hebben en de kust veilig lijkt, gaan we hier weg. Ondertussen moeten we geduld oefenen en heel erg voorzichtig zijn. De politie zal scherp opletten en we kunnen niets overhaasts doen. Dat doet me eraan denken dat ik nog even wat moet doen. Kruip jij nu eerst in je schuilplaats."

Ronald liep naar de provisiekast, klapte het geheime deurtje open, kroop in zijn schuilplaats en klapte het deurtje achter zich dicht. Mevrouw Wilby onderwierp de provisiekast aan een kritische blik om te controleren of het deurtje niet opviel en of het wel goed dicht zat. Ze bukte zich. "Ronald! Kun je me horen?"

"Ja." Ronalds stem klonk een beetje gedempt.

"Vanaf nu blijf je in je schuilplaats! Je mag niet roepen of kloppen of ander geluid maken tenzij ik het alles-veilig-sein heb gegeven."

"Mag ik nog wel ontbijten?"

"Over een paar minuten."

Mevrouw Wilby ging de trap op naar Ronalds kamer en ze pakte het doosje waarin hij zijn spaargeld bewaarde. Tweeëntwintig dollar. Ze haalde het geld eruit en liet het doosje op zijn werkblad staan. Ze deed een paar laden open en gooide de inhoud in de war, waarna ze een van de laden half open liet.

Ze ging even op haar bed liggen om de sprei te kreuken en de kussens in te deuken. Het bed voelde zo rustgevend aan en ze was zo doodop dat ze eigenlijk wilde blijven liggen om uit te rusten, maar ze dwong zichzelf om op te staan. Het leek haar dat ze op dit moment verder niets meer hoefde te doen. Eén ding luchtte haar flink op. Het was vandaag zondag en ze hoefde zich dus niet druk te maken over haar werk.

Ze ging naar beneden en maakte een stevig ontbijt klaar voor Ronald — havermout, eieren met spek, geroosterd brood en een beker chocolademelk. Dat zette ze allemaal op een dienblad. Ze klopte vier maal op het geheime deurtje, duwde het open en schoof Ronalds ontbijt naar binnen in zijn schuilplaats.

Toen deed ze de afwas, zette koffie voor zichzelf en ging aan de eetkamertafel zitten wachten.

HOOFDSTUK IV

EEN PAAR MINUTEN NA TIENEN werd er aangebeld. Mevrouw Wilby zat nog steeds aan de tafel met een kop lauwe koffie voor zich. Ze kwam overeind. Daar begint het. Nu moest ze haar verstand goed bij elkaar houden, meer dan ooit. Door het raam van de eetkamer zag ze een man in een lichtbruin ribfluwelen jasje langs het huis de achtertuin inlopen.

Met trage, bijna zware voetstappen liep mevrouw Wilby de gang in, waar ze twee zachte maar scherpe tikken op de muur gaf. Ze luisterde. Er kwam geen geluid naar buiten. Ze deed de voordeur open.

Er stonden twee mannen op de veranda — een stevig gebouwde man met een roze gezicht in een gekreukt grijsbruin pak en de ander was langer en jonger, had lichtbruine ogen en zag er in zijn uniform van hulpsheriff tamelijk knap uit.

"Mevrouw Wilby?" vroeg de oudste man en mevrouw Wilby bedacht dat ze nog nooit zulke grijze, harde ogen had gezien.

"Ja. Wat komen jullie doen?"

"Wij zijn van het regionale politiebureau. Ik ben rechercheur Lynch." Hij liet zijn identificatie zien. "Mogen we binnenkomen?"

Mevrouw Wilby stapte zwijgend achteruit en de twee mannen kwamen binnen. Ze bewogen zich erg lichtvoetig voor zulke sterke, zware mannen, vond ze.

Ze nam ze mee naar de woonkamer en trok de gordijnen open om het daglicht binnen te laten. "Wat is er aan de hand? Is er…" De woorden weigerden over haar tong te komen. De twee mannen keken haar kalm aan, ze leken eerder afstandelijk dan onsympathiek.

Lynch zei: "We hebben een onaangename boodschap voor u, mevrouw Wilby. Is Ronald Wilby uw zoon?"

Mevrouw Wilby knikte. Ze had deze scene een paar maal geoefend. "Waarom wilt u dat weten?"

"Wilt u hem alstublieft even roepen?"

Mevrouw Wilby liep naar de groene pluchen leunstoel en ging zitten. "Waarom vraagt u me dit allemaal?" En ze dwong zichzelf om te vragen: "Wat heeft Ronald gedaan?"

"Gistermiddag laat is een jong meisje aangerand en vermoord. Het bewijsmateriaal doet vermoeden dat Ronald iets van deze zaak afweet. Dit nieuws zal wel een grote schok voor u zijn, maar zo zijn de feiten nu eenmaal en ik vraag ik u nogmaals om Ronald te roepen. Het zou ook verstandig zijn als u zorgt dat er een advocaat bij is wanneer we hem ondervragen."

"Ronald is er niet," zei mevrouw Wilby. "Hij is gisteravond weggegaan en is niet thuisgekomen."

De twee politiemensen staarden haar een tiental tellen aan, en mevrouw Wilby vroeg zich af of haar schuldige kennis soms op haar voorhoofd te lezen stond. De hulpsheriff deed voor het eerst zijn mond open. "Hoe laat is hij gistermiddag thuisgekomen?"

"Dat weet ik niet meer precies. Om een uur of zes, denk ik, of misschien iets later."

"Vond u hem anders dan anders? Zei hij iets, of zinspeelde hij erop dat hij iets verkeerds gedaan zou kunnen hebben?"

"Niet met zoveel woorden, nee."

"Wat bedoelt u daarmee?"

Mevrouw Wilby zei met een vermoeide stem: "Hij leek wel een beetje van slag. Ik vroeg nog of er iets mis was maar hij zei van niet. Hij was bij een vriendin geweest en ik dacht dat er misschien iets gebeurd was waar hij niet over wilde praten, dus ik bleef niet aandringen."

"Bij welke vriendin was hij geweest?"

Mevrouw Wilby zat er versuft en zwijgend bij. De hulpsheriff herhaalde de vraag.

"Hij was bij Laurel Hansen geweest, op Drury Way."

"En hij was van slag toen hij thuiskwam. Wat zei hij precies?"

Mevrouw Wilby legde haar hand tegen haar voorhoofd. Een paar tellen later zei ze: "Ik kan niet geloven dat Ronald zoiets zou doen. Dat is niets voor hem. Hij is altijd een zachtaardig kind geweest."

"Ik voel met u mee, mevrouw Wilby," zei Lynch.

"Hoe kunt u er zo zeker van zijn dat Ronald het gedaan heeft?"

"Er zijn verscheidene bewijsstukken," zei Lynch. "En zijn vlucht is niet bepaald het gedrag van een onschuldig iemand."

Mevrouw Wilby bleef zwijgen.

"Heeft u enig idee waar hij naartoe is?"

"Geen flauw idee."

Lynch keek naar de hulpsheriff die overeind kwam. Lynch vroeg: "Heeft u er bezwaar tegen als we een beetje rondkijken? Hij kan wel ergens verstopt zitten — op de zolder, of in een kast, of iets dergelijks."

Mevrouw Wilby haalde vermoeid haar schouders op. "Kijk gerust zoveel jullie willen."

De twee mannen gingen naar boven. Mevrouw Wilby leunde achterover in haar stoel, sloot haar ogen en luisterde naar de voetstappen toen de mannen Ronalds kamer bekeken, zijn klerenkast, de drie andere slaapkamers, de badkamer en de zolder. Ze kwamen weer naar beneden en liepen door de eetkamer naar de keuken en door de achterdeur de veranda op, waar Lynch even met de man sprak die in de achtertuin was geposteerd. Een paar tellen later hoorde mevrouw Wilby dat iemand de houten traliedeur naar de kruipruimte onder het huis opendeed.

Lynch en de hulpsheriff kwamen terug naar de eetkamer. "Denkt u dat u een paar vragen kunt beantwoorden, mevrouw Wilby? Ik zal u niet langer lastigvallen dan nodig is, dat beloof ik u."

"Stel je vragen maar," zei mevrouw Wilby met een kille stem. Niets zou zoveel achterdocht wekken als overdreven vriendelijk doen.

"U bent gescheiden van Ronalds vader."

"Ja."

"Kan Ronald goed overweg met zijn vader?"

"Hij voelt amper wat voor hem, noch het een, noch het ander. Het is erg onwaarschijnlijk dat hij naar zijn vader zou gaan, als u dat bedoelt."

"Waar zou Ronald heen kunnen gaan? Heeft u daar ideeën over?"

"Nee. Helemaal niet."

"Vergeet niet, mevrouw Wilby," kwam de hulpsheriff uit de hoek, "dat het voor iedereen beter is als deze kwestie zo snel mogelijk wordt opgehelderd."

"Maar niet voor Ronald," zei mevrouw Wilby verbitterd.

"Als Ronald dit heeft gedaan, en daar ziet het wel naar uit, dan moet hij vastgezet worden voor hij het nog een keer doet. Ik neem aan dat u het daar toch wel mee eens bent."

"Natuurlijk wel. Maar hij is mijn zoon en ik ben er niet van overtuigd dat hij heeft gedaan wat jullie zeggen dat hij gedaan heeft. Wie was het meisje?"

"Carol Mathews. Woont op May Street. Rond zes uur ging ze op de fiets bij een vriendinnetje vandaan naar huis, blijkbaar door Honeysuckle Lane achter het landgoed van Hastings langs. Ronald moet onderweg naar huis van Drury Way ook door Honeysuckle Lane gegaan zijn."

"Dat bewijst helemaal niets," verkondigde mevrouw Wilby. "Iedereen kan het geweest zijn. Misschien heeft Ronald gezien wat er gebeurde, misschien heeft de echte misdadiger hem bedreigd, of hem op een of andere manier bang gemaakt…"

"We hebben Ronalds jasje gevonden bij de plek waar het meisje begraven was. Hij heeft voetstappen op het graf achtergelaten en eromheen ook, en zo te zien passen die bij de basketbalschoenen die we op Ronalds kamer vonden. Die moeten we uiteraard meenemen als bewijsmateriaal. Ik twijfel er niet aan dat de aarde die in het profiel zit overeen zal komen met die van de plaats delict. Bovendien vonden we dit nog in Ronalds kamer." Hij stak een vel papier naar voren.

Mevrouw Wilby pakte het vel papier aan. Ze wist wat erop stond — ze had het zelf gedicteerd en Ronald had het opgeschreven.

Lieve moeder,
* ik heb iets vreselijks gedaan en nu moet ik hier vandaan naar ergens ver weg. Probeer alsjeblieft niet om me te vinden. Ik wil een nieuw leven beginnen. Als het mogelijk is zal ik je schrijven. Het spijt me heel erg dat ik je zoveel verdriet heb gedaan.*
* Heel veel liefs van je zoon,*
* Ronald*

Mevrouw Wilby sloot haar ogen, er half van overtuigd dat Ronald haar inderdaad dat briefje had geschreven en naar verre streken was vertrokken waar ze hem nooit meer terug zou zien. O, kon ze maar vierentwintig uur teruggaan in de tijd!

De twee politiemensen bleven beleefd zwijgen tot mevrouw Wilby haar ogen weer opendeed. Lynch vroeg: "Heeft Ronald het ooit gehad over een oord waar hij graag eens heen zou gaan?"

"Nee," zei mevrouw Wilby op klaaglijke maar besliste toon. "Ronald is weg. Als hij echt heeft gedaan wat jullie zeggen…" Ze aarzelde. Het was zo'n onwerkelijke daad. Hoe langer ze erover praatten hoe abstracter hij werd. "Ik neem aan dat het nieuws in alle kranten komt te staan zodat al Ronalds vrienden het te weten komen?"

"Dat lijkt me volstrekt onvermijdelijk. Mijn medeleven, mevrouw Wilby. Ouders lijden altijd het meest onder zoiets — beide ouderstellen."

Mevrouw Wilby had nog niet aan de ellende van de familie Mathews gedacht. "Ik geloof niet dat ik ze ken." Om de een of andere reden kon ze zich er niet toe brengen om hun naam uit te spreken.

"Donald Mathews drijft een café op South Main Street, de Happy Valley Saloon. Een keurige zaak, trouwens. Zijn zoon Duane bezorgde hier vroeger de kranten."

Mevrouw Wilby knikte zonder interesse.

Lynch vroeg: "Hoeveel geld denkt u dat Ronald bij zich heeft?"

"Dat weet ik echt niet. Misschien twintig of dertig dollar."

De politiemensen stonden op. "We gaan ervan uit dat u het ons onmiddellijk laat weten als Ronald contact met u opneemt."

Mevrouw Wilby zei niets. Ze ging er prat op dat ze altijd de waarheid sprak en dit bedrog viel haar erg zwaar.

De politie vertrok. Een paar minuten later zag mevrouw Wilby ze bij de buren, bij de voordeur van mevrouw Schumacher en even later werden ze binnen gelaten. Nou die zou ze de oren van het hoofd kletsen! Mevrouw Wilby dacht aan haar baan en aan de mensen met wie ze werkte. Ze stak haar kin naar voren. Niets aan te doen. Als ze begonnen te fluisteren en te staren zou ze zich groot moeten houden en net doen of ze niets merkte. Zodra het mogelijk was zou ze met Ronald stilletjes naar een ver oord vertrekken om nooit meer aan Oakmead terug te denken. Maar tot die tijd — nu ja, ze kon tenminste haar akelige angst voor eenzaamheid van zich afzetten.

Mevrouw Wilby voelde zich niet erg lekker, bijna misselijk van spanning en vermoeidheid. Ze liep door het huis, dwaalde van kamer naar kamer en keek door alle ramen naar buiten. De politie was vertrokken. Ze zouden vrijwel zeker het huis in de gaten blijven houden en haar waarschijnlijk ook. Ze zou sluw en slim te werk moeten gaan, vooral bij het boodschappen doen, want ze moest nog steeds voor twee inkopen. En mevrouw Schumacher bleef een voortdurende bedreiging. De politie had haar vast gevraagd om een oogje in het zeil te houden — alsof mevrouw Schumacher daar aanmoediging voor nodig had!

Ten slotte liep mevrouw Wilby naar de provisiekast waar ze voor het geheime deurtje knielde. Ze klopte vier keer en schoof de deur een stukje open. "Ronald?"

"Ja moeder?"

"De politie is hier geweest."

"Ja, ik heb ze gehoord." Ronalds stem klonk chagrijnig. "Zo te horen waren ze niet erg aardig."

"Het zijn gewoon politiemensen die hun werk doen. Voor hen ben je gewoon net als iedereen. We zullen echt heel voorzichtig moeten doen."

"Dat snap ik, moeder. Het spijt me echt heel erg dat ik je al deze ellende bezorg. Ik kon het gewoon niet helpen, het ging allemaal zo vlug…"

"Daar weet ik alles van. Schuif je ontbijtblad even naar buiten."

"Ik wil wel graag een middagboterham. Ik heb flinke honger. Is er nog wat van die taart over?"

"Ik weet niet wat je moet doen wanneer ik naar m'n werk ben. Maar denk eraan — kom onder geen enkele voorwaarde tevoorschijn! Mevrouw Schumacher zit natuurlijk met haar neus tegen het raam gedrukt te loeren en de politie staat ook op de uitkijk. Als ze je zien is al ons werk voor niets geweest."

"Ik zal voorzichtig doen. Mag ik nu de wc doortrekken?"

"Wacht even. Ik ga nu naar boven en als je de wc boven hoort spoelen kun jij hier doortrekken. Hoe is de lucht daarbinnen?"

"Een beetje benauwd."

"Werkt de ventilator van de wc niet?"

"Die helpt niet erg. Er is geen plek waar de lucht naar binnen kan."

"Daar moeten we dan wat op vinden. Voorlopig moet je het maar even benauwd hebben. Dan ga ik nu boven de wc doortrekken en daarna maak ik je lunch klaar."

Hoofdstuk V

Er ging een week voorbij, twee weken. Mevrouw Wilby ging zo kalm mogelijk haar gang. Bij Central Valley IJzerwaren bewonderden ze haar om haar waardige houding en haar kracht — lof die ze niet helemaal verdiende, want ze had zich zo diep in haar nieuwe bestaan ingewerkt dat ze amper aandacht had voor andere mensen of hun oordelen. Er waren maar twee personen echt: Ronald en zijzelf. Ze werkte voor maar één doel: genoeg geld bij elkaar krijgen om uit Californië weg te kunnen, misschien naar Canada, hoewel ze nog niet echt wist hoe ze dat voor elkaar moest zien te krijgen.

Thuis besteedde mevrouw Wilby flink wat tijd aan het uitdenken van bezuinigingen. Ronald had nu niet veel nodig, behalve eten dan en wat dingen die hij nodig had om zich bezig te houden. Hij wilde een klein tv-toestelletje met een koptelefoon, wat mevrouw Wilby weigerde aan te schaffen met verwijzing naar de kosten van zoiets. Naar haar mening zou de televisie ook veel te veel erotische prikkeling geven aan iemand in zijn situatie, en dat had Ronald aantoonbaar helemaal niet nodig.

Mevrouw Wilby had nooit erg veel geld uitgegeven aan eten en nu was ze nog zuiniger. Ronald klaagde zelden zolang hij maar grote toetjes kreeg. Mevrouw Wilby begon te vrezen dat Ronald echt dik zou worden nu hij helemaal geen beweging had en zoveel koolhydraten at. Ze maakte haar zorgen kenbaar en drong er bij Ronald op aan dat hij niet alleen minder moest gaan eten, maar dat hij ook een vast schema van lichamelijke oefeningen moest gaan uitvoeren. Ronald wees dat voorstel onmiddellijk van de hand. "Het is veel te lastig om hier te oefenen! Er is gewoon niet genoeg ruimte!"

"Onzin, Ronald. Je kunt oefenen door op je plaats hard te lopen en er zijn ook allerlei gymnastische oefeningen die weinig ruimte nodig hebben. Ik neem aan dat je toch niet dik wilt worden."

"Van oefeningen krijg ik alleen maar honger," mopperde Ronald. "Dan ga ik nog meer eten."

"In dat geval moet ik je porties kleiner maken en het toetje slaan we voortaan over. Als we naar het oosten gaan, willen we jou fit en gezond hebben."

Ronald mompelde iets onverstaanbaars, maar hij begon toch oefeningen te doen. Door een onverklaarbare gril van het lot raakte hij geïnteresseerd in het proces en mevrouw Wilby hoorde steeds vaker het regelmatige tempo van zijn voetstappen als hij pas op de plaats maakte. Ze vond het zelfs nodig om hem tot voorzichtigheid te manen. "Als ik niet thuis ben moet je niet hardlopen of joggen, want dat is boven heel goed hoorbaar en er ontstaan ook allerlei trillingen. De postbode zou het kunnen merken, of de meteropnemer. Je kunt je wel opdrukken en je spieroefeningen doen — alles wat absoluut geen geluid maakt."

"Als we een nieuw huis hebben zou ik graag een kamer willen waarvan ik een oefenruimte kan maken. Misschien ga ik ook wel gewichtheffen."

Mevrouw Wilby was een keer op een wedstrijd gewichtheffen gestuit toen ze een beetje doelloos aan de knoppen van de tv zat te draaien en ze had er met geboeide afschuw naar gekeken. "Nou, dat weet ik nog niet hoor. Die mensen zien er altijd zo grotesk uit. Zorg nou maar dat je een goed gezond lijf krijgt en vergeet dat gewichtheffen maar."

Tot opluchting van mevrouw Wilby gaf Ronald nooit te kennen dat hij uit zijn schuilplaats naar buiten wilde, zelfs niet laat op de avond wanneer het misschien wel veilig had gekund. Mevrouw Wilby was bang dat wanneer hij eenmaal een keer uit zijn schuilplaats tevoorschijn kwam, er een precedent geschapen werd, en Ronald er steeds vaker uit zou willen komen tot hij bij toeval werd opgemerkt en zijn aanwezigheid aan de politie doorgegeven zou worden. Ze konden maar beter op veilig spelen. Ze hadden er zo hard voor gewerkt en er zoveel voor opgegeven! Nu de teugels laten vieren was absolute dwaasheid.

De kwestie deed zich gelukkig niet voor. Ronald voelde zich prettig en veilig. De ruimte was inmiddels voldoende geventileerd. Hij had een gat gemaakt in het pleisterwerk en de betengeling van de wand naast de wc waardoor er via de spouwruimte verse lucht van de zolder naar binnen kon. Hij vond het eten dat hij kreeg lekker, hoewel soms een beetje aan de weinige kant, maar hij hoefde daarentegen nooit meer af te drogen. Hij had eerlijk gezegd geen enkele verantwoordelijkheid, behalve dan dat hij doodstil moest doen en zijn gewicht in de gaten moest houden.

Al met al was het evengoed geen rozengeur en maneschijn. De houding van zijn moeder stond hem nu en dan helemaal niet aan. Haar stem klonk af en toe wel erg dwingend en ze was geneigd om zelfs de eenvoudigste regels te herhalen, alsof ze hem nog steeds als een kind beschouwde. Dat beschreef ook zo ongeveer de toestand, bedacht Ronald wijs. Zijn moeder was vaardig op elk gebied, maar ze had zich nooit bij zijn opgroeien neer kunnen leggen. Maar deze toestand had toch zo zijn voordelen. Er werden geen al te vervelende dingen van hem verwacht en als hij lang genoeg zeurde kon hij meestal wel krijgen wat hij wilde, als het maar niet al te duur was. Zijn leven had heel wat beroerder kunnen zijn en als zijn moeder hem een beetje wilde betuttelen, waarom zou hij haar dan dat pleziertje niet gunnen? Ronald knikte wijs. Dit was onzelfzuchtig en gul van zijn kant en hij hoopte dat zijn moeder het waardeerde. Ze vond het heerlijk om voor hem te zorgen en tot deze ongelukkige kwestie achter de rug was had ze daar ruim de gelegenheid voor. Ondertussen zat hij veilig in zijn gezellige schuilplaats.

Ronald raakte helemaal in de ban van zijn oefeningen. Zijn moeder reed naar Stockton om wat goedkope oefenhulpen te kopen en een boek over bodybuilding, waarmee Ronald zeer in zijn schik was. Op zijn verzoek kocht ze ook een aquarelset voor hem en een blok goed papier, balpennen en viltstiften met verschillende kleuren inkt en een stapeltje notitieblokken, een kompas, een liniaal en een stuk of tien potloden. Ronald legde uit dat hij al heel lang een geïllustreerde geschiedenis van het magische land Atranta had willen schrijven en daar kon hij net zo goed nu mee beginnen.

Mevrouw Wilby liep niet erg warm voor het project. Zij had liever gehad dat Ronald zich aan het bestuderen van de biologie, de wiskunde en de anatomie zou wijden, om zich voor te bereiden op de medische loopbaan waarop hij zich zou toeleggen zodra ze zich ergens hadden kunnen vestigen. Ronald gaf toe dat dat een verstandige redenering was maar wanneer zijn moeder boeken over die onderwerpen voor hem meenam, toonde hij maar weinig belangstelling.

Ongeveer zes weken na het eerste bezoek van rechercheur Lynch, kwam hij op een zaterdag weer bij mevrouw Wilby langs. Ze hoorde een auto stoppen en keek uit het raam. Toen rende ze de gang in en gaf twee scherpe tikken op de wand.

Lynch belde aan en mevrouw Wilby deed open en keek hem onbewogen aan.

"Mag ik binnenkomen?" vroeg Lynch. "Dat praat wat prettiger dan op de veranda."

Mevrouw Wilby ging hem zwijgend voor naar de woonkamer. Lynch ging op de sofa zitten.

Mevrouw Wilby vroeg: "Hebben jullie Ronald kunnen vinden?"

Lynch schudde traag en treurig zijn hoofd. "Geen spoor van hem. Zelfs geen geruchtje. Hij lijkt wel opgelost in het niets. Heeft u misschien iets van hem gehoord?"

Mevrouw Wilby snoof bijna honend. "Waar hij ook is, ik hoop dat hij een fatsoenlijk leven leidt, om wat hier gebeurd is een beetje goed te maken."

"Dat hoop ik ook, mevrouw Wilby. Dat zou bijna neerkomen op resocialisering in de praktijk, als het inderdaad zo zou zijn. Maar al te vaak gebeurt dat niet, maar daar zullen we nu niet op ingaan."

Lynch leunde achterover en sloeg zijn benen over elkaar, blijkbaar helemaal op zijn gemak, en niet van zins om snel te vertrekken. Mevrouw Wilby zat er gespannen en zenuwachtig bij, met een half oor luisterend of Ronald niet per ongeluk geluid maakte. Stel dat hij nu de wc doortrok bijvoorbeeld!

Maar het bleef stil. Lynch stond op van zijn stoel. "Dit is een heel groot huis om hier in uw eentje in rond te stuiteren. Bent u nooit eenzaam?"

Mevrouw Wilby wist zowaar een lachje op te brengen. "U kunt het geloven of niet, maar als ik de hele dag heb gewerkt geniet ik van de rust. Ik kan doen wat ik wil en wanneer ik wil, en dat is wel een beetje eenzaamheid waard."

"Daar zou u weleens gelijk in kunnen hebben. Tja, me dunkt dat we elkaar verder niets te vertellen hebben, dus ik denk dat ik maar eens opstap. Vergeet niet me te bellen als u iets van Ronald hoort."

Eén vraag kon mevrouw Wilby niet binnenhouden. "Heeft u met zijn vader gesproken?"

Lynch knikte. "Hij was erg geschokt, zoals u zich wel kunt indenken. Maar hij wist niets over Ronalds verblijfplaats — beweerde hij tenminste." Lynch grinnikte. "We nemen de beweringen van een ouder natuurlijk wel altijd met een korreltje zout."

"Ik neem aan dat u uw vak verstaat," zei mevrouw Wilby een beetje zuur.

"Ik ben niet voor niets *rechercheur* Lynch. En als ik geen resultaat boek zou ik weleens heel gauw weer gewoon hulpsheriff Lynch kunnen zijn. Zo gaat dat nu eenmaal. Goedendag, mevrouw Wilby."

"Goedendag." Mevrouw Wilby keek uit het raam terwijl Lynch in zijn auto stapte en wegreed. Ze liep het hele huis door, net als de vorige keer, en ze keek door alle ramen. De kust leek veilig. Wat had ze toch een hekel aan dit achterbakse gedoe en het om de tuin leiden van de wet! Nota bene zij, die haar hele leven nog nooit zelfs maar een verkeersbon had gehad! Wat een ellende! Maar als het betekende dat ze Ronald hier bij zich had in plaats van in een of andere gruwelijke gevangenis vol seksuele viezeriken, dan was elk offer de moeite waard. Wat had rechercheur Lynch ook weer gezegd?

Resocialisering in de praktijk. Precies wat zij probeerde te doen. Ronald was in de grond een dromerige, onhandige jongen die door zijn moeder verzorgd moest worden en dat zou mogelijk zijn hele leven zo blijven. Die gedachte bezorgde mevrouw Wilby een kleurtje van genoegen. Het was fijn om te weten dat iemand je nodig had in zo'n kille, onpersoonlijke wereld.

Ze liep naar de provisiekast, klopte vier keer op het deurtje en Ronald klapte het open. Ze hadden het paneel al een hele tijd geleden voorzien van scharnieren en een knip en het geheime klapdeurtje werkte nu erg handig. "De politie was net hier," zei mevrouw Wilby. "Volgens mij was het een routinebezoek, maar het laat maar weer zien hoe voorzichtig we moeten zijn!"

"We zijn ze gewoon te slim af," verkondigde Ronald. "Je bent echt een geweldige actrice!"

"Dat ben ik helemaal niet," snauwde mevrouw Wilby. Deze toon van leedvermaak was absoluut niet de toon die zij Ronald wilde horen aanslaan. Ze vroeg zich af of hij eigenlijk de ernst van de toestand wel doorhad. Hij vertoonde in ieder geval geen spoor van de rusteloosheid en de neerslachtigheid die hun beider levens weliswaar zwaarder gemaakt zouden hebben maar haar wel gerustgesteld zouden hebben. Hij leek integendeel best in zijn sas met zijn bestaantje van eten, lezen, slapen, bodybuilden en aan zijn verzonnen geschiedverhaal werken. Ze nam zich voor om Ronald wat harder aan te pakken. Ze zou erop staan dat hij zich in de natuurwetenschap en de wiskunde ging verdiepen. Maar nu even niet, ze had helemaal geen zin in ruzie. Door de spanning van het bezoek van rechercheur Lynch had ze haar maagtablet vergeten in te nemen en dat deed ze nu maar alsnog. Ze had nog steeds een opgepropt en misselijk gevoel in haar maag. Ze kon nu echt geen maagzweer gebruiken.

Ze maakte het avondeten voor Ronald en voor zichzelf klaar en rekende daarna uit hoelang het nog zou duren voor ze aan vertrek konden gaan denken. Aanvankelijk had ze aan een termijn van een paar maanden gedacht, op zijn hoogst een half jaar, maar het spaargeld vermeerderde maar zo ontzettend langzaam! Ze hadden op zijn minst tweeduizend dollar nodig, met minder zou ze niet graag vertrekken. Een jaar? Tegen die tijd zou de verontwaardiging en het schandaal vergeten zijn. Ze zouden onopvallend kunnen vertrekken en niemand zou er iets van merken.

Hm — een streefdatum van een jaar, dus. Een hele tijd, maar hoe langer ze in Oakmead bleven, hoe meer kans ze hadden om een geslaagd nieuw leven te beginnen. Het was voor Ronald wel zwaar natuurlijk. Arme lieverd! Hij was altijd zo'n slim ventje geweest. Wie had deze verschrikkelijke tragedie kunnen voorzien, die zijn hele leven had kunnen verpesten als zij hem niet had geholpen! Een jaar zou zo voorbij zijn en dan had ze de benodigde tweeduizend dollar, of misschien zelfs wel drieduizend — als ze nog wat meer op de uitgaven kon beknibbelen. De levensverzekeringspremie bijvoorbeeld. Ze zouden zich een nieuwe identiteit aanmeten. Wat hadden ze dan nog aan de oude verzekering? Ze zou die meteen te gelde maken. Ronalds ziektekostenverzekering was nu een nutteloze uitgave. Die zou ze ook opzeggen en

ook die van haarzelf. Dat zou weer vijfendertig dollar per maand schelen. Aan kleren, vermaak en andere zaken voor Ronald hoefde ze bijna
niets uit te geven. Haar eigen kleren waren goedkoop en netjes en als
ze iets nieuws nodig had kon ze misschien proberen zelf iets te naaien.
Aan het eind van deze maand zou ze de krant opzeggen en de tijd-
schriftabonnementen zou ze niet meer verlengen en ze had ook ergens
gehoord dat sojameel een goedkope en voedzame vleesvervanger was.
Het proberen waard, want vlees was verschrikkelijk duur. De telefoon?
Mevrouw Wilby overwoog het, maar besloot om het abonnement
niet op te zeggen. Ze moest weleens naar haar werk bellen. Maar ze
kon makkelijk overstappen op een gedeelde lijn, op basis van beperkt
gebruik. Dat tikte allemaal aan. Als Ronald later rijk en geslaagd was
zouden ze misschien ooit een reisje naar Europa maken. Zij had altijd
graag Venetië en Parijs willen bezoeken en de statige landhuizen in
Engeland, en misschien zouden ze dan eindelijk kunnen lachen om de
duistere tijden die ze nu doormaakten. Of zouden ze het onderwerp
maar liever niet ter sprake willen brengen? Hmmf. Waarschijnlijk niet.

HOOFDSTUK VI

Het magische land Atranta omvatte zes domeinen: Kastifax, Hangkill, Fognor, Dismark, Plume en Chult, elk geregeerd door een hertogelijke tovenaar. Elke hertog woonde in een schitterend kasteel, met bovengronds poorttorens, geschutskoepels en vestingtorens en onder de grond wrede kerkers. Midden in Atranta lag het wonderbaarlijke Zulamber, de Stad van de Blauwgroene Parels, geregeerd door Fansetta, een mooie prinses vol parels en goud. De hertogelijke tovenaars voerden eindeloze oorlogen tegen elkaar, waarbij ze gebruikmaakten van toverwapens en legers van bovennatuurlijke griezels, lijkeneters en duiveltjes en als ze daar niet mee bezig waren beraamden ze aanslagen op prinses Fansetta. Een oeroude legende voorspelde dat de man die Fansetta's hart wist te veroveren zou heersen over heel Atranta en om die reden verkeerden Fansetta's kuisheid, haar leven en zelfs haar ziel voortdurend in gevaar.

Norbert, een prins uit het verre Vordling, kwam naar Atranta, op de vlucht voor de tiran van Vordling. Met durf en vaardigheid heeft Norbert de tovenaar van Kastifax, hertog Urken, verslagen en diens magische kasteel in bezit genomen en al zijn toverspreuken.

Fansetta, prinses van Zulamber, de Stad van de Blauwgroene Parels, heeft Norbert gezien in haar toverlens en is verliefd op hem geworden, ook al denkt ze dat hij Urken is...

VERDER HAD RONALD HET VERHAAL nog niet uitgewerkt; er waren gewoon te veel opwindende mogelijkheden. Bovendien moest hij eerst nog een heleboel voorbereidend werk doen. Ten eerste de gedetailleerde geschiedenis van Atranta, met de afstamming van alle tovenaarlijke hertogdommen; hoe hun macht in de loop der jaren was gegroeid en afgenomen; de stichting van de stad Zulamber in het verre verleden en het aanstellen van de Wachters met hun Zeven Spreuken; de levensloop van alle verschillende prinsessen die in Zulamber aan de macht waren geweest. Ze waren allemaal bevallig maar hun leven was niet zo verrukkelijk als je zou verwachten, want Zulamber, de enige grote stad in Atranta was een broeinest van vermetelheid en intrige. Ten tweede was de grote kaart van Atranta die de wand tegenover Ronalds ledikant in beslag nam nog lang niet compleet, ook al had Ronald met liefde vele uren aan het project gewijd. De schaal was 1 op 300.000 en Ronald gebruikte pennetjes met een heel fijn puntje en de subtielste kleuren om elk trekje van het eigenaardige maar prachtige landschap weer te geven: de hoogte en de hellingshoek van elke heuvel, rotspiek, bult, richel en steile wand; de loop van elke rivier en beek; de uitgestrektheid van het Barre Braakland, de Winderige Woestijn en de Vreeswekkende Vlakte. Hij tekende elke weg, elke laan en elk voetspoor; hij ontwierp elk stadje en elk gehucht en hij markeerde elk baken, monument, slagveld, kasteel, fort, grot, zwerfkei en megaliet. En onderwijl werkte hij aan een index met plaatsnamen en coördinaten. Een karwei van enorme omvang, maar het schonk Ronald veel voldoening. Hij had tenslotte geen haast en hij had nog nooit zoveel vrije tijd gehad. Vrije tijd? Ha! Met zijn oefeningen, de grote kaart, de geschiedenis en zijn schetsen van de kastelen van de hertogelijke tovenaars, had hij amper tijd om naar de radio te luisteren, laat staan om de gortdroge studieboeken in te kijken die zijn moeder voor hem meenam. Soms was hij er helemaal niet zo zeker van dat hij dokter wilde worden. Jammer dat zijn moeder niet meer verdiende. Misschien zou zijn tante Margaret wel doodgaan en haar hele vermogen aan hem nalaten. Jammer genoeg zou alles vast en zeker naar zijn neef Earl en nicht Agnes gaan. Hmm, het zou natuurlijk anders uit kunnen pakken wanneer Earl en Agnes zouden omkomen voor tante Margaret doodging. Maar ze woonden ver weg in Pennsylvania. Earl en Agnes hadden inmiddels natuurlijk allang van zijn 'schandelijke daad' en zijn 'verdwijning' gehoord. Als ze eens wisten! Agnes was een tamelijk knap meisje. Nichtje of niet, hij zou wat graag zijn schuilhol met haar delen. Ze moest natuurlijk wel stil zijn, maar ze zouden het samen geweldig kunnen hebben. Hoewel dat valse kreng Laurel Hansen nog beter zou zijn. Wat had hij een bloedhekel aan haar en wat zou hij haar graag te pakken nemen! Fansetta, de Parelprinses, leek nogal op Laurel en ongetwijfeld zou ze ergens in het verhaal haar verdiende loon wel krijgen — misschien wel uit handen van Gangrod, de allerkwaadaardigste en meest sadistische onder de hertogelijke tovenaars. Norbert zou haar natuurlijk komen redden, maar Norbert zou dan inmiddels weleens verliefd kunnen zijn op Shallis, een donkerharig bedelaresje, beeldschoon, in weerwil van haar lompen en het vuil en sommige smerige gewoontes. Shallis leek trouwens ook een beetje op Laurel, nu hij erbij stilstond. Laurel zat hem nogal hoog, blijkbaar...Laurel, Laurel, die gemene kleine konkelaarster! Het was in wezen haar schuld dat hij hier in dit hol zat! Niemand zou het geloven als hij dat uitlegde. Smalende, lamlendige Laurel zelf zou het ook niet geloven, dat was wel zeker, en het zou haar trouwens niks kunnen schelen. Ooit zou ze moeten lijden, evenveel of zelfs meer dan hij had geleden! Maar eigenlijk was zijn schuilhol tamelijk gezellig en gerieflijk en hij had geen verantwoordelijke taken om hem af te leiden van de dingen die hij wilde doen. Hij zou wel graag een grotere portie eten willen en wat lekkerder toetjes — die gelatinepudding begon hem een beetje zijn keel uit te hangen — maar dat was maar een kleinigheid. Zijn moeder had gelijk, hij wilde niet dik worden. Niet echt dik, tenminste. Ondanks alles was hij toch een beetje aangekomen. Als hij uit zijn schuilplaats de keuken in kroop wanneer zijn moeder er niet was kon hij altijd wel iets te eten vinden. Maar hij wilde helemaal niet uit zijn schuilplaats tevoorschijn komen; als hij er eenmaal een keer uit was geweest zou dat op de een of andere manier alles veranderen. Dan was de knusheid verdwenen. Bovendien had zijn moeder hem strikt verboden om eruit te komen; iemand zou hem kunnen zien. Zijn moeder wist het het beste; hij bleef lekker in zijn schuilhol waar hij zijn werk had, zijn oefenprogramma en zijn maaltijden. Het leven was makkelijk; hij was tevreden.

HOOFDSTUK VII

Op een zaterdagmiddag in november ging mevrouw Wilby zoals gewoonlijk haar wekelijkse boodschappen doen in de supermarkt. Bij de drogisterijafdeling bleef ze even staan om naar een nieuwe maagtablet te kijken waarvoor ze een advertentie op de tv had gezien, want haar oude medicijn gaf haar niet meer de verlichting die ze verwachtte. Een magere, zenuwachtig uitziende vrouw van ongeveer haar eigen leeftijd, met donker haar en expressieve donkere ogen kwam haar tegemoet door het pad. Naast haar liep een nogal ernstige jongen misschien een jaar ouder dan Ronald, blijkbaar haar zoon. Toen hij mevrouw Wilby zag mompelde hij iets tegen zijn moeder.

Omdat ze het medicijn buitensporig duur vond, draaide mevrouw Wilby zich om en toen ze verder wilde gaan botste ze met haar winkelwagentje tegen dat van de andere vrouw. Ze zei: "Neem me niet kwalijk," en wilde doorlopen maar de andere vrouw zei op nerveuze, vlugge toon: "U bent toch mevrouw Wilby?"

"Ja, die ben ik, inderdaad." Mevrouw Wilby kon de vrouw niet helemaal thuisbrengen. Misschien had Ronald haar zoon wel gekend, een middelgrote jongen met een rechte rug en een scherp, mager gezicht. Hij kwam haar eigenlijk wel bekend voor.

"Ik ben mevrouw Mathews. Dit is mijn zoon Duane, maar ik neem aan dat u hem wel kent. Hij bezorgde vroeger uw krant."

"Ach, natuurlijk," zei mevrouw Wilby een beetje slapjes. "Ik herinner me hem heel goed." Ze voelde zich zo onbehaaglijk dat ze het er warm van kreeg. De laatste mens op de wereld met wie ze een praatje wilde maken was wel mevrouw Mathews, zelfs als haar man geen café-eigenaar was geweest.

"Ik heb heel vaak op het punt gestaan om u te bellen," zei mevrouw Mathews ademloos. "Ik weet hoe u zich moet voelen over die vreselijke zaak. U moet er veel meer onder lijden dan wij en ik wilde u graag laten weten dat wij heel erg met u meeleven."

Eindelijk wist mevrouw Wilby haar stem terug te vinden. "Dat is erg aardig van u, mevrouw Mathews en u heeft gelijk, we delen de tragische gebeurtenis. Ik heb besloten dat ik er niet over moet gaan zitten piekeren en dat ik door moet gaan met leven, en dat probeer ik te doen."

Mevrouw Mathews ogen glinsterden en ze deed onwillekeurig een stap naar voren. Mevrouw Wilby was bang dat ze in tranen zou uitbarsten of haar zou proberen te omhelzen, en met allebei zou ze zich vreselijk opgelaten gevoeld hebben. Maar mevrouw Mathews wist zich te beheersen. Ze zei eenvoudig: "De Heer heeft zo zijn redenen. Hij doet niets zonder grond en het zou aanmatigend van ons zijn om Zijn wijsheid in twijfel te trekken."

"Ja, ik denk dat u daar gelijk in heeft."

"Toch zou ik voor ons beider geluk liever gehad hebben dat de Heer in Zijn genade de dingen anders had beslist."

Mevrouw Wilby boog instemmend haar hoofd en wilde maar dat mevrouw Mathews verder zou gaan winkelen zodat zij dat ook kon doen. Haar karretje lag vol met etenswaren: een kilo rundergehakt, tweeënhalve kilo rijst, twee kippen, twee broden, twee pakjes margarine, twee grote pakken chocolademelk, drie kroppen sla van de aanbieding en het leek wel of Duane Mathews haar aankopen met wat meer dan terloopse belangstelling bekeek. "Ik vind het fijn even met u gesproken te hebben," zei mevrouw Wilby en met een lachje naar Duane liep ze verder door het pad.

Die avond was ze ongewoon kortaf tegen Ronald die over zijn toetje mopperde. "Moeten we echt iedere avond gelatinepudding eten? Ik dacht dat je ijs zou meenemen."

Dat had mevrouw Wilby inderdaad beloofd, maar na haar ontmoeting met mevrouw Mathews had ze niet alles meer gekocht wat ze van plan was geweest. "Hou alsjeblieft op met klagen, Ronald. Ik doe m'n best en met je kieskeurigheid maak je het er niet beter op." In die woorden klonk de onuitgesproken gedachte door dat Ronalds teleurstelling over het feit dat hij geen ijs kreeg aan zijn eigen gedrag te wijten was.

Ronald zei maar niets meer maar zijn hele avond was bedorven. Na het eten lag hij mokkend naar de radio te luisteren. Z'n moeder had heus niet zo scherp hoeven reageren; hij had zich tenslotte niet één keer, maar zelfs verscheidene keren verontschuldigd voor die ellendige kwestie. Zij waardeerde hem net zomin als de andere mensen. En wat Carol Mathews betrof, op de keper beschouwd was die net zo goed schuldig als hij; als zij niet zo dwars en wraakgierig was geweest zou alles anders gelopen zijn. Misschien was het ook niet erg logisch om Laurel Hansen de schuld te geven, maar logisch of niet, dat was wat hij voelde en misschien ooit... Hij slaakte een diepe zucht. Nee, hij wilde niet nog erger in de problemen raken. Wanneer ze naar Florida verhuisden zou hij haar doodeenvoudig moeten vergeten.

Met Thanksgiving braadde mevrouw Wilby een kleine kalkoen in de oven en maakte ze met ananassiroop geglaceerde zoete aardappels met marshmallows er overheen gestrooid zoals Ronald het zo graag lustte. Het zou geweldig geweest zijn om alle gordijnen dicht te trekken en Ronald uit zijn schuilplaats te halen zodat ze samen echt van het feestmaal konden genieten — maar dat kon ze maar beter niet doen. Als Ronald er eenmaal een keer uit was geweest, zou hij met elk voorwendsel uit zijn schuilhol willen komen en vroeg of laat zou iemand hun geheim ontdekken. Ronald kreeg dus zijn feestmaal op een dienblad maar hij mocht van alles zoveel hij maar wilde. Mevrouw Wilby at zelf maar weinig. Haar maagzweer, zoals ze nu zelf haar narigheid had benoemd, speelde flink op en misschien moest ze toch maar eens naar de dokter, hoewel ze er een hekel aan had om geld uit te geven! Straks was het Kerst en dat betekende ook al extra kosten, hoezeer ze ook haar best deed om dat te vermijden. Kerstkaarten en postzegels, een cadeautje voor het feestje op kantoor, cadeautjes voor Ronald, een kerstboom — hm, dit jaar misschien toch maar geen boom. Ja, besloot ze, dit jaar definitief geen boom. En Ronalds cadeautjes zouden ook minimaal worden. Het ging trouwens niet alleen om de uitgaven, maar ze moest ook rekening houden met het feit dat ze wanneer ze wegging uit Oakmead noodgedwongen alleen de allernoodzakelijkste spulletjes konden meenemen. Eigenlijk moest ze zelfs een maand of zo voor hun vertrek onopvallend gaan proberen om haar meubilair en haar apparaten te verkopen... Maar bij nader inzien misschien toch maar beter van niet. Veel te gevaarlijk, voor het geval de politie haar nog steeds in de gaten hield. Ze had geen aanwijzingen dat ze haar huis nog bewaakten maar ze kon maar moeilijk geloven dat ze het zo makkelijk op zouden geven. Als ze erachter kwamen dat ze haar meubilair had verkocht zouden ze weten dat ze van plan was om te vertrekken. Mogelijk (zouden ze denken) om zich bij Ronald te voegen en dan zouden ze alles wat ze deed zorgvuldig in de gaten houden.

Ze legde Ronald uit dat ze dit keer met Kerst heel kalm aan moesten doen en Ronald sputterde niet tegen. Er was trouwens toch niets dat hij wilde hebben, behalve dan een kleine tv en misschien een abonnement op de Playboy — allebei ijdele hoop.

"Geef me maar gewoon helemaal niks," zei hij nadrukkelijk. "We kunnen het geld beter opsparen. Maar ik zou het fijn vinden als je iets voor jezelf koopt, iets dat je graag wilt hebben, zodat ik het gevoel krijg dat je toch een fijne kerst hebt."

Dat trof mevrouw Wilby. "Een fijne kerst krijgen we pas weer als we ver uit de buurt van Oakmead zijn, ergens waar niemand ons kent. Als je me dit keer een echt fijne kerst wilt bezorgen, begin dan met leren. Je zou al die vrije tijd goed kunnen gebruiken als je maar wilde."

Ronald zei nederig: "Ik weet dat je gelijk hebt. Na de feestdagen ga ik er echt tegenaan. Het heeft geen zin om mijn opleiding te laten verslonzen."

"Natuurlijk niet! Ik weet nog niet hoe we je weer op school moeten krijgen, meestal willen ze een overschrijving. Misschien moeten we maar een particuliere school proberen waar ze zich niet zo druk maken over dat officiële gedoe."

Kerstmis was niet helemaal saai. Mevrouw Wilby kocht een speelgoedboompje voor Ronalds schuilplaats en ze braadde weer een kleine kalkoen, die goedkoper was en waar je langer mee toe kon dan met een biefstuk of een varkensrollade, waar Ronald de voorkeur aan zou geven. Ze kon het niet over haar hart verkrijgen om Ronald helemaal geen cadeautje te geven en dus kocht ze een flesje *Wilde Kozak* lotion, een boekje met kruiswoordraadsels en een erg ingewikkelde puzzel.

Ronald bedankte haar overmatig. "Ik hoefde echt helemaal niks, maar dit is allemaal geweldig! Ik hoop dat je ook iets voor jezelf hebt gekocht."

"Ja, lieverd, dat heb ik gedaan. Ik had dringend nieuw ondergoed nodig en ik heb mezelf op wat mooie nieuwe spulletjes getrakteerd."

"Goed zo! Daar ben ik blij om. Je had nog wat anders ook moeten kopen!"

Mevrouw Wilby's kerstetentje was eenzaam en treurig. Wat een verschil met vroeger, toen zij en Ronald samen gezellig de feestdagen doorbrachten! Uit pure verveling at ze meer dan gewoonlijk en vlak na het eten werd ze plotseling erg misselijk, en daar bleef ze de hele avond in meerdere of mindere mate last van houden.

De volgende dag besloot ze dat de pijn in haar buik ondraaglijk was geworden en ze ging naar de dokter.

Mevrouw Wilby kwam pas laat in de middag thuis. Door de dunne gipsplaat die de oude deuropening afdekte hoorde Ronald haar voetstappen op het trapje naar de veranda. Hij hoorde haar de voordeur openmaken en weer dichtdoen en daarna bleef het stil. Blijkbaar stond zijn moeder bewegingloos in de gang. Vreemd, dacht Ronald die een bijzonder scherp gevoel voor sfeer en stemming had gekregen. Ineens kreeg hij een angstaanjagende gedachte: was het eigenlijk zijn moeder wel die daar in de gang stond? Hij kwam razendsnel overeind als een grote, sluipende kat en legde zijn oor tegen de gipswand. Een paar tellen later liep de persoon in de gang de eetkamer in. Ja, het was toch zijn moeder, het ritme van haar voetstappen was onmiskenbaar, maar zo te horen was ze moe en mistroostig.

Mevrouw Wilby tuurde weer door alle ramen naar buiten, zoals ze dat gewoon was, maar in plaats van daarna vier keer op de wand te kloppen, ging ze in de eetkamer aan tafel zitten. In zijn schuilplaats luisterde Ronald met stijgende ongerustheid. Maar hij durfde niet te roepen om te vragen wat er mis was; hij moest wachten tot zijn moeder vier keer klopte. Hij ging op de rand van zijn bed zitten. Er was iets niet in orde.

Even later liep zijn moeder naar de provisiekast en klopte ze vier keer op het geheime klapdeurtje. Ronald trok het vliegensvlug open. "Is er iets mis?"

Met een gelijkmatige, beheerste stem antwoordde mevrouw Wilby: "Tot op zekere hoogte wel, ja. De dokter zegt dat er iets mis is met m'n galblaas en dat ik geopereerd moet worden."

Ronald bleef zwijgend zitten terwijl hij overdacht wat daar allemaal aan vast zou zitten. "Je bedoelt dat je naar het ziekenhuis moet?"

"Ja. Op zijn minst voor een week, en mogelijk langer."

Weer dacht Ronald na. "Wanneer moet het gebeuren?"

"Volgende week maandag."

"Nou, ik hoop dat je je daarna een stuk beter zal voelen," zei Ronald met holle opgewektheid.

"O, ik ga me echt wel beter voelen, daar maak ik me geen zorgen over. Het is meer het geld. Zulke dingen zijn rampzalig duur en we hebben geen ziektekostenverzekering meer."

Weer dacht Ronald een tijdje na. "Hoeveel gaat het kosten, dan?"

"Dat weet ik niet precies. Ik neem aan toch zeker wel zeven of achthonderd dollar."

"Hmm." Ronald wist niet wat hij moest zeggen. Zijn moeder zei met toonloze stem: "Ik zal een kookplaatje voor je kopen en ruim voldoende eten. Terwijl ik weg ben zul je voor jezelf moeten zorgen."

"Natuurlijk. Dat komt wel goed, moeder. Maak je vooral geen zorgen."

"Behalve over geld dan."

Ronald trok een lelijk gezicht. Hij had een pesthekel aan het woord geld. "Nou ja, wat het ook kosten mag, het belangrijkste is jouw gezondheid."

"Dat besef ik echt wel. We moeten ons maar zo goed mogelijk zien te redden."

HOOFDSTUK VIII

DE VOLGENDE DAG reed mevrouw Wilby naar Stockton, waar de Canned Goods Discount groothandel verpakte etenswaren per doos verkocht tegen heel schappelijke prijzen. Mevrouw Wilby was zo onder de indruk van de kosten die ze kon besparen dat ze van bonen met varkensvlees, tamales en doosjes macaroni met kaas elk een hele doos kocht en van blikken perziken, peren en doperwten elk een halve doos. Ze vond ook 5-kilo pakketten melkpoeder. Van nu af aan zou Ronald dat moeten drinken, want chocolademelk was veel te duur en moest als een luxe worden beschouwd.

De winkel verbijsterde haar met zijn hoeveelheid goedkope aanbiedingen en ze besloot hier terug te komen wanneer ze uit het ziekenhuis terug was. Als ze alles goed plande, kon ze hun voedselbudget misschien wel met een derde terugbrengen van zijn toch al lage niveau. Ronald zou niet echt durven klagen, maar om hem een beetje tegemoet te komen kocht ze een sortering schappelijk geprijsd limonadepoeder en een dozijn pakken chocolademuffins. Bij een huishoudelijke artikelenwinkel in de buurt kocht ze een goedkoop kookplaatje waarop Ronald zijn eigen maaltijden kon koken en toen reed ze weer naar huis.

Daar deed zich een nieuw probleem voor: Hoe moest ze haar autolading proviand het huis in zien te krijgen zonder de nieuwsgierigheid van mevrouw Schumacher op te wekken?

Mevrouw Wilby wachtte tot het flink begon te schemeren en ze mevrouw Schumacher door de ramen in haar verlichte keuken het avondmaal zag klaarmaken. Toen snelde ze heen en weer tussen de veranda en haar auto en binnen een paar minuten had ze al haar aankopen naar binnen gebracht.

Zoals ze al had verwacht trok Ronald zijn neus op voor de poedermelk. Mevrouw Wilby zei vinnig: "Het is dit of niks! Alle noodzakelijke voedingsstoffen en mineralen zitten erin. Het is precies hetzelfde als gewone melk maar dan zonder water, wat ook een tamelijk duur ingrediënt is wanneer je het in melk koopt — net als in andere etenswaren trouwens."

Mevrouw Wilby schoof het kookplaatje en een ruime hoeveelheid etenswaar door het klapdeurtje en nu voelde ze zich wat geruster. "Je maaltijden zijn natuurlijk niet erg opwindend, maar je kunt tenminste eten tot ik terug ben."

Ineens sloeg Ronald de angst om z'n hart. "Ik vind het vreselijk dat je zo lang weg moet."

"Er is nu eenmaal niets aan te doen," zei mevrouw Wilby kordaat. "Begin alsjeblieft niet moeilijk te doen, Ronald. Het is een kwestie van naar het ziekenhuis gaan of heel erg ziek worden. Het staat mij ook bepaald niet aan."

Maandagochtend vertrok mevrouw Wilby naar het ziekenhuis, nadat ze Ronald zijn laatste instructies had gegeven. "Maak je vooral geen zorgen en ga je niet zitten opvreten. Je hebt je boeken en je studie en je radio om je bezig te houden. Als je niet gaat zitten mokken vliegt de tijd zo om. Denk erom dat je onder geen voorwaarde uit je schuilplaats komt. Ik wil bijvoorbeeld absoluut niet dat je naar de tv gaat zitten kijken of zoiets. Mevrouw Schumacher is de bemoeizuchtigste vrouw die ik ken en echt zo iemand die toevallig het licht zou kunnen zien branden of je zou kunnen zien rondlopen. Ik heb je acht sinaasappels, acht appels en acht lekkere verse wortels gegeven, eet er elke dag van alle drie een en vergeet ook je vitaminepil niet. Blijf goed je oefeningen doen en maak toch vooral een begin met je studie. Het is echt erg belangrijk als je ooit nog iets wilt bereiken. Is alles je nu helemaal duidelijk?"

Ronald mompelde: "Ja, moeder."

"Goed. Dan ga ik nu maar. Gedraag je een beetje en doe je klapdeurtje dicht zodra ik weg ben."

Ronald gaf geen antwoord. Hij hoorde zijn moeders stappen — de keuken door, de eetkamer en de gang. De voordeur ging open en sloeg dicht. Ze was weg. Hij was alleen.

Ronald deed zijn geheime deurtje dicht. Hij ging op zijn bed liggen en luisterde. Het huis was ademloos stil, een eenzame stilte, heel anders dan wanneer zijn moeder overdag naar haar werk was.

Ronald pakte een van de boeken waaruit zijn moeder hem wilde laten leren: *Inleiding tot de algebra.* Zo te zien leek het erg moeilijk en saai. Een tweede boek was: *De levende wereld,* waarin hij een stel interessante illustraties aantrof. Het derde boek was: *Strijders voor het leven,* een verzameling levensbeschrijvingen van voortreffelijke artsen, medische onderzoekers en biologen. Ronald tuitte zijn lippen en legde het boek weg. Hij wilde helemaal geen dokter worden. Wat wilde hij eigenlijk wel worden? Hij wist het nog niet.

De ochtend verstreek heel traag. Voor de lunch maakte Ronald boterhammen met pindakaas en jam en als toetje at hij twee pakken chocolademuffins leeg. Hij maakte een glas poedermelk klaar en dronk het met tegenzin op. Dat was z'n lunch.

Hij ging aan de slag met Atranta. Elk van de zes tovenaarskastelen moest worden geschetst en dan ingekleurd met aquarelverf en ook de indeling van het interieur moest nauwkeurig uitgewerkt worden, van kerkers en martelkamers tot en met zolderkamertjes. Ronald was ook van plan om voor elk kasteel een aanzicht van de grote zaal te tekenen en een portret ten voeten uit van elke hertogelijke tovenaar. Door hardnekkig te blijven proberen had hij inmiddels potloodschetsen van de tovenaarskastelen weten te maken die hij zelf nogal indrukwekkend vond. Maar mensengestalten en gezichten gingen hem minder goed af. Er zat niets anders op dan te blijven oefenen tot hij er handig in werd en hij werkte elke dag aan zijn tekenvaardigheid door mensengestalten na te tekenen uit de modeadvertenties in de krant.

De middag sleepte zich voort. Ronald werd ongedurig. Zijn normale bezigheden wisten hem niet te boeien. Hij deed futloos zijn oefeningen, bekeek de kaart van Atranta en was even een paar minuten bezig met het intekenen van een voetpad over de Wolkenschaduwheide.

Hoewel Ronald uit zijn schuilhol niets van de buitenwereld kon zien, voelde hij toch de speciale eigenschappen van ochtend, middag, avond en nacht heel goed aan. Naarmate de dag verstreek veranderde er een onbenoembaar aspect van zijn schuilplaats en als de schemering rond het huis in nacht was overgegaan besefte Ronald dat heel goed.

Hij deed voorzichtig zijn klapdeurtje open en keek rond in de provisie-kast. Het gevoel van leegte was buitengewoon sterk. Zijn aanwezigheid maakte zich niet kenbaar; hij leek wel een soort geest. Ronald huiverde. Hij klapte het deurtje weer dicht en warmde zijn avondmaal op het kookplaatje: tamales en bonen met brood en boter, een glas van de gehate poedermelk, en twee cupcakes en een banaan toe.

Inmiddels was het nacht. Ronald vroeg zich af hoe het met zijn moeder zou zijn en of de operatie al achter de rug was. Hij wist dat ze aan hem zou liggen denken. Hij keek nog eens naar het geheime deurtje. Zijn moeder was echt overdreven voorzichtig. Er kon toch niets ergs gebeuren als hij een keer uit zijn schuilhol kwam, als hij maar voorzichtig was. Het was donker, je kon hem onmogelijk zien. Het zou wel fijn zijn om zijn benen eens te strekken. Waarom ook niet? Zijn moeder hoefde het nooit te weten te komen.

Hij klapte het deurtje open en begon naar buiten te kruipen toen hij ineens het lichtschijnsel opmerkte dat voor hem uit in de provisiekast viel. Haastig trok hij zich terug en hij smeet het deurtje dicht. Hoe had hij zo onvoorzichtig kunnen zijn! Waarschijnlijk was er niks aan de hand. Mevrouw Schumacher zou wel erg ingespannen hebben moeten zitten turen om iets gemerkt te hebben.

Hij deed zijn licht uit, klapte het deurtje weer open en kroop de provisiekast in. Langzaam ging hij op handen en knieën zitten en daarna kwam hij traag overeind. Terwijl hij amper adem durfde te halen keek hij de keuken rond. Een straatlantaarn een meter of vijftig verderop in de straat wierp een bleek schijnsel door de ramen naar binnen, niet zo helder als maanlicht maar het paste precies bij Ronalds stemming. Sidderend van opwinding liep hij de keuken in. Het huis van Schumacher was donker, misschien waren ze wel een avondje uit.

Ronald sloop de eetkamer in: een plek waarmee hij altijd zo ver-trouwd was geweest maar die hem nu voorkwam als een vreemd, verboden land. Ronald beefde van een eigenaardig soort opwinding. Hij voelde zich sterk en geheimzinnig, als een met ontzagwekkende krachten begiftigd bovennatuurlijk schepsel. Niemand wist van zijn bestaan; hij kon doen wat hij wilde; niemand kon hem tegenhouden. Hij verkeerde buiten elk menselijk toezicht!

Op geluidloze voeten sloop hij de woonkamer in. Door de voorramen vielen schuine bundels bleek licht naar binnen. Het duikbootoog van de televisie staarde hem van de andere kant van de kamer aan. De divan, de leunstoelen en het bureautje stonden op hun vaste plaats; essentiële zaken, stabiel en onveranderlijk.

Ik ben alleen, dacht Ronald. Ik ben ongezien. Ik ben de geest van de duisternis, meer dan menselijk! Ik heb meer-dan-menselijke harts-tocht gekend. Ik heb de verboden daad begaan! Menselijke twijfels weerhouden mij niet langer; ik ken geen menselijke angst! En nu kwam er uit de diepten van zijn gemoed een ontzagwekkend verhelderende gedachte bovendrijven: hij had geen spijt van wat hij Carol Mathews had aangedaan. Hoe kon hij spijt hebben van zulk geweldig genot! Alleen wel jammer dat hij zo had geblunderd. Ronald ademde diep in en weer uit. Hij sloop naar de ramen en tuurde naar buiten de nacht in. Ergens daarbuiten was Laurel Hansen; waarschijnlijk gewoon thuis, maar wie weet? Misschien was ze onderweg naar huis van een bood-schap of kwam ze bij een vriendin vandaan. Dat zou nog eens genieten zijn! O Laurel, wat heb jij me pijn gedaan! En Laurel, Laurel — wat zou ik allemaal met je doen als ik je zou kunnen vinden en ergens met jou alleen kon zijn!

Maar hij durfde niet naar buiten de nacht in. De straatlantaarn zou zijn onvermomde gezicht beschijnen, ze zouden hem kunnen zien en herkennen en dan zou de hele stad in rep en roer raken. Hij zou aangevallen worden en opgejaagd en ten slotte in het nauw gedreven worden... Nee, nee, hij kon maar beter het huis niet verlaten!

Hij bleef een kwartier in de woonkamer staan en toen liep hij door de gang naar de eetkamer. Hij ging aan tafel zitten en snoof de geur op van gewreven hout en meubellak en de vervlogen essentie van tienduizenden maaltijden.

Ronald zat een tijdje te genieten van de stilte. Ten slotte stond hij op. Hij liep door de keuken met zijn eigen vertrouwde geur naar de provisiekast waar hij op zijn knieën ging zitten en door het geheime klapdeurtje weer in zijn schuilhol terugkroop. Hij deed het deurtje dicht. Nu kon hij het licht weer aandoen en naar zijn mensenbestaan terugkeren! Hier bevond zich het brein van het huis, het kloppende kruispunt van verstand en hartstocht, hier in deze geheime binnen-kamer, waar hij ongezien en onbekend woonde!

Hij ging op zijn bed liggen en lag naar het plafond te staren. Hij bedacht ineens dat de geheime kamer volmaakt was op één tekort na, waar hij zo vlug mogelijk iets aan zou doen — om het vervolgens zelfs voor zijn moeder geheim te houden.

Ronald werd vroeg wakker met een opgewonden gevoel over voorvallen waarvan hij voelde dat ze te gebeuren stonden maar die hij niet kon benoemen.

Hij ontbeet met cornflakes en bananen en onderwierp ondertussen de vloer van zijn schuilplaats, die bedekt was met een dambord van gele en witte plastic tegels, aan een scherp onderzoek. Na het ontbijt zat hij nog een paar minuten na te denken en vervolgens deed hij zijn klapdeurtje open en keek behoedzaam om zich heen. Het zonlicht stroomde de keuken binnen en een stuk of zes vliegen zoemden tegen de ramen. Ronald kroop de provisiekast in en toen door de keuken naar de veranda achter het huis.

In de loop der jaren had mevrouw Wilby een allegaartje aan huishoudgereedschap verzameld. Ronald koos een beitel, een hamer, een booromslag met een houtboor, een sleutelgatzaagje en een gewone afkortzaag. Op handen en knieën bracht hij die mee terug, door de keuken, door de provisiekast en zijn schuilplaats in.

Met de beitel lichtte hij een stel vloertegels op waarna hij de lijm wegschraapte om de oude ploeg-en-mes vloerplanken vrij te maken. Met de booromslag en de boor boorde hij een stel gaten tot hij een balk wist te lokaliseren. Toen ging hij aan de slag met het sleutelgatzaagje en daarna met de gewone zaag. Die waren allebei roestig en stomp en het zagen ging maar heel langzaam, vooral ook omdat hij zich gedwongen voelde om het geluid met een handdoek te dempen.

Ronald werkte de hele morgen rustig door. Hij durfde geen hamer en spijkers te gebruiken en waar het nodig was gebruikte hij schroeven. Toen hij klaar was had hij een vloerluik gemaakt waardoor hij toegang had tot de kruipruimte onder het huis, en via de traliedeur naast het trapje van de veranda tot de buitenwereld.

Ronald raapte zorgvuldig alle houtkrullen en splinters van de grond onder het luik. Hij stelde vast dat het luik maar moeilijk te zien was, tenzij iemand specifiek naar zoiets op zoek was.

Ronald bracht het gereedschap terug naar de veranda, kroop terug

in zijn schuilplaats en maakte een stevige lunch klaar. Het luik ver-
schafte hem extra bewegingsvrijheid voor het geval dat nodig mocht
zijn. Vandaag had Ronald geen zin om te bedenken wat voor geval dat
dan zou kunnen zijn, maar het was maar het beste om op alles voorbe-
reid te zijn.

Om een uur of een kroop Ronald door de eetkamer de gang in waar
hij rechtop ging staan. Door het raam van de eetkamer zag hij mevrouw
Schumacher naar buiten komen om de sproeier op haar grasveld te
verplaatsen. De Schumachers waren erg trots op hun mooie groene
gazon en ze waren aan één stuk door bezig met water geven, maaien
en knippen — altijd op een plek waar ze regelrecht in de eetkamer van
de Wilby's konden kijken. Zijn moeder had niet overdreven toen ze zo
nadrukkelijk had gezegd dat ze waakzaam moesten blijven.

Hij sloop zijdelings de woonkamer in waar hij plat op zijn rug
liggend naar een footballwedstrijd op de tv keek en ondertussen als
versnapering sinaasappelsmaaklimonade dronk en een paar pindakaas-
boterhammen wegwerkte. Hij beperkte het geluidsniveau tot een bijna
onhoorbaar gefluister.

Toen de schemering viel zette hij de tv uit omdat hij bang was dat
het geflikker vanaf de straat te zien zou zijn. Hij kroop op handen en
knieën terug naar zijn schuilplaats en kookte macaroni met kaas uit een
pakje voor zijn avondmaal. Hij mengde wat chocoladepoeder door de
poedermelk waardoor die oneindig veel beter smaakte.

Hij ging op zijn bed liggen en dacht bijna met genoegen na over de
omstandigheden van zijn leven. Zo beroerd was het eigenlijk allemaal
niet. Geen school, geen huishoudelijke karweitjes, ruim de tijd voor
ontspanning. Hij dacht na over Carol Mathews en siste tussen zijn
tanden. Hij deed zijn licht uit, opende het geheime deurtje en glipte
weer tevoorschijn uit zijn schuilhol om opnieuw als een geest door het
huis te dwalen. Het nieuwe vloerluik vergrootte zijn macht. Hij kon in en
uit gaan als hij dat verkoos zonder dat iemand iets van zijn eigenaardige
komen en gaan af zou weten... Hij stond naast het voorraam en keek
naar de straat. Hij vroeg zich af of er onder het huis van Hansen ook een
kruipruimte was. Hij trok een lelijk gezicht. De straatverlichting was
zijn vijand! Toch, als hij donkere kleren aantrok en snel in noordelijke
richting liep, bij het licht vandaan, zou niemand het ooit merken. En

zelfs als ze hem zagen, wie zou hem dan herkennen? Want zijn haar was lang geworden en hij zag eruit als een hippie.

Maar hij miste gewoon de moed om het huis te verlaten. Stel dat hij Laurel vond, of een ander meisje, en er zou iets gebeuren en zijn moeder kwam erachter, dan zou ze erg kwaad worden. Ronald blies zijn wangen bol. Ze zou het niet tegen de politie vertellen of zoiets, maar ze zou hem absoluut straffen op de een of andere buitengewoon onaangename manier — maandenlang geen toetjes of zo.

Het was veel te riskant. Misschien was hij eigenlijk wel nooit serieus van plan geweest om naar buiten te gaan. Maar als er toevallig een meisje voor het huis langsliep — tja, dan kon het het risico weleens waard zijn om naar buiten te snellen en een goeie vangst te doen. Ronald speurde naar beide kanten de straat af.

Aan de andere kant van de kamer rinkelde de telefoon. Ronald schrok zich dood. Hij deed een vlugge stap in de richting van de telefoon om de hoorn van de haak te nemen en een eind te maken aan dat vreselijke lawaai. Hij deinsde net op tijd weer terug. Laat rinkelen! Het was waarschijnlijk nog iemand die een verkeerd nummer had gedraaid ook, of iemand die niet wist dat z'n moeder ziek was. Rustig laten rinkelen. Voor dat geluid hoefde hij niet bang te zijn.

Maar wat had hij een hekel aan dat schrille gerinkel! Ergens zat er iemand te wachten met de hoorn tegen zijn oor. Wie zou de beller zijn? Ronald zou het nooit weten. Ergens besliste iemand dat er niemand thuis was. Hij legde de hoorn erop en eindelijk viel de telefoon stil. Het huis leek nog eenzamer dan ooit en ook een beetje somber. Ronald kroop terug in zijn schuilplaats, klapte het deurtje dicht, deed het licht aan en ging naar de radio liggen luisteren.

HOOFDSTUK IX

EINDELIJK KWAM MEVROUW WILBY dan toch terug uit het ziekenhuis. Ronald hoorde de sleutel in het slot en het kraken van de deur die openzwaaide. Hij deed vlug zijn klapdeurtje dicht en ging met zijn oor tegen de wand staan luisteren om zich ervan te verzekeren dat het zijn moeder was die binnenkwam en niet een of andere vreemde.

Hij herkende zijn moeders stappen. Die waren trager en minder kwiek dan voorheen. Mevrouw Wilby was nog zwak en nogal moede- loos door de hoogte van de rekening.

Ze kwam regelrecht naar de provisiekast en klopte viermaal op het klapdeurtje. "Ronald, ik ben er weer. Ronald?"

Ronald deed het klapdeurtje open. "Hier ben ik. Hoe is het met je?"

"O, gaat wel. Ik voel me nog een beetje zwak en ik mag pas volgende week maandag op z'n vroegst weer aan het werk. Hoe is het jou vergaan?"

"Prima. Het was natuurlijk eenzaam, maar daar was nu eenmaal niks aan te doen."

"Dat zou ik denken," zei mevrouw Wilby droog. "Ik had nog geluk dat ik op tijd naar het ziekenhuis ging. Ik had wat ze 'cholelithiasis' noemen — galstenen, en de chirurg moest m'n galblaas weghalen. De rekening was schrikbarend. Nu ik er weer aan denk word ik er weer helemaal beroerd van."

"Maak je daar toch niet druk over," zei Ronald. "Het voornaamste is je gezondheid."

"Dat besef ik echt wel. Maar die uitgave heeft ons weer een heel eind achteruitgezet en ik wil zo wanhopig graag weg uit deze plaats en een nieuw leven beginnen. Heb je nog aan je studie gewerkt?"

Ronald tuitte zijn lippen. "Ja, flink wat."

"Hmm." Mevrouw Wilby's toon was sceptisch maar ze ging niet verder op het onderwerp in. "Ik kan niets bedenken om zo gauw meer geld binnen te krijgen. We hebben niets om te verkopen...We zullen gewoon onze tanden op elkaar moeten zetten en doen wat we kunnen om te bezuinigen."

"Ik neem aan dat dat meer poedermelk betekent?" In Ronalds stem klonken sporen van kribbigheid, zelfmedelijden en zelfs sarcasme door.

"Ja," zei mevrouw Wilby. "Het betekent meer poedermelk, en al wat ons een paar centen bespaart. Jij moet ook je aandeel leveren, Ronald."

"Jij drinkt geen melk, dus voor jou betekent het niks," mopperde Ronald. "Dat spul smaakt naar krijt."

"Ik ga zelf thee en koffie opgeven want die zijn niet echt noodzakelijk. We hebben er allebei onder te lijden. Je moet de feiten onder ogen zien, Ronald. We moeten elke cent die we kunnen missen opzijleggen om hier zodra het kan te vertrekken want dit is de periode dat jij op school zou moeten zitten om je op je loopbaan voor te bereiden. Je zei dat je had gestudeerd?"

"Ja, natuurlijk."

"Heb je de oefeningen uit het algebraboek gemaakt?"

"Die zijn niet echt nodig, hoor. Ik bestudeer de voorbeelden en zorg ervoor dat ik ze begrijp. Er is geen enkele reden om me door al die routineoefeningen heen te worstelen."

"Je begint bij het begin van het boek en je maakt alle opgaven! Daarna kun je je werk aan mij geven en dan kijk ik ze na. Je hebt alle tijd van de wereld. Het is schandalig dat je die niet tot je voordeel aanwendt!"

"Ik doe m'n best, hoor," bromde Ronald. "Ik heb ook nog m'n trainingsoefeningen en m'n teken- en schilderwerk en, nou ja, allerlei andere dingen die tijd in beslag nemen."

Mevrouw Wilby lachte verbeten. "Ik stel voor dat je je tijd indeelt rond je studie, in plaats van die achteraan te laten komen. Je moet jezelf bij de lurven nemen, Ronald. Ik begrijp best dat het heel vermoeiend voor je is, maar je moet de moed erin houden! Dat betekent dat je je zo moet gedragen dat je trots op jezelf kunt zijn, en dat ik trots op je kan zijn. Heb je je wel gewassen toen ik weg was?"

Ronald hoorde zich eigenlijk elke dag te wassen bij het fonteintje.

"Ik was me als ik me vies voel," zei Ronald. "Het is tamelijk lastig om je in dat kleine fonteintje te wassen. Ik word altijd helemaal nat en klam."

"Ronald, het is van het hoogste belang dat je jezelf niet laat verslonzen. Een Engelse heer van stand kleedt zich zelfs in de tropen voor het avondeten. Dat doet hij vanwege zijn opvoeding en uit zelfrespect. Nu weet ik best dat jij geen Engelse heer bent maar je kunt er wel een voorbeeld aan nemen. Het spijt me het te moeten zeggen, Ronald, maar je verblijf ruikt niet bepaald lekker. Je moet er eens flink de bezem doorheen halen. En doe nu je hoofd eens omlaag tot waar ik het zien kan."

"Waarom wil je ineens naar mijn hoofd kijken?"

"Geen tegenspraak, Ronald. Doe wat ik zeg!"

Mopperend stak Ronald zijn hoofd in de opening van het deurtje. Mevrouw Wilby trok haar neus op. "Blijf zo zitten tot ik een schaar heb gepakt."

"Wat ben je van plan?"

"Ik ga je haar knippen. Daarna ga ik een scheermes kopen dan kun je die donsslierten om je mond afscheren."

"Ho ho, niet zo overhaast! Lang haar is tegenwoordig heel erg in de mode en baarden en snorren ook!"

"Je hoeft je niet bepaald druk te maken over wat er in de mode is, nietwaar?"

Ronald zei maar niets meer en mevrouw Wilby knipte bijna een halve liter van zijn sliertige krullen af.

"Mooi zo," zei mevrouw Wilby, "en schuif dan nu al je beddengoed en al je vuile kleren naar me toe, dan zal ik die eens goed wassen. Ondertussen kun jij dan je vloer dweilen. Ik geef je een emmer sop en een fles bleekwater. En daarna wil ik dat je jezelf een grondige wasbeurt geeft."

Ronald begon stuurs de vloer van zijn schuilhol te dweilen en tot zijn verbazing zag hij het water ondoorzichtig worden van het vuil. Waar kwam al dat vuil vandaan? Een raadsel.

Hij waste zich en trok een schone pyjama aan. Zijn moeder gaf hem schoon beddengoed en hij maakte zijn bed op. Met tegenzin gaf hij toe dat de ruimte schoner rook en de schone pyjama voelde fris en glad in plaats van slap en kleverig, maar waar hij bezwaar tegen had was de houding van zijn moeder. Ze gedroeg zich alsof alles zijn schuld was.

Nou ja — misschien was dat ook wel zo, maar die kwestie was al zolang geleden en het was niet eerlijk om hem voor van alles een standje te geven. Het leven begon er tamelijk troosteloos uit te zien. Boeken, studeren, smakeloos eten en dan nog die onredelijke nadruk op dat alles brandschoon moest zijn. En waarom had ze plotseling zo'n haast om naar Canada of Maryland of Florida te verhuizen? Was dat de moeite wel waard wanneer ze niet eens fatsoenlijk konden eten of af en toe een pak chocolademelk konden kopen? Hij was helemaal niet zo vast van plan om dokter te worden en als hij besloot om dat niet te doen was al die inspanning om algebra te leren en al die vervelende sommen te maken gewoon verloren tijd. Het leek niet erg verstandig om energie te verspillen aan een loopbaan die hij misschien wel nooit zou kiezen! Maar de logica daarvan was zijn moeder niet aan het verstand te brengen. Ronald zuchtte en vroeg zich af of ze verwachtte dat hij ook vandaag sommen zou gaan maken. Ze was net terug uit het ziekenhuis! Ze hadden iets te vieren en moesten dat geld maar een paar dagen vergeten!

"Moeder," riep Ronald zacht.

Mevrouw Wilby stapte de provisiekast in. "Ronald, dat mag je absoluut helemaal *nooit* meer doen! We krijgen niet vaak bezoek, maar af en toe is er toch wel iemand in huis. Roep me nooit, nooit, nooit meer zo hard, ook al ben je ervan overtuigd dat we alleen zijn — want je zou je kunnen vergissen. Nou, wat wilde je vragen?"

"Ik bedacht net dat het leuk zou zijn om je thuiskomst uit het ziekenhuis te vieren. Waarom maken we er geen welkom-thuis-feestje van of zoiets? Dan kun je een lekkere cake bakken en misschien spareribs met barbecuesaus maken en gepofte aardappelen met boter..."

"Ronald," zei mevrouw Wilby, "weet je wel hoeveel een pakje boter kost? En wat we voor spareribs zouden moeten betalen — die trouwens ook nog eigenlijk alleen maar bot zijn. De prijzen zijn echt schandalig."

"Maar voor vandaag kunnen we die prijzen toch wel even vergeten. Ik ben echt verschrikkelijk blij dat je weer thuis bent."

"Voor mij valt er toch niet veel te vieren. Ik mag geen machtige kost eten, geen vet en geen olie. De dokter heeft me op een strikt dieet gezet. Ik ben eigenlijk nog helemaal niet zo gezond."

"O."

"Ik ga nu een tijdje rusten en terwijl het stil is kun jij mooi aan je algebra beginnen. Je hebt genoeg tijd verspild met je tekeningen. Tijd om weer met beide benen op de grond te staan. Met dromen kun je geen goeie baan krijgen, weet je wel. Je zult met mensen moeten werken en voor mensen moeten werken. Dat is zwaar en je kunt er maar beter zo gauw mogelijk mee beginnen."

Een week later ging mevrouw Wilby nog een keer naar de Canned Goods Discount groothandel in Stockton om weer een auto vol goedkoop eten in te slaan. Ronald was dol op pindakaas, een goedkope en voedzame vleesvervanger; ze kocht 12 liter van het spul en ook een 4-liter emmertje ketchup, een zak bonen, weer een doos macaroni met kaas in blik, twaalf kilo rijst, een doos tonijn in blik, een doos knakworstjes in blik en een stel halve dozen met diverse andere spullen die ze het geld waard vond, waaronder twee tien-kilo-dozen melkpoeder.

Ze reed met een vaag gevoel van tevredenheid naar huis. Ze had een heleboel geld uitgegeven maar ze had een prima voorraad gezond eten ingeslagen waar ze wel een paar maanden mee vooruit konden, al moest ze het natuurlijk wel aanvullen met hamburgers en verse groenten...Ze herinnerde zich dat ze ooit had gelezen dat het blad van een aantal wilde planten uitstekende spinazie-achtige groenten leverde. Ze zou in ieder geval rond gaan kijken of ze die planten ergens kon vinden wanneer het weer groeizaam weer werd.

Ook dit keer wachtte ze tot het donker was met het uitladen van haar boodschappen en toen ze alles eenmaal naar binnen had gedragen was ze uitgeput. Haar ziekte had haar flink verzwakt en ze werd er ook niet jonger op. Maar ze kon niet kalm aan doen, kon er haar gemak niet van nemen, kon het niet opgeven tot ze zich eindelijk gerieflijk in Florida hadden gevestigd. Dus morgen weer aan het werk. En Ronald moest nu toch echt aan de slag met zijn studie. Ze had zijn getreuzel lang genoeg verdragen.

HOOFDSTUK X

RONALD VERAFSCHUWDE GESCHIEDENIS, hij verfoeide biologie en hij walgde van wiskunde. Toch werd er elke dag behalve zondag van hem verwacht dat hij kon laten zien dat hij af had wat zijn moeder een redelijke hoeveelheid werk vond. Ze was een harde leermeester. Ronald moest uittreksels schrijven van het materiaal dat hij had bestudeerd, in fatsoenlijke zinnen en met zijn eigen woorden. Ze nam geen genoegen met vage bewoordingen of onzin. Als Ronald fouten maakte in zijn wiskunde, gaf ze hem nog eens tien sommen van dezelfde soort, en ze stond erop dat hij netjes werkte. Ronald vloekte en mokte en vond dat school nooit zo zwaar was geweest als wat hij nu moest doen.

Zijn moeder leek wel veranderd. Ze was in ieder geval minder toegeeflijk waar het zijn wensen en voorkeuren betrof. Niet dat ze minder van hem hield, daar was hij zeker van, maar ze leek verstrooid en bezorgd, en bijna van de ene dag op de andere zag ze er tien jaar ouder oud. Haar gezicht was iets van haar rotsvaste blauwogige onverstoorbaarheid kwijt; haar wangen waren een beetje hol geworden en haar kin leek wel langer. Mevrouw Wilby was altijd trots geweest op haar gave blanke huid, maar nu was haar huid dof en vaal, met een smoezelige, gele ondertoon. Ronald wist dat zijn moeder zich veel te veel zorgen maakte om geld. Ze werkte te hard en maakte overuren wanneer het maar mogelijk was en soms zat ze tot diep in de nacht juridische documenten uit te tikken voor een van haar kennissen die griffier was. Ronald wilde maar dat ze het zichzelf een beetje makkelijker maakte, dat ze zich af en toe een beetje zou ontspannen. Dan zou het misschien een paar maanden langer duren voor ze konden verhuizen — nou en?

Hij zat hier goed en hij klaagde niet — behalve over het eten en zijn studie die soms wel drie of vier uur in beslag nam.

Op zekere morgen vroeg in mei hoorde Ronald zijn moeder veel trager dan gewoonlijk over de trap naar beneden lopen en toen ze hem zijn ontbijt aanreikte gaf ze geen opdrachten voor zijn studie, wat hij eigenaardig vond. Hij ging plat op de grond liggen en tuurde door zijn geheime deurtje. "Moeder?"

"Ja Ronald?"

"Als je moe bent, waarom blijf je dan vandaag niet thuis om wat uit te rusten?"

"Dat zou ik wel willen, lieverd, maar ik loop een beetje achter met m'n werk en ik kan de tijd niet missen. Als meneer Lang zou gaan denken dat ik niet tegen de taak opgewassen ben neemt hij misschien iemand anders aan en dan sta ik op straat. Vanavond voel ik me wel beter. Ik heb vast een virus opgelopen waarvan ik me niet helemaal lekker voel."

"Je kunt beter even naar de dokter gaan, moeder."

"Nee, het stelt niks voor. Ik heb m'n pillen ingenomen en tegen de middag ben ik weer helemaal fit."

Een paar minuten later vertrok ze naar haar werk. Ronald hoorde de voordeur dichtslaan en toen verdwenen haar voetstappen over de veranda en het trapje naar het trottoir. Even later bespeurde hij het grommen van de startmotor, het brommen van de motor en toen was het stil.

De dag verstreek. Ronald deed zijn oefeningen, maakte een reeks van de gehate algebrasommen, dwong zichzelf om een hoofdstuk uit het biologieboek te lezen en schreef de samenvatting die zijn moeder van hem zou verlangen. Als middagmaal nam hij dubbele boterhammen met pindakaas en jam en een glas poedermelk, waar hij inmiddels aan gewend was, en toe een schaaltje citroengelatinepudding. 's Middags deed hij een dutje en daarna werkte hij aan portretten ten voeten uit van de zes hertogelijke tovenaars. Hun uitdossing was echt schilderachtig geworden, elk gebaseerd op de heraldische kleuren van het betreffende hertogdom. Hij was zo ingespannen bezig dat de tijd omvloog en toen hij op zijn elektrische klok keek was het al vijf uur geweest. Tijd dat zijn moeder thuiskwam, tenzij ze nog boodschappen deed of anderszins werd opgehouden.

Om zes uur zat hij met gefronst voorhoofd te luisteren, maar hij hoorde helemaal niets, en zelfs 's avonds kwam zijn moeder niet thuis. Ronald zat de hele avond gespannen en ongerust te wachten tot hij om elf uur in weerwil van zijn bezorgdheid begon in te dommelen.

Toen hij de volgende morgen om negen uur nog steeds niets van zijn moeder had gehoord deed Ronald na ampel overwegen het geheime deurtje open en kroop hij de provisiekast in.

Het was een donkere, sombere dag en de regen sloeg vlagerig tegen de ramen. Ronald kroop naar de woonkamer en draaide aarzelend het telefoonnummer van het kantoor waar zijn moeder werkte.

"Central Valley IJzerwaren," zei een vlotte stem.

Ronald schraapte zijn keel. "Mag ik mevrouw Wilby van u?"

"Mevrouw Wilby is er vandaag niet. Wilt u een bericht voor haar achterlaten?"

"Dit is het asiel. Ik bel over haar kat. Ik heb haar huis al geprobeerd, maar daar is ze niet."

"Mevrouw Wilby is ziek. Ze ligt momenteel in het ziekenhuis en ik weet niet wanneer u haar weer kunt bereiken."

"Dank u wel." Ronald hing de hoorn op. Zijn moeder was dus ziek. Alweer. Hij vond ook al dat ze een beetje pips zag.

Ronald kroop terug naar de keuken waar hij op de linoleum vloerbedekking ging zitten en naar de regen luisterde. Het huis leek eenzaam en afstandelijk, helemaal niet gezellig. Hij kroop naar de koelkast en keek wat er allemaal in lag. Acht eieren, een hamburger, een pakje margarine, wortelen, bleekselderie, twee tomaten in de groentela en nog wat restjes van het een en ander. Gehurkt, om buiten het gezichtsveld van mevrouw Schumacher te blijven, bakte Ronald de hamburger met vier eieren, en toen verslond hij alles met ook nog vier sneden brood met margarine en pindakaas waarna hij het met een grote beker melk wegspoelde. Hij had de vrieskist over het hoofd gezien! Hier ontdekte hij een nog halfvolle doos vanille-ijs, wat zijn moeder met een of twee scheppen tegelijk als speciale traktatie uitdeelde. Ronald maakte een blik perziken open, deed die in een kom en schepte al het ijs er bovenop als toetje. Het was het lekkerste maal dat hij had gegeten sinds zijn kerstdiner. Propvol en sloom van al dat eten kroop Ronald terug in zijn schuilhol, waar hij op zijn bed ging liggen en zich afvroeg hoelang zijn moeder ziek zou blijven. Tot ze weer terug was om zijn algebra na te kijken had het weinig zin om sommen te maken en wanneer ze weer thuiskwam wilde ze natuurlijk niet meteen een hele berg algebrasommen nakijken. Hij zou gewoon vrij nemen van zijn studie tot ze terug was, dat was absoluut het verstandigste wat hij doen kon.

Er verstreken vier dagen zonder enig levensteken van zijn moeder. Ronald begon op te zien tegen haar thuiskomst. Ze zou zich vreselijk druk maken over al het geld dat ze aan het ziekenhuis had moeten uitgeven. En dat zou inhouden dat ze hen op een nog kariger rantsoen zou zetten dan tevoren: bonen, rijst, poedermelk, paardenbloemblad. Geen pindakaas, geen sappige hamburgers, geen ijs, geen cake of gebak. Een ontzettend saai bestaan! Maar hij had niks in te brengen.

Ronald kookte het liefst in zijn schuilplaats, waar hij zich kon ontspannen. Om zichzelf moeite te besparen haalde hij een voorraadje van het voedsel dat zijn voorkeur had naar binnen. Het brood was allemaal op en hij at watercrackers tot het pakje leeg was.

Op de ochtend van de zesde dag hoorde Ronald voetstappen op de veranda. Hij sprong geestdriftig overeind en drukte zijn oor tegen de gipsplaatwand. De sleutel ratelde in het slot en de deur ging open. Hij hoorde een mannenstem. "...dat was wat meneer Wilby me heeft opgedragen. Hij wil de boel zo vlug mogelijk verkopen en alle meubels en spulletjes die u niet wilt hebben gaan naar het goede doel."

"Ik geloof niet dat ik iets hebben wil, op een paar familiefoto's na," zei een vrouwenstem. "Ik heb alle meubels die ik nodig heb en het zou trouwens toch de moeite niet zijn om iets helemaal naar Pennsylvania te versturen."

"Daar heeft u groot gelijk in. Zo te zien had ze niet erg veel. Hoe zit het met de boeken?"

"Nee, ik denk niet dat ik die wil hebben."

"Porselein? Zilver? Die klok?"

"Ja, die oude klok neem ik maar wel mee. Die was nog van mijn vader en Elaine kreeg hem cadeau toen ze met Wilby trouwde."

"Dan zal ik die opzijzetten. Nog iets anders?"

"Ik zal nog even in haar slaapkamer kijken of ik misschien nog familiesieraden zie. Maar verder wil ik geloof ik niets anders dan die foto's."

"Hier staat nog een foto. Wilt u die ook hebben?"

"Alsjeblieft niet, zeg. Dat is haar zoon Ronald. Ik wil liever geen seconde aan hem herinnerd worden. Die arme Elaine. Ze heeft een tragisch leven gehad."

"Dat ben ik helemaal met u eens. Het was toch kanker?"

"Nee, het was iets heel anders. Ze had een galblaasoperatie ondergaan en blijkbaar was een van de stenen in de galbuis terecht gekomen wat de werking van haar lever verstoorde."

"Tjee, moet je nagaan! Nooit geweten dat galstenen zo gevaarlijk waren!"

"In zo'n geval als dit wel, ja, want dan denkt de betreffende persoon dat ze beter is. Die arme Elaine kreeg op haar werk een heftige aanval en voor de dokters haar konden helpen was ze al overleden."

"Beter zo dan een langdurig sterfproces."

"Zeg dat wel. Ik hoop dat ik ook zo snel ga."

"Toch jammer. Ze was nog een betrekkelijk jonge vrouw. Nu ja, zullen we dan nu even naar de slaapkamers kijken?"

Het tweetal liep de trap op en hun voetstappen klonken boven Ronalds hoofd waar hij verstijfd van angst stond te luisteren. Zijn moeder, zijn geweldige moeder, was dood! En hij was alleen en niemand kon nog voor hem zorgen! Zijn lieve moeder die zoveel van hem hield! De tranen sprongen Ronald in zijn ogen. Hij wilde luidkeels zijn verdriet uitschreeuwen, hij wilde met zijn vuisten op zijn hoofd slaan, hij wilde diep onder de dekens kruipen. Wat moest hij nu beginnen? Niemand om mee te praten of eten voor hem te koken of voor hem te zorgen. Ronald beet op zijn lakens om zijn snikken te smoren, want de man en de vrouw — blijkbaar zijn tante Margaret — kwamen alweer naar beneden.

Ze stonden met zijn tweeën in de gang bij de voordeur. De man zei: "Als dat alles is wat u wilt hebben kunt u het net zo goed nu meteen meenemen. Morgen laat ik de vrachtwagen van de Goodwill liefdadigheidsorganisatie komen, dan kunnen die verder alles meenemen."

"Zo'n eigenaardig oud huis," zei tante Margaret. "Is er wel iemand die zoiets wil kopen?"

"Daar zou u nog van opkijken! Met vier slaapkamers, die grote keuken, een eetkamer en een woonkamer? Er zijn heel wat lieden met een gezin die precies naar zo'n huis op zoek zijn."

"Nou, mijn smaak is het niet. Ik hou van modernere dingen. O, nog één ding. Ik kijk nog even naar het bestek, misschien zit er nog iets van zilver tussen…" Ronald hoorde haar de laden in de eetkamer openschuiven. "Allemaal pleet," zei tante Margaret. "Niet de moeite om het helemaal mee te slepen naar Pennsylvania."

"Daar kan ik inkomen. Tja, zullen we dan maar?"

"Ja, graag. Ik krijg een beetje kippenvel van dit huis."

De deur ging open en weer dicht en Ronald hoorde ze over het verandatrapje omlaag lopen. Hij lag als een standbeeld op zijn bed en zijn binnenste was helemaal verstijfd en verdoofd.

Wat nu — wat moest hij beginnen? Waar kon hij heen? Hij had geen geld, geen eten…Morgen kwam er een vrachtwagen alle vertrouwde oude dingen ophalen en dan zou hij ze nooit meer zien. Ronald kroop door zijn geheime deurtje en bracht alle proviand die zijn moeder in Stockton had gekocht naar zijn schuilplek, en daarna ook alle eetbare dingen die hij in de provisiekast aantrof. Dan konden ze in ieder geval zijn eten niet meenemen.

Wat wilde hij nog meer houden? Boven in de kast hing zijn nette pak en daar stonden ook zijn beste schoenen. Ronald kroop weer door zijn deurtje en ging voor het eerst sinds zijn opsluiting naar boven naar zijn kamer. Die was nog precies zoals hij hem had achtergelaten, dierbaar en vertrouwd, maar wel een ondenkbaar ver oord, als de droom van een oude man over zijn kindertijd. Hij bekeek zijn snuisterijen en zijn souvenirs; die hoorden allemaal bij een wereld waarin zijn moeder thuishoorde. Die wereld was verdwenen en zijn kamer had geen speciale betekenis meer.

Hij vulde een koffer met kleren en een paar souvenirs waar hij geen afscheid van kon nemen: het Zwitserse officiersmes dat zijn moeder hem had gegeven toen hij veertien werd, de teddybeer die zijn eerste speelgoed was geweest. Hij droeg de koffer en een arm vol lievelingsboeken naar beneden naar zijn schuilhol, deed zijn geheime deurtje dicht en ging op zijn bed liggen nadenken.

Vroeg of laat, wanneer zijn eten opraakte, zou hij hier moeten vertrekken. Ronald knipperde heftig om niet in huilen uit te barsten. Het land was groot, de wegen waren lang en leidden naar verre, vreemde, meedogenloze plaatsen die Ronald eigenlijk liever niet zou bezoeken. Hij stompte met zijn vuist tegen zijn kussen.

"O, lieve help!" fluisterde hij jammerend, "Waarom kan alles verdomme niet blijven zoals het was? Ik wil niet weg uit m'n huis!"

HOOFDSTUK XI

DE VOLGENDE MORGEN VROEG sloop Ronald nog een keer het hele huis door om te zien of er iets was dat hij wilde houden. Hij dacht nog even aan het televisietoestel, maar dat was te groot om door zijn geheime deurtje te passen. Hij sleepte alle gloeilampen, toiletpapier en papieren servetjes die hij maar kon vinden naar zijn schuilplek en ook wat keukengereedschap. Hij besloot ook de oude gereedschapskist te houden; je wist maar nooit wanneer die van pas kon komen. In zijn kamertje was er geen ruimte voor, dus hij trok het vloerluik open en verborg de gereedschapskist in een donkere hoek van de kruipruimte.

Hij ging naar boven naar de kamer van zijn moeder en daar liep hij bijna in de val. Hij keek toevallig even uit het raam en zag de vrachtwagen van de Goodwill organisatie voor het huis stoppen. Hij rende de trap af, holde op handen en voeten met grote sprongen door de eetkamer en de keuken en dook zijn schuilhol in. Deurtje dicht en hij zat veilig.

Een ogenblik later ging de voordeur open. In de gang klonken voetstappen. De man die er gisteren ook was zei: "Neem alles maar mee. Haal het hele huis leeg. Er is alleen één ding dat ik jullie wil vragen, of eigenlijk zijn er twee dingen: doe een beetje voorzichtig met de vloeren, die zijn nog helemaal gaaf en ik wil geen nieuwe vloerbedekking hoeven laten leggen en laat alsjeblieft geen bende achter. Ruim meteen alles op."

"We doen ons best, maar we gaan geen vullis meenemen, meneer. We zijn geen vuilnismannen."

"Er is om te beginnen al bijna geen vuilnis. En als jullie niet mee willen werken dan kunnen jullie er maar beter helemaal niet aan beginnen. Dan haal ik er wel iemand anders bij die dat wel wil."

"Nergens voor nodig om zo geprikkeld te doen, meneer. Ik wil alleen eventjes benadrukken dat we hier zijn om meubels op te halen en niet om het huis schoon te maken."

"Neem alles mee, maar laat de televisie staan. Die is aan iemand anders beloofd. Dan ga ik er nu vandoor. Sluit wel af wanneer jullie klaar zijn."

Die makelaar wil de televisie zelf hebben, dacht Ronald.

De mensen van Goodwill werkten door tot het middaguur. Ronald luisterde onbewogen naar hun heen en weer geloop. Maar eindelijk was het huis weer stil en Ronald kwam uit zijn schuilplek tevoorschijn.

Het huis was kaal en troosteloos: helemaal leeg op het televisietoestel na. Nu zijn moeder er niet meer was zag Ronald het huis liever in zijn huidige toestand. Maar wat moest hij zelf beginnen, wat moest hij beginnen?

Ronald bekeek het televisietoestel, half van plan om het te saboteren, maar de auto van de makelaar stopte voor het huis en Ronald holde met grote sprongen terug naar zijn hol.

De man kwam en ging. Ronald kwam weer tevoorschijn en zoals hij al had verwacht was de televisie inderdaad verdwenen.

Ronald ging op de kale hardhouten vloer zitten. Na een tijdje nam het middaglicht af en kwam de schemering uit het oosten aanzweven. Ronalds hoofd was helemaal leeg. Hij maakte zich niet langer bezorgd over de toekomst — er was geen toekomst waarover je je zorgen kon maken. Als zijn eten opraakte zou hij 's nachts naar buiten gaan, lopend de ruim vijftien kilometer naar Mileta afleggen en vandaar naar Berkeley liften, waar hij zich zou verschuilen tussen alle andere naamloze verschoppelingen.

Op de duur — maar het had geen zin om zo diep in die dichte mist te turen. Op dit moment voelde hij zich even droef en vaal als de avondhemel. Hij doezelde weg en werd wakker in het donker met een smalle bundel straatlantaarnlicht die de hardhouten vloer liet glimmen... Ronald bleef stil liggen want hij wist niet precies waar hij was. Het huis leek stokoud en fluisterde met stemmen die te vaag waren om te verstaan. Hij was één met die stemmen; hij hoefde nergens bang voor te zijn... Hij merkte dat hij stijf en koud was en ging terug naar zijn schuilhol.

*

De volgende morgen werd Ronald eerder wakker dan gewoonlijk. Hij bleef op zijn bed liggen, zich pijnlijk bewust van de stilte. Nooit meer de kwieke tred van zijn moeder die de trap afliep, of de bedrijvigheid in de keuken wanneer ze voor hem kookte. De tranen sprongen hem in de ogen.

Na een stevig ontbijt voelde Ronald zich beter. Het leven ging verder. Hij had ruim voldoende papier en kleurinkt en zonder de ergerlijke afleiding van algebra en geschiedenis en biologie, kon hij zich veel beter concentreren en kon hij zolang hij maar wilde aan fijne en ingewikkelde details werken.

Eerst deed hij zijn oefeningen, inmiddels was dat bijna dwangmatig. Hij kon zich niet ontspannen voor hij zijn spieren had gerekt en gestrekt. Bovendien was hij een beetje zwaarder geworden dan hij wilde.

Tegen tienen klonken er voetstappen op de veranda, het deurslot klikte en de deur ging open. Een aantal mensen liep het huis in en een van hen was een vrouw.

Ronald hoorde een stem die hij herkende, die van de makelaar. "De woonkamer ligt rechts. Zoals u ziet heeft het gebouw prima verhoudingen en prettig hoge plafonds. In de tijd dat dit huis werd gebouwd waren ze niet gierig met ruimte."

"Wanneer was dat precies?" vroeg een man.

"Ik schat zo rond de eeuwwisseling. Het is een vrij oud huis, maar het is absoluut gaaf en stevig. In die tijd bouwden ze nog degelijk."

"Het heeft mooie vloeren," zei een vrouw. "Rookt de open haard erg?"

"Ik zou het niet kunnen zeggen, mevrouw Putnam. Maar ik zou niet weten waarom. De schoorsteen is mooi hoog en dat garandeert goede trek. Als u wilt kan ik wel een vuur aanleggen."

"Ach nee, laat maar."

"Dan hebben we hier de eetkamer, met een fraaie lambrisering van sequoia — geen ander hout wordt met het verstrijken der jaren zo mooi. Ingebouwde buffetkast en een prettig raam op het oosten waardoor je 's morgens de zon in je kamer hebt. Een vrolijk vertrek. Als dit mijn huis was zou ik een mooie kroonluchter op de kop proberen te tikken want dan zou het een echt elegant vertrek worden."

"Ja, heel mooi," zei mevrouw Putnam.

"En hier heb je de keuken," zei de makelaar. "Lekker groot, met heel veel werkruimte, en hier een praktische provisiekast, alweer zoiets dat je tegenwoordig nergens meer aantreft."

"Het fornuis stelt niet veel voor," zei mevrouw Putnam, "en deze koelkast is bepaald antiek."

"Jullie willen het misschien een beetje moderniseren," zei de makelaar. "Heel begrijpelijk. Zou ik zelf ook doen, en dat is tussen twee haakjes ook de reden dat het voor zo'n aantrekkelijke prijs te koop staat. De eigenaar wil het kwijt. En hier is nog een praktische achterveranda."

"Maar beneden is er geen wc?"

"Beneden is er geen wc. Haha, destijds waren alle inpandige sanitaire voorzieningen al een luxe."

"Tja, dat vind ik toch minder," zei meneer Putnam. "Het lijkt me niet erg handig."

"Laten we eerst even boven kijken," zei de makelaar. "Vier grote slaapkamers en een heerlijke grote badkamer; echt een huis voor een flink gezin."

"Ik denk dat we het maar voor gezien houden, meneer Roscoe. We hebben maar één zoon en die begint al over het leger te praten. We zouden maar een beetje rondstuiteren in zo'n groot huis."

"Goed hoor. Ik dacht dat het u misschien wel zou bevallen. Dit soort fraaie oude huizen komt niet vaak op de markt en ik wilde het u als eersten laten zien."

"Hartelijk bedankt, meneer Roscoe, maar wij willen toch liever iets moderners — een boerderette met een prettig terras."

"Daar heb ik er ook een paar van die ik u kan laten zien, en in hun prijsklasse zijn het ook goede aankopen. Hoeveel wilde u precies..." De dichtslaande voordeur kapte de vraag van meneer Roscoe af. Ronald hoorde ze het trapje van de veranda aflopen en even later was het weer stil.

Ronald bleef chagrijnig zitten. Hij wilde helemaal niet dat er iemand in zijn huis kwam wonen. Die zou hem maar ergeren met zijn lawaai, met zijn af- en aanlopen. Maar hij kon er natuurlijk niets aan doen. Misschien zou het huis wel niet verkocht worden.

Meneer Roscoe kwam om drie uur terug met een nieuwe kijker: een jonge vrouw, aan haar zangerige stem te horen. Ronald vroeg zich af hoe ze eruit zou zien; ze klonk bijdehand en actief en aantrekkelijk en meneer Roscoe's flirterige guitigheden bevestigden zijn vermoeden. Uit het gesprek leidde Ronald af dat haar echtgenoot eigenaar was van een tankstation, dat het huis haar aanstond, maar dat haar kinderen nog heel erg klein waren en dat ze bang was dat ze van de trap zouden vallen. Meneer Roscoe deed de kans daarop af als erg onwaarschijnlijk, maar de jonge vrouw was vastbesloten. Meneer Roscoe nam haar gauw mee naar een ander huis.

Ronald zat te fantaseren over de stem van de jonge vrouw en over haar mogelijke uiterlijk. Wat hij miste in zijn schuilplek was een doorkijkspiegel waar hij doorheen kon kijken zonder zelf gezien te worden. Hij keek schattend naar de wanden. Misschien kon hij iets regelen. De achterwand van de ingebouwde buffetkast in de eetkamer grensde aan zijn schuilplek en achterin het overhuifde middencompartiment zat een nogal troebele spiegel. Ronald kroop naar de eetkamer en bekeek de spiegel. Het was natuurlijk geen doorkijkspiegel. Maar toch — nu ja, het was het proberen waard. Hij haalde zijn gereedschap uit de kruipruimte. Eerst nam hij wat maten en daarna maakte hij een gat in de wand achter de buffetkast door stucwerk en hout weg te halen tot het zware karton achter de spiegel in de buffetkast blootkwam. Hij mat alles nog eens goed na en toen sneed hij een gat in het karton waardoor de grijze laag achterop de spiegel zichtbaar werd. Heel zorgvuldig schraapte hij een stukje van de verzilvering weg tot hij helder glas overhield.

Aha! Ronald drukte zijn oog tegen het piepkleine venstertje en werd beloond met een kijkje in de eetkamer. Weliswaar heel beperkt, maar beter dan helemaal niets. De plek was zo onopvallend dat Ronald het waagde om nog iets meer van de verzilvering los te peuteren om zijn blikveld wat te vergroten. Als het gluurgaatje niet in gebruik was zou hij het afdekken met een stuk aluminiumfolie en een deksel, om te voorkomen dat er eventueel licht uit zijn schuilhol naar buiten zou lekken, wat natuurlijk zijn hele geheime wereld in duigen zou laten vallen, zoal niet erger.

De volgende dag was het rustig en meneer Roscoe kwam niet

opdagen. Ronald wist niet wat hij van meneer Roscoe's afwezigheid moest denken. Hij vond de inbreuk op zijn rust ergerlijk, maar hij kon niet ontkennen dat de bezoekers zijn dag interessant maakten.

De volgende dag maakte meneer Roscoe zijn afwezigheid goed door drie verschillende groepjes kijkers mee te nemen. Ronald stond achter zijn kijkgaatje en beoordeelde ze wanneer ze langsliepen, maar in geen van de drie gevallen kreeg hij een gunstig oordeel over wat hij zag en hoorde.

De dag erna liet meneer Roscoe het huis zien aan een zekere mevrouw Wood, een slanke, keurig geklede vrouw van een jaar of veertig die de ouderwetse ruime opzet wist te waarderen en voor wie door de omvang van haar gezin de vier slaapkamers onmisbaar waren. Het leek een aardige vrouw, al onderhandelde ze tamelijk scherp over de prijs van het huis. Meneer Roscoe glimlachte en zei met ferme stem: "Ik kan er geen dollar minder van maken. De eigenaar heeft me zijn eerste, laatste en definitieve bedrag doorgegeven en de enige ruimte die ik heb is mijn eigen commissie en die wil ik uiteraard houden. Ik verzeker u dat het een goede prijs is. Voor dit geld is nergens in Oakmead zo'n ruim huis te vinden, dat kunt u van me aannemen. Ik kan het weten, het is mijn beroep."

"Het huis heeft zeker mogelijkheden," zei mevrouw Wood, "en met drie dochters heb ik de slaapkamers echt wel nodig. Maar u zult toch moeten toegeven dat de keuken wel erg beroerd is. Eigenlijk moet alles een frisse schilderbeurt hebben. Maar de vloeren zijn schitterend en die ruimte bevalt me erg goed."

"Zo bouwen ze tegenwoordig niet meer."

"Tja, ik ga het er met mijn man over hebben. We hebben al vijf of zes huizen bekeken en die waren óf te klein óf te duur óf allebei. Toch vind ik de prijs voor dit huis tamelijk hoog, wat u ook beweert. Het huis is helemaal niet zo praktisch en het moet helemaal onder handen genomen worden door de schilder."

Meneer Roscoe haalde zijn schouders op. "Het spijt me mevrouw Wood, maar ik ben aan die prijs gebonden en ik kan geen kant op."

"Tja, dan zoeken we nog een tijdje door."

Twee uur later kwam meneer Roscoe terug met een gezet echtpaar van middelbare leeftijd dat hij meneer en mevrouw Florio noemde.

Meneer Florio, mollig en een beetje een blaaskaak, verkondigde dat het huis precies was wat ze zochten. "Een prettig ouderwets huis, rustige buurt, lage lasten — wat wil je nog meer? Moet je eens zien wat een mooie vloer in de eetkamer."

"Ja, het is een prettig huis," zei mevrouw Florio. "Al die ruimte staat me erg aan, maar er mankeert toch een heleboel aan dat alleen een vrouw kan zien. De keuken heeft een nieuw fornuis nodig en een nieuw aanrecht. We zouden onze eigen koelkast kunnen gebruiken, dan geven we dat oude monster wel weg. Er is beneden weinig opbergruimte, op die handige provisiekast na. En denk je eens in dat je iedere keer dat je naar het toilet wilt de trap op moet hollen."

"Misschien kunnen we die achterveranda wel verbouwen en daar een eenvoudig toilet laten plaatsen. En met dat fornuis is helemaal niks mis. Het doet het toch."

"Mij staat het helemaal niet aan. Denk je dat ik mijn keuken aan Rosa en Mary en mevrouw Vargas wil laten zien met dit soort dingen erin?"

"We kunnen hem misschien wel helemaal laten opknappen. Geld speelt geen rol, toch?"

"Ja, dat zeg je nu — tot ik je vraag om er iets van uit te geven."

"Hoor nou, zoveel hoeft het helemaal niet te kosten. Twee of drie-duizend dollar, misschien."

"En dan zou u een heel mooi huis hebben," zei meneer Roscoe goedkeurend.

"Ja, daar moeten we dan eerst nog eens over praten," zei mevrouw Florio. En daar bleef het bij.

De volgende kandidaat was een gescheiden vrouw, mevrouw Cindy Tupin, nog maar kortgeleden in Oakmead komen wonen. "Weet u, ik ben helemaal weg van deze buurt! Sprekend San Francisco: u heeft ze net gezien, al die prachtige oude witte huizen met die erkers!"

"Ik weet wat u bedoelt," zei meneer Roscoe. "Ze zijn erg aantrek-kelijk."

"Ik ben grootgebracht in zo'n huis als dit, op Russian Hill, en ik weet zeker dat mijn kleintjes dit huis ook geweldig zullen vinden. Wij zijn allemaal dol op volksdansen en hier zouden we meer dan genoeg ruimte hebben om te draaien en te huppelen!"

"U heeft een talentvol gezin! Hoe oud zijn de kinderen?"

"Nou, Jacob is veertien, Cornelia is twaalf, Todd is tien en Guinevere is acht — telkens twee jaar verschil. Ze zien er zo schattig uit in hun kostuums! En ik speel natuurlijk gitaar."

"Een pracht van een gezin. En ze hebben hier tenminste de ruimte."

"Zeg dat wel! Ik moet Jeff — dat is mijn ex-man — hierheen halen om het hem te laten zien. Hij koopt het huis voor me."

"Dan kunt u dat maar beter heel gauw doen, want er zijn aardig wat mensen met belangstelling. Er zijn niet zoveel van die oude San Francisco-achtige huizen op de markt."

"O, ik weet het! Ik ga hem vanavond meteen bellen."

Ze stonden in de eetkamer en Ronald keek toe door zijn spiegel. Mevrouw Turpin was een zenuwachtige, beweeglijke vrouw met lange benen en lange armen, een rond gezicht met forse gelaatstrekken en grote, vochtige ogen. Ronald fronste zijn voorhoofd. Die zouden een heleboel lawaai maken met hun rondgehups. Maar toch — hmm, Ronald likte zijn lippen af — zou het best eens interessant kunnen zijn.

De volgende drie dagen kwam meneer Roscoe met vijf verschillende groepjes, waaronder een zwart gezin, wat Ronald razend maakte op meneer Roscoe. Was hij van plan om zoiets uit te halen met het huis waarin een fatsoenlijk gezin zijn hele leven had doorgebracht? Hij vroeg zich af of meneer Roscoe het huis naast zijn éigen woning aan een zwart gezin zou verkopen!

Het zwarte gezin, meneer en mevrouw Wayne, had net als de meeste andere aspirant-kopers een flink stel kinderen. Ronald was inmiddels een hele kenner van huizen verkopen en niet meteen toehappen. Hij was tot de slotsom gekomen dat hoe meer iemand lovend over het een of ander sprak, hoe minder die persoon geneigd was om iets te kopen, vooral ook omdat de betoonde geestdrift er automatisch voor zorgde dat de vraagprijs, die iedereen onredelijk hoog vond, stevig gehandhaafd bleef.

Ineens kwam er een eind aan de reeks bezichtigingen van het huis. Er verstreek een hele week zonder enig teken van meneer Roscoe of een van de gegadigden. Toen kwam er op een dag zomaar een termieten-inspecteur opdagen. Hij onderzocht de omgeving van het huis, prikte hier en daar eens in met een ijspriem en zette zijn onderzoek uitgebreid voort in de kruipruimte. Ronald vroeg zich af wat zijn bezoek te betekenen had. Zou het huis verkocht zijn?

Diezelfde dag nog nam Ronald de woonkamer uitgebreid onder de loep. Zijn kijkgaatje naar de eetkamer was heel leerzaam gebleken en hij vroeg zich af of hij door de tegenoverliggende wand niet iets dergelijks voor elkaar kon krijgen voor de woonkamer. Op het eerste gezicht zag het er niet erg veelbelovend uit. De trap nam alle zicht weg, behalve van het deel waarachter het toilet zich bevond, en de woonkamer had geen spiegel aan de wand. Maar op ongeveer één meter tachtig boven de vloer van de woonkamer bevond zich rondom een smal sierrek, bedoeld voor het uitstallen van snuisterijen, gedenkplaatjes, sierborden en andere prullaria. Ronald schatte dat hij door de steunlijst onder het rek los te wrikken een geschikte kier kon maken. In het geval dat iemand de kier zou ontdekken zouden ze gewoon aannemen dat het hout was gekrompen, of dat er een spijker was losgeraakt.

Ronald haalde zijn gereedschap weer omhoog en had binnen de kortste keren zo'n schitterend uitzicht voor elkaar gekregen dat hij snel naar de woonkamer kroop om te zien hoe de kier er van die kant uitzag. Maar alles was in orde. Van deze kant zat de kier in de schaduw van de uitstekende rand van het rek zodat hij prima gecamoufleerd was. Om beide kijkgaatjes af te dekken wanneer zijn licht aan was, maakte Ronald stevige afdekkingen. Het hoefde maar één keer fout te gaan en er zou een ramp gebeuren. Hij kon zich geen moment van verstrooidheid veroorloven!

De volgende dag kwam er een lange, magere man met helderblauwe ogen, een tamelijk vriendelijk gezicht en een slordig broskapsel van grijzend bruin haar naar het huis. Ronald bekeek hem door het kijkgaatje van de woonkamer. Zijn grijze pak en zijn blauwwit gestreepte overhemd met een onopvallende stropdas riepen een ondefinieerbare ambtelijke sfeer op. Ronald dacht dat hij vast een gemeenteambtenaar was of een vertegenwoordiger van het energiebedrijf die iets kwam controleren in het huis. Of misschien een rechercheur? Ronalds hart klopte in zijn keel. Had iemand hem gezien toen hij door het huis liep? Ronald kwam langzaam weer tot rust. Zo'n vage, alledaagse man was toch vast geen politieman.

De man beende langzaam heen en weer in de woonkamer. Er

gingen tien minuten voorbij en toen kwam er buiten nog een auto aanrijden. De man liep naar de voordeur, gooide hem open en drie opgeschoten meiden stormden naar binnen, gevolgd door de kalme, bekwame vrouw die Ronald zich herinnerde van een week of twee geleden. Ze heette mevrouw Wood; zij was de vrouw die zo standvastig met meneer Roscoe had onderhandeld en de man was blijkbaar haar echtgenoot.

"Nou, daar zijn we dan," zei mevrouw Wood opgewekt. "Heb je lang op ons moeten wachten?"

"Een paar minuutjes maar," zei meneer Wood. Hij vroeg aan de meisjes: "En hoe vinden jullie het?"

"Nou ja, het is tenminste beter dan die andere huizen," zei het oudste meisje. "Maar is het niet een beetje somber?" Ronald die door het kijkgat stond te gluren schatte haar op een jaar of zeventien.

"Ik snap wat je bedoelt," zei het middelste meisje dat ongeveer vijftien leek. "Er hangt hier een bepaalde sfeer!"

De jongste, die twaalf of dertien was, trok haar neus op. "Het is geen sfeer. Er hangt hier gewoon een raar luchtje, van ouwe kleren of een dood diertje."

"Het is hier gewoon een beetje bedompt," zei mevrouw Wood. "Dat verdwijnt wel wanneer we de ramen openzetten. Hebben jullie de slaapkamers al bekeken?"

"Nog niet." De meisjes renden naar boven en Ronald hoorde ze kwetterend de bovenverdieping verkennen.

Raar luchtje, nota bene! Dat was geen erg aardige opmerking. Eigenwijze meiden, allemaal tot in de grond verwend. Maar hij kon bijna niet wachten tot ze weer beneden kwamen want ze waren alle drie buitengewoon knap. Ronald sloop heen en weer tussen zijn kijkgaatjes, gespannen van opwinding, terwijl meneer en mevrouw Wood een beetje door het huis dwaalden en verschillende aspecten van de woning bespraken. Ronald begreep dat meneer Roscoe de avond tevoren had opgebeld met het nieuws dat de eigenaar zijn prijs had laten zakken en of ze nog belangstelling hadden.

De meisjes kwamen de trap weer af. "Nou," zei meneer Wood, "wat vinden jullie ervan?"

"Wel oké, hoor," zei de jongste die vrolijk en bijdehand en impulsief was. Een echte praatjesmaakster! dacht Ronald. "We hebben tenminste allemaal een eigen slaapkamer."

De oudste die stil en schuchter was en net als haar vader een beetje vaag, zei: "We kunnen het hele huis schilderen zodat het een stuk vrolijker wordt."

"Het is een uitdaging," zei het middelste meisje dat de pittigste leek en misschien de intelligentste. "Daar is geen twijfel aan."

Mevrouw Wood zei: "Het ziet er nu naargeestig uit. Maar dat doen lege huizen altijd. Als we eenmaal onze meubels hier hebben en onze kleden op de vloer en nieuwe gordijnen hebben opgehangen zal het al een heel verschil zijn."

"Ik wou dat we dat oude fornuis weg konden doen. Het is een goor ding," zei de jongste die blijkbaar Babs of Bobby heette.

"We zullen eens kijken wat ons budget toelaat," zei meneer Wood. "Maar ik denk wel dat we ons een nieuw fornuis en een nieuwe koelkast kunnen veroorloven."

"Dan zijn we het eens," zei mevrouw Wood, die blijkbaar de doorslaggevende stem had. "We nemen het huis."

"Het is geen slechte investering," zei meneer Wood. "Als we de boel wat opknappen en we leggen een gazon aan, krijgen we in ieder geval altijd ons geld terug."

"En op een gegeven moment moeten we die achterveranda ombouwen tot een toilet," zei mevrouw Wood kwiek.

"O, pap!" riep Althea, het middelste meisje, "laten we nu meteen naar de winkel gaan om verf en een fornuis en een nieuwe ijskast te kopen!"

"Niet zo overhaast," zei mevrouw Wood. "We moeten eerst zorgen dat we het huis krijgen. Er zal nog heel wat te doen zijn, hoor, maak je daar maar geen zorgen over."

"Hebben jullie al besloten wie welke kamer krijgt?" vroeg meneer Wood aan de meisjes, met een lachje omdat ze zo opgewonden waren en zoveel plezier hadden.

"Nee, nog niet. Daar hebben we het nog niet over gehad."

"Jullie kunnen strootjes trekken, of zo," stelde mevrouw Wood voor.

"O, Ellen mag de voorkamer hebben," zei Althea. "Babs mag kiezen welke van de twee achterkamers zij wil. Mij maakt het niet uit."

Meneer Wood stak zijn gesloten handen naar voren. "Wie de hand met de penny kiest krijgt de kamer aan de rechterkant van de overloop."

Babs tikte op de linkerhand van haar vader en vond de penny en nu waren alle slaapkamers verdeeld.

De avond was gevallen. De familie Wood was vertrokken en het huis was stil. Ronald kwam uit zijn hol en kroop de woonkamer in. Dat was niet langer de woonkamer die hij zo goed kende; het was niet langer hetzelfde huis. Nu woonde de familie Wood hier. Meneer Benjamin Wood, mevrouw Marcia Wood, Ellen, Althea en Barbara Wood. Ronald bleef maar aan de meisjes denken. Ze waren alle drie bekoorlijk, elk op hun eigen persoonlijke manier. Barbara was blond en guitig, met een wipneus en een aantrekkelijke roze mond. Bij blonde meisjes zocht Ronald altijd naar sporen van Laurel Hansen, en hij meende in Barbara bepaalde flirterige gewoonten van Laurel te herkennen. Barbara was bijzonder zelfverzekerd en ze zat vol grappige streken, zoals dat vaker voorkwam bij de verwende jongste dochter.

Althea, de middelste dochter, was bijna drie centimeter langer dan Barbara en nogal slank, met fijn lichtbruin haar dat op haar schouders hing. Zij leek wat kalmer en bespiegelender dan Barbara of Ellen. Althea had vlakke wangen en een klein kinnetje en als ze zat na te denken zakten haar mondhoeken mismoedig naar beneden waardoor ze wel wat weg had van een troosteloos windfeetje. Een meisje met interessante eigenschappen, bedacht Ronald. Ellen, het oudste meisje was ook duidelijk een unieke persoonlijkheid, hoewel ze geen duidelijk eigen stijl had zoals de overdreven dwaasheid van Babs of de dromerig-ironische romantiek van Althea. Ellen was gewoon mooi. Ze had een uiterst eigenaardige uitstraling. Haar haar, fijn goudbruin zoals dat van Althea, leek uit zichzelf te glanzen, ze had transparant grijze ogen en haar door de zon gebronsde huid leek wel te gloeien van gezondheid en reinheid.

De drie meisjes vulden elkaar prachtig aan. Ze leken elkaars bijzondere eigenschappen te waarderen en er plezier in te hebben en elk vervulde met genoegen haar eigen rol. Babs was het grappige 'verwende kreng'. Zij hoorde roekeloos, vrijpostig en uitbundig te zijn, hoewel ze dat niet echt was; het was allemaal een grappig en hartelijk

spel dat door alle drie de zusters met evenveel geestdrift werd meege-
speeld. Op diezelfde manier was Althea de dichteres en de droomster,
de bron van buitenissige ideeën, terwijl Ellen de onschuldige, onprak-
tische zus was die overliep van liefde en vrijgevigheid.

Drie dagen later betrok de familie Wood de woning op Orchard Street
nummer 572, en was het gedaan met de rust. Tumult was de nieuwe
manier van leven nu de Woods hard aan het werk waren om de strenge
persoonlijkheid van het oude huis te veranderen. Ronalds rustige leventje was ineens iets van het verleden. Onbenullige gesprekjes stoorden
zijn gedachten. Hij kon niet langer naar believen slapen, eten of de wc
doortrekken, maar hij moest wachten tot het de nieuwkomers schikte.

Ronald ergerde zich wel, maar hij was ook geboeid en betoverd.
Hij kon niet genoeg krijgen van de meisjes. Ze kwelden hem met hun
komen en nog meer met hun gaan, en hun interessantste handelingen
gebeurden altijd buiten zijn blikveld. Hij wilde maar dat hij kijkgaatjes
in hun slaapkamers kon maken!

In weerwil van zijn ergernis begon Ronald belang te stellen in het
doen en laten van de familie Wood. Hij had in feite ook geen andere
keus; ze omringden hem aan alle kanten en de lucht was doordrongen
van hun zorgen en gespreksthema's.

Ronald kreeg al gauw heel wat achtergrondinformatie over de
Woods. Ben Wood werkte voor de telefoonmaatschappij, wat hij al
deed sinds hij uit het leger kwam — inmiddels al twintig jaar. Hij was
overgeplaatst naar Oakmead uit Los Gatos, een stadje halverwege San
Francisco en Monterey. Niemand had graag willen verhuizen, maar
Ben Wood kon het zich niet veroorloven om de bijbehorende promotie af te slaan. Ellen en Althea zouden aan het begin van de herfst
naar de Oakmead Highschool gaan. En Barbara zou instappen in het
negende leerjaar van de lagere school. Geen enkel familielid vond
Oakmead een leuke plaats en ze hadden het huis op Orchard Street
nummer 572 alleen maar gekocht omdat het goedkoop en ruim was, en
met enthousiast aanpakken, waartoe ze allemaal bereid waren, in ieder
geval op zijn minst dragelijk gemaakt kon worden. Ronald werd een
passieve deelnemer aan het hele proces; ook hierin had hij weer geen
andere keus. Het huis en het opknapproject waren vrijwel de enige

gespreksonderwerpen. Eerst werd alles schoongemaakt, daarna begon het schrapen, schuren en schilderen en tegelijkertijd het planten.

Ben Wood blies het gezinsbudget op met een nieuw fornuis, een vaatwasser, een koelkast, een wasmachine en een droger. Hij plaatste nieuwe keukenkastjes, legde een nieuwe tegelvloer in de keuken, verwijderde de oude wastobbes van de achterveranda en sloopte de oude schuur aan het eind van het erf, en wie anders nam hij aan om de troep weg te halen dan Duane Mathews? Hij huurde een freesmachine en freesde de achtertuin. De meisjes legden een moestuin aan, Marcia Wood plantte fruitbomen en rozenstruiken en Ben Wood legde een nieuw gazon voor het huis aan. Hij verkondigde dat het gazon van de Schumachers daarbij vergeleken een zielig veldje zou zijn en die uitdaging drong op de een of andere manier door tot de Schumachers die ijveriger dan ooit begonnen te sproeien, te maaien en te knippen.

De buitenkant van het huis bleef als tevoren: krijtwit, de kleur van door de zon gebleekte botten. De Woods waren van plan om het huis volgend jaar donkergroen te schilderen met witte kozijnen.

Het grootste deel van de zomer was het hele gezin hard aan het werk, maar het ontbrak ze niet aan hulp. Toen hij het grove vuil kwam weghalen maakte Duane Mathews kennis met Ellen en daarna kwam hij bijna iedere dag meehelpen. En een heel stel andere jongens kwam ook min of meer regelmatig langs om een handje te helpen. Mevrouw Wood zorgde voor hamburgers en limonade en de meisjes droegen korte broekjes, wat blijkbaar al voldoende aanmoediging was. "Hoe meer volk, hoe meer vreugd," zei Ben Wood, "als ze maar meewerken."

"Reken maar dat ze werken," zei Marcia Wood. "Ze mogen niet stoppen van de meiden."

"Bikkelharde slavendrijvers!"

Ondanks zijn tegenzin raakte Ronald toch geïnteresseerd in het werk van die zomer. Met de ijver van een onderzoeker hield hij door zijn kijkgaatjes voortdurend alles in het oog. Vooral de meisjes wekten zijn belangstelling; hun gladde bruine benen en hun ronde kontjes waren bronnen van zoete kwelling. Met zijn oog tegen het kijkgaatje gedrukt kon Ronald er geen genoeg van krijgen. Als een van de meisjes langsliep kreeg hij vreselijke zweethanden en moest hij inwendig kreunen.

Hij had geen favoriet want hij wist van elk meisje de eigen kwaliteiten te waarderen. Als men hem had gevraagd een keus te maken zou
hij heel lang hebben moeten nadenken voor hij zou kunnen kiezen,
hoewel hij zich wel degelijk een oordeel had gevormd over hun persoonlijke kwaliteiten.

Barbara was de aantrekkelijkste en de verleidelijkste, Ellen was de
mooiste en misschien de hartstochtelijkste, terwijl Althea's dromerige natuur haar een vreemde charme gaf die Ronald onweerstaanbaar
vond. Voor de jongens die op bezoek kwamen en misschien ook wel
kwamen meehelpen, voelde hij louter afkeer en verachting. In het bijzonder gold dat Duane Mathews die verliefd was op Ellen.

Op een zondag begon Duane tijdens de lunch zomaar over die vreselijke Ronald Wilby, de moordenaar. De Woods waren geschokt door
het verhaal. "Ik vond altijd al dat er een enge sfeer in dit huis hing!" zei
Althea vol ontzag. "Ik voelde het meteen toen we hier voor het eerst
binnenstapten. Die sfeer was zo sterk dat je hem bijna kon ruiken!"

"Maar nu is hij toch wel weg, hoor," zei Barbara. "Slechtheid kan een
fris verfje niet verdragen!"

"Wees daar maar niet al te zeker van!" zei Steve Mullins tegen haar.
"Heb je nooit van slechte krachten gehoord? Als die sterk genoeg zijn
kunnen ze in spoken veranderen."

"O ja? En hoe weet jij dat allemaal?" vroeg Ellen.

"Waar komen volgens jou spoken anders vandaan?"

"Ik weet helemaal niet of zulke dingen wel bestaan."

"Er zijn zat mensen die zweren dat ze ze gezien hebben."

"Maar nog veel meer mensen zweren dat ze niet bestaan."

"Hoe dan ook," zei Barbara, "dat spook zou niet híer rondhangen,
maar in die oude tuin."

"Hou daar alsjeblieft over op!" mompelde Duane Mathews. "Het
was mijn kleine zusje."

"Wat vreselijk!" riep Barbara. "Het was niet mijn bedoeling om
zoiets gruwelijks te zeggen!"

Duane wist een grimmig lachje op te brengen. "Geeft niet, hoor.
Maar ik heb er nog steeds last van. Misschien vind ik Ronald Wilby
nog wel een keer."

Twee en een kwart meter van hem af stond Ronald Wilby met zijn oog tegen het kijkgaatje. Van alle mensen die hij kende verafschuwde hij Duane Mathews nog het meest. Die knul zijn vader was nota bene barkeeper. Hoe Ellen of wie dan ook zo'n door en door kwalijke gozer aardig kon vinden ging zijn begrip te boven. Elk aspect van Duanes verschijning en persoonlijkheid stond Ronald tegen: zijn norse, magere trekken, zijn slungelige gestalte met een en al schouders, armen en benen; zijn bruuske bewegingen en zijn rauwe stem en afgebeten manier van praten. Maar nog het meest had hij een hekel aan zijn praktische instelling en zijn barse zelfverzekerdheid, die in Ronalds ogen gelijk stonden aan verwaandheid en blaaskakerij. Terwijl hij maar een jaar of twee ouder was dan Ronald matigde Duane zich het gedrag van een volwassen man aan! En ondanks dat alles leken de meisjes hem te bewonderen. Gister nog hoorde Ronald ze over Duane kletsen op de gebruikelijke overdreven half-dwaze, half-sarcastische manier waarvan alleen zij de reikwijdte begrepen.

"Hij ziet eruit als een ouderwetse cowboy," had Barbara gezegd. "Uit Texas natuurlijk."

"Hij gedraagt zich zelfs ouderwets," zei Althea. "Hij is iemand uit een oude film."

"Een oude cowboyfilm."

"Wat je wilt. De kaartjes zijn even duur."

"Hij heeft wonderbare ogen," zuchtte Ellen. "Ik wou dat ík zee-groene ogen had."

Slangenogen, dacht Ronald. En hij herinnerde zich dat ook Carol van die eigenaardig groene ogen had gehad.

"Ik zal eens in m'n boek over astrale psychologie opzoeken wat zee-groene ogen betekenen," zei Althea. "Het kan wel iets vreselijks zijn en dan zouden we die arme Duane weg moeten sturen."

"Mam mag hem graag, met ogen en al," zei Barbara. "Dat zegt meer over wie hier weggestuurd gaat worden dan een boek met een paarse kaft."

"Dan zoek ik wel in mijn handlijnkundeboek, dat heeft een rode kaft."

"Naar Duanes ogen?"

"Nee, naar zijn handen natuurlijk."

"Maar hij heeft helemaal geen groene handen."

Althea vond het leuk om op een trage manier door haar neus te praten wanneer ze een paradox te berde bracht. "Duane heeft ernstige fouten. Hij is veel te betrouwbaar en te goed van vertrouwen. Met lui zoals Duane in de buurt voelt een meid zich op haar gemak en kan ze soms zelfs in slaap vallen."

Ellen lachte medelijdend. "Dus alleen steekvliegen kunnen jou wakker houden?"

"Als er steekvliegen in de buurt zijn blijf ik echt wel wakker, ja," zei Althea. "Maar begrijp me niet verkeerd, ik ben niet bevooroordeeld. Sommige van m'n beste vrienden zijn steekvliegen." Ze stak haar armen in de lucht toen Barbara haar mond opendeed. "Waag het niet om het te zeggen!"

Zo hadden ze die morgen zitten kletsen. Vandaag keek Duane verbaasd op toen Althea hem aansprak als 'Tex', maar geheel in over-eenstemming met zijn karakter vroeg hij niet waar hij die bijnaam aan te danken had.

Na de lunch vertrok het vijftal naar boven om de voorste slaapka-mer te schilderen. Ellen, Althea, Barbara, Duane en Steve Mullins, een van de vele jongens die verliefd waren op Barbara met haar malle streken. Ronald kon hun stemmen horen en ze hadden het blijkbaar heel gezellig.

Ronald sloot zijn kijkgaten, deed zijn licht aan en ging op zijn bed zitten. Het gesprek, en vooral dat deel ervan dat hemzelf betrof had zijn hele dag bedorven. Hij was chagrijnig en ontevreden en geenszins in de stemming voor zijn gebruikelijke bezigheden. En zijn gewone routine was toch al helemaal in de war geraakt. Ronald zuchtte en gromde. Hij kon toch zijn dagindeling door die vervelende klieren niet laten verpesten! Hij stond op en begon een beetje laks aan een reeks oefeningen, hoewel hij tegenwoordig niet durfde te rennen tenzij er helemaal niemand thuis was.

Zoals gewoonlijk kreeg hij van zijn oefeningen flinke honger. Voor zijn avondmaal maakte Ronald een blik bonen open met erbij zijn laat-ste paar crackers dik besmeerd met pindakaas, een nogal saaie maaltijd die Ronalds trek niet deed overgaan. Vooral niet omdat mevrouw Wood champignonsoep, avocadosalade, een schitterende geglaceerde ham met ananas, zoete aardappelen en verse broccoli opdiende. Ronald

keek door zijn kijkgaatje sip toe terwijl de Woods hun avondmaal verorberden. Iedereen was vrolijk. Het huis was nu vanbinnen helemaal
geschilderd, op de deurstijlen en de raamkozijnen na die met glansverf
moesten worden gedaan. Zoals Marcia Wood als eerste al had voor-
speld had een fris verfje het oude huis flink opgevrolijkt en iedereen
genoot van de zee van ruimte in de grote oude Victoriaanse vertrekken.

"Als we er een paar torentjes en wat balkonnetjes aanhangen en een
paar marmeren urnen kopen konden we het hier een landhuis noemen," zei Ellen.

"Een gotisch landhuis," zei Althea. "Zo noemen ze het in griezelfilms."

"Die opmerking gaat mij een beetje te ver," zei Barbara. "De laatste
bewoners waren absoluut griezels. Maar ik denk toch niet dat ze spoken hebben achtergelaten. Dat mag ik tenminste hopen."

"Ik hoop met je mee," zei Ben Wood. "Want anders zou de markt-
waarde flink kelderen."

"Misschien werd het huis daarom wel zo goedkoop verkocht."

"We kunnen altijd nog adverteren in spiritistentijdschriften," zei
Althea. "Een goed betrouwbaar spook kon weleens waardevol zijn."

"Maar wat hebben we aan geld," vroeg Barbara, "als we allemaal
dood in ons bed gevonden worden met een gruwelijke uitdrukking op
ons gezicht?"

"Barbara, zoals gewoonlijk klets je weer onzin."

Ellen trok een lelijk gezicht. "Ik zou je nooit serieus nemen, maar
het huis heeft inderdaad een beetje een griezelige sfeer."

"Bah," zei Marcia Wood. "Dat is gewoon belachelijk."

"Ik hoor soms ook gekke geluiden," zei Barbara. "Maar dat zullen
wel ratten zijn."

"Oude huizen zitten altijd vol rare geluiden," zei Ben Wood.

"Je zult wel gelijk hebben, pap."

De teneur van het gesprek stond Ronald helemaal niet aan. Bepaalde
opmerkingen leunden tegen het persoonlijke aan en waarom konden ze
in hemelsnaam niet eens ophouden met die oude zaak uit te kauwen?
Ze hadden gewoon het recht niet om kritiek te leveren terwijl ze alleen
Duanes kant van het verhaal kenden…

Nou ja, het maakte eigenlijk ook niet zo veel uit. Van dringender belang was die verrukkelijke ham en die schaal zoete aardappelen. Ronald had gelijk weer honger. Het schuilhol had zijn voordelen maar ook zijn nadelen, zoals moeten toekijken hoe andere mensen smakelijke maaltijden verorberden waarvoor hij niet was uitgenodigd.

Als toetje zette mevrouw Wood een schitterende citroenmeringue-taart op tafel en Ronald werd bijna misselijk van verlangen. Voortaan ging hij niet meer kijken als de Woods zaten te eten; hij zat zichzelf gewoonweg te kwellen...

Ha! Ronald verwierp die gedachte meteen weer als totaal onrea-listisch.

De meisjes hadden het over kleuren en inrichting. Ellen had haar kamer wit geschilderd, met lichtgroene en lavendelkleurige plinten en kozijnen. Althea had grijs, lichtblauw en donkerblauw gebruikt, met witte toetsen. Barbara had alle kleurenwaaiers in de verfwinkel door-gesnuffeld om wat zij een 'dramatisch' effect noemde te krijgen. "Ik wil spanning en opwinding in m'n kamer!" verkondigde ze en Ronald mompelde binnensmonds: "Ik zorg wel voor spanning en opwinding in je kamer, daar kun je van op aan!" Barbara, de jongste, maakte op Ronald nogal een sexy indruk, met haar uitdagende fratsen en haar flir-terige houdingen en de gezichten die ze opzette. Hij had nog nooit zo'n jongensgek meegemaakt. Barbara had voor haar kamer wit, geel, licht-blauw en pistache gebruikt, met toetsen van vuurrood en donkerblauw, en toen ze eenmaal haar spulletjes had neergezet en haar posters had opgehangen had ze op de een of andere manier precies die sfeer van uitbundige lichtzinnigheid weten te bereiken die ze had nagestreefd.

Half augustus was Project Opknapbeurt van Orchard Street 572 eindelijk klaar, een beetje tot verbijstering van de familie Wood, die krabben, schuren en schilderen zo'n beetje als een permanente manier van leven was gaan beschouwen.

Elke kamer van het huis was opgeknapt. De woonkamer, oorspron-kelijk zalmbeige met donker gelakt houtwerk, was nu gebroken wit met een lichtblauw plafond. Het houtwerk was met witte glansverf geschil-derd, net als de bakstenen schoorsteenmantel en op de grond lag een fleurig blauw vloerkleed.

Ronald vond de veranderingen maar niks. Het huis had voorheen altijd voldaan. En het enthousiasme van het gezin Wood was een niet al te subtiele uiting van minachting jegens hemzelf en zijn moeder. De Woods waren gewoon pietluttig, vond Ronald en bovendien ook nog aanmatigend. Een kroonluchter in het halletje! Kunstreproducties langs de trap naar boven! Die buitenissige nieuwe wandklok in de keuken met wijzers van bijna een meter lang! De Mexicaans-aardewerken potten met geraniums op de veranda aan de voorkant! Een en al ijdeltuiterij en praalzucht. Maar eigenlijk maakte het ook allemaal niks uit. Het huis betekende niks meer voor hem; voor zijn part maakten ze er een Chinese tempel van.

Ronalds voedselvoorraad was tot een gevaarlijk niveau gezakt en hij was begonnen om levensmiddelen uit de koelkast, de broodtrommel en de fruitschaal van de Woods weg te nemen. In de kleine uurtjes van de nacht ging hij op strooptocht voor een maal. Een kruimeltje hier, een hapje daar, een appel of een sinaasappel, misschien een snee brood, een hompje kaas, een paar slokken van de heerlijke verse melk! En een enkele keer, wanneer er een ruime hoeveelheid toetje over was, trakteerde Ronald zichzelf op een onopvallende portie, en voedsel had hem nog nooit zo heerlijk gesmaakt!

Hij wachtte altijd tot het huis donker en stil was. Dan fluks het geheime deurtje door, de provisiekast uit en de keuken in: stilletjes als een spook, zodat zelfs de vloer niet kraakte. Dan de keuken door naar de koelkast, behoedzaam de deur opendoen en als juwelen op zwart fluweel lagen daar dan de verrukkelijke restjes van de maaltijd waarvan hij zo'n zes uur eerder getuige was geweest. Hij wist dat hij uitermate voorzichtig te werk moest gaan, maar soms kostte het hem o zo'n moeite om zich in te houden en niet de hele inhoud van de koelkast op te schrokken. Eén keer hoorde hij mevrouw Wood verbaasd uitroepen: "Wat raar! Ik zou zweren dat ik zeven gevulde eieren had weggezet. En nu zijn er nog maar vijf. Heeft een van jullie er soms aan gezeten, meiden?"

"Ik niet." "Ik niet." "Ik niet."

"Dan ben ik zeker gek geworden," zei mevrouw Wood. "Ik herinner het me zo duidelijk... Misschien heeft jullie vader ze gisteravond wel opgegeten."

Ze dacht verder niet meer aan het raadsel van de ontbrekende eieren en ze dacht er ook niet aan om er Ben Wood naar te vragen toen hij van zijn werk thuiskwam. Maar toen Ellen 's avonds op elk bord met salade een half gevuld ei legde zei Babs tegen haar vader: "Mam denkt dat ze gek wordt, tenzij jij gisteravond twee gevulde eieren hebt opgegeten."

Ben Wood staarde haar niet begrijpend aan en zei toen: "Ik geef alles toe als dat nodig is voor de geestelijke gezondheid van je moeder."

"Aha!" riep Babs. "Dus jij bent de schuldige eiereter!"

"Wordt je moeder gek als ik dat ontken?"

"Nee hoor," zei Marcia Wood. "Ik dacht alleen dat ik zeven eieren in de koelkast had gezet en vanmorgen kon ik er maar vijf vinden."

"Ratten," zei Babs.

"Of mieren," opperde Ellen.

"Of spoken," mompelde Althea.

"Dat is natuurlijk malligheid," zei Marcia Wood. "Ik heb me vast gewoon verteld." Ineens bedacht ze iets. Ze keek naar Ellen. "Was Duane hier gisteravond niet?"

"Nee. Eergisteravond."

"Ik word zeker een beetje seniel," zei Marcia Wood. "Hij is hier zo vaak dat ik niet meer weet wanneer precies."

Ben Wood vond het eigenlijk maar niks dat zijn dochters zo snel opgroeiden. Mopperend zei hij: "Dat is de prijs die we voor die pracht-meiden betalen: we moeten elke verliefde knul uit de wijde omtrek te eten geven. Soms vraag ik me weleens af of ze hier komen om de liefde of omdat ze honger hebben."

"Pap, dat is niet eerlijk." zei Ellen. "Duane heeft hier heel hard gewerkt. Weet je nog wie alle rommel weggebracht heeft, en wie al dat wild en die vissen en die abrikozen meenam en wie het lood om de schoorsteen heeft aangebracht en wie..."

"Ho maar!" riep Ben Wood. "Duane is de beste van het hele stel, en eigenlijk is hij onmisbaar. Ik kan hem eigenlijk maar beter bij ons in laten trekken."

"Waar moet hij dan slapen?" vroeg Barbara onschuldig. "Bij mam?"

"Het is een vreselijk aardige knul," zei Marcia Wood. "Ik wou alleen dat hij wat minder gespannen was. Ik word soms zenuwachtig van hem als er niemand anders in de kamer is."

"Jij zou ook gespannen zijn wanneer een schoft je kleine zusje had vermoord," verkondigde Babs en achter zijn kijkgaatje tuitte Ronald zijn lippen.

"Ik ben blij dat Ellen de slaapkamer van die schoft heeft en niet ik," zei Althea.

Ellen trok een lelijk gezicht. "Ik ga denk ik maar ruilen met Babs."

"O nee, niks daarvan. Ik heb net mijn kamer precies zoals ik hem wilde."

"Het huis is erg oud," zei Ben Wood. "Er kunnen hier wel tientallen schoften gewoond hebben die in alle slaapkamers sliepen."

"Ik ga denk ik maar geen griezelfilms meer kijken," zei Babs. "Ik begin al die dingen zo langzamerhand nog te geloven ook."

"Wat een onzin," zei mevrouw Wood schamper. "Die filmlui knutselen al die effecten alleen maar in elkaar om er kleine meisjes bang mee te maken."

"O, dat weet ik gerust wel, maar waar halen ze om te beginnen hun ideeën vandaan? Niemand verzint dingen zomaar uit de lucht."

"Ik geloof pas in bovennatuurlijke dingen wanneer ik ze zie," zei Ben Wood. "Het zijn altijd andere mensen die griezelige dingen meemaken."

"Nou, dat weet ik zo net nog niet," zei Althea. "Dat van die ontbrekende gevulde eieren vind ik anders behoorlijk griezelig."

In zijn schuilhol trok Ronald een reeks gepijnigde gezichten. Hij hield er helemaal niet van wanneer er iets over hem of over zijn activiteiten te berde kwam.

"Het spijt me dat ik je raadsel onderuit moet halen," zei mevrouw Wood, "maar ik herinnerde me weer dat er altijd al maar vijf gevulde eieren waren."

Ronald grinnikte inwendig. Die eieren waren ontzettend lekker geweest. Maar hij moest nooit meer etenswaren stelen die misschien wel geteld waren.

Door de opwinding over de verdwenen eieren raakte Ronald zo van slag dat hij twee hele nachten in zijn schuilhol bleef. Toen hij ten slotte toch weer tevoorschijn kwam pakte hij maar twee sneetjes brood, een klein stukje boter, een plak gehaktbrood, twee kerstomaatjes en een takje peterselie. In de fruitschaal lagen vier avocado's te rijpen en hij was dol op avocado's! Verboden vruchten!

Hij liet ze liggen met niet meer dan een verlekkerde blik!

Weer terug in zijn schuilhol at hij de sandwich en het povere slaatje waarbij hij een glas poedermelk naar binnen slokte. Alles smaakte zo lekker dat hij het liefst terug zou gaan voor een tweede portie, en misschien kon hij dan toch ook de rijpste avocado meenemen. Grote kans dat niemand het zou merken…

Weet je nog van die gevulde eieren? Hij moest zijn eetlust in bedwang leren houden. Dat was natuurlijk waar, maar hij moest ook een manier bedenken om aan eten te komen want zijn voorraad was bijna op. Eigenlijk wist hij best wat hij moest doen: hij moest eenvoudig zijn manier van doen veranderen. Tot nu toe had hij kleine beetjes meegenomen van wat er van het avondmaal over was gebleven, en dat zou hij blijven doen wanneer de omstandigheden dat toelieten. Maar om het risico zo klein mogelijk te houden moest hij vanaf nu voornamelijk rauwe materialen meenemen: een aardappel, een ui, een kopje meel, een ei, een of twee plakjes spek. Als hij zijn plan behoedzaam en met beleid uitvoerde zou hij zich redelijk goed in leven kunnen houden zonder dat iemand er iets van zou merken: een overwinning van koele vindingrijkheid op tegenspoed!

Om zo doeltreffend mogelijk te werk te kunnen gaan moest hij volgens een vast schema foerageren, zodat hij niet zoveel van één ding wegnam dat merkbaar zou kunnen zijn dat er iets ontbrak. Het zou verstandig zijn wanneer hij zijn aanwinsten zou noteren, of nog beter, wanneer hij de inkomende goederen in een diagram optekende. Ronald knikte met bedachtzame goedkeuring. Hij kreeg het gevoel dat hij een zekere mate van zelfvoorzienendheid had bereikt. Zijn moeder had vaak benadrukt dat planning en vooruitzicht de dingen waren die succesvolle mannen van mislukkelingen onderscheidden. Nu pas begreep Ronald de wijsheid van haar opmerkingen.

Ronald begon met het maken van een paar schetsen om de schaal en de reikwijdte van zijn diagram te bepalen en daarna tekende hij het netjes na op een groot vel tekenpapier. Hij zou verschillende kleuren inkt gebruiken voor de verschillende bestanddelen van zijn dieet, zodat hij in één oogopslag een betrouwbaar overzicht had van wat hij zijn 'inkomen' zou kunnen noemen. Hij bedacht iets dat hier min of meer vanzelf uit voortvloeide — hij kon een tweede diagram maken waarmee hij zijn voedselverbruik, of 'uitgaven', vastlegde, en zelfs een derde diagram waarop te zien was hoeveel voedsel hij in voorraad had, oftewel zijn 'inventaris'. Die diagrammen zouden een heleboel interessante gegevens opleveren waarmee hij een anders op de gis vastgestelde procedure rationeel kon bijstellen. Hij was ervan overtuigd dat zijn moeder zijn methodische aanpak heel goed gevonden zou hebben.

Ronalds nieuwe systeem bleek tamelijk geslaagd. Hij kon met één oogopslag de voorraad van elk artikel bepalen, plus hoelang geleden het was dat hij de hand had kunnen leggen op een hoeveelheid van dat product. De diagrammen kostten natuurlijk veel tijd, maar elke waardevolle prestatie vergde hard werken, wat ook een uitdrukking was die zijn moeder vaak bezigde. Met hulp van de diagrammen wist hij een stel richtlijnen of basisregels te formuleren, waarvan de belangrijkste de volgende waren:

- *Haal nooit iets uit een volle, een vrijwel volle, of een bijna lege verpakking.*
- *Neem van dure producten alleen hele kleine beetjes.*
- *Neem geen blikken mee, tenzij die helemaal achteraan op een plank staan en inmiddels zijn vergeten.*

Ronalds nieuwe manier van leven vergde meer moeite dan de oude. Hij moest nu koken: soep, stoofpot, pannenkoeken die hij opfleurde met kaas, jam of pindakaas. En koken was ook problematischer dan vroeger omdat hij heel voorzichtig moest zijn met kookluchtjes. Hij kon alleen een maaltijd bereiden wanneer elke vage geur van het een of ander niet opgemerkt zou worden; wanneer de Woods allemaal naar bed waren gegaan, of wanneer mevrouw Wood zelf aan het koken was. Ronald hing zijn diagrammen in een keurige rij aan de wand achter het toilet, vlak onder het kijkgaatje naar de woonkamer; het enige wandoppervlak dat nog niet aan Atranta was gewijd. Het was een indrukwekkende rij die getuigde van zijn opmerkelijke, objectieve logica ten opzichte van problemen die voor een gewoon mens nogal verbijsterend zouden zijn. Ronald vond het nogal duidelijk dat hij ten minste twee contrasterende maar niet strijdige karaktertrekken bezat. Hij verenigde de rationaliteit van de filosoof met het combinatievermogen van de kunstenaar — maar heel weinig mensen bezaten die vaardigheid!

Misschien zou hij met betrekking tot het gezin Wood een studieuzer aanpak moeten kiezen, in de zin van wetenschappelijk onderzoek, zogezegd. Zijn omstandigheden verschaften hem een schitterende positie om de bezigheden van een karakteristiek eigentijds gezin te bestuderen. Hij kon ze op een uitermate intieme en nauwkeurige manier gadeslaan, als een geleerde die in een terrarium tuurt. Hij kon de Woods onderzoeken op de manier van een antropoloog die een exotische stam observeert. Hij kon hun bezigheden coderen, de fasen van hun gedrag, hun onderlinge verhoudingen en hun buitenissigheden. Misschien zou hij er ooit weleens een boek over schrijven — een scherpzinnige verhandeling die zowel de leek als de beroepssocioloog versteld zou doen staan! En wat zou het waanzinnig vermakelijk zijn als de Woods op een dag tegen dit boek aanliepen (dat *Van Binnenuit Bekeken*, of *Uit de Geheime Plek*, of *Een Vrijmoedig Onderzoek* door Ronald Norbert zou heten), en vol verbazing zichzelf zouden herkennen!

Ronald besloot om meteen met zijn onderzoek te beginnen. Elk flardje kennis moest ingedeeld worden, elk woord opgetekend, en elk gebaar moest onderzocht worden op zijn symbolische betekenis. Hij zou stemmingen en verhoudingen in kaart brengen, hij zou verborgen stromingen van afgunst en trots verkennen en hij zou geheimen ontdekken waarvan zelfs de andere gezinsleden niet op de hoogte waren.

De drie meisjes: uitbundige Babs, dromerige Althea en stralende Ellen waren de voornaamste onderwerpen waar hij zich op toe zou leggen. Hij zou te weten komen waarvan ze hielden en waaraan ze een hekel hadden, hij zou hun zwakke plekken en hun vooroordelen leren kennen en hun angsten en gevoeligheden. Door zijn scherpe en onpersoonlijke analyse zou hij ze beter leren kennen dan ze zichzelf kenden. Hoewel, niet helemaal 'onpersoonlijk'. Onderzoek was allemaal mooi en goed, maar nog beter was een persoonlijke studie van een van hen of van alle drie — apart, allemaal tegelijk, ondersteboven of op wat voor manier dan ook. En Ronald grinnikte wellustig. *Heh-heh-heh*, echt wel! Reken maar van wel, meneertje!

HOOFDSTUK XII

RONALDS NIEUWE PROJECT nam hem de volgende dag, een zaterdag, volledig in beslag, maar een factor die hij over het hoofd had gezien bleek de toestand nogal gecompliceerd te maken. Zondag was de laatste dag van de zomervakantie en maandag begonnen de scholen weer en dan zouden de drie meisjes allemaal de helft van hun dag niet thuis zijn — een toestand die bij Ronald bittere verontwaardiging losmaakte. De hele zomer hadden ze al hun tijd aan het huis gewijd en via een of andere onberekenbare overdracht aan Ronald zelf, en nu gingen ze er zomaar vandoor, levend, lachend, voelend, avonturen belevend op een plek waar Ronald helemaal niets van zou weten; en om de belediging nog erger te maken keken ze er nog met plezier naar uit ook.

Zondagavond barstte Ronald van zelfmedelijden en woede in tranen uit. De meisjes, zo gevoelloos, zo meedogenloos, waren de veroorzakers van zijn ellende. Ze moesten ter verantwoording geroepen worden en ze moesten lijden zoals hij nu leed. Vergelding — misschien wat onredelijk, maar dat kon Ronald niet schelen — was het enige dat zijn gekwetstheid zou kunnen verzachten. Ronald lag in het donker na te denken. Welk van de drie meisjes vond hij het aantrekkelijkst? De vrolijke Babs die zo gemaakt onschuldig kon provoceren? Althea, een beetje vreemd en exotisch, die vast wel onder de indruk zou zijn van de sage van Atranta? Of Ellen met haar stralende schoonheid?

Mistroostige maandag, de eerste schooldag. Ronald bleef de hele dag zitten mokken in het ongewoon stille huis. Toen de meisjes aan het eind van de middag terugkwamen had Ronald zo de pest in dat hij het verdomde om door zijn kijkgaatjes te loeren. Ze konden van hem zijn gang gaan! Hem kon het allemaal niks schelen. Hij zou zich in norse waardigheid terugtrekken en zijn aandacht van hen afwenden. Misschien zou hij zijn onderzoek zelfs wel helemaal opgeven.

Maar tegen etenstijd moesten zijn gekwetste gevoelens toch wijken voor zijn nieuwsgierigheid en hij drukte zijn oog tegen het kijkgaatje. Nadat hij zich op de hoogte had gesteld van wat er die dag was voorgevallen begon hij zich iets beter te voelen, want geen van de meisjes vond het leuk op haar nieuwe school. Barbara vond haar klasgenoten totaal oninteressant; de meisjes waren saai, raar of bekakt, en de jongens waren kinderachtig. Althea beschreef haar leraren als vervelende, ouderwetse lesboeren. Ellen gaf een gematigde versie van Barbara's opvatting te beste.

Ben en Marcia hoorden alles geamuseerd en onbezorgd aan. "Jullie vinden gauw genoeg lui die jullie aardig vinden," zei Ben. "Ik heb van de zomer niet bepaald een gebrek aan jongens geconstateerd."

"Ja, dan moet je niet vragen wat voor jongens," mopperde Barbara. "Dat eikeltje van een Jeff... Dikke Peter... Steve Mullins..."

"Ik dacht dat je Steve wel aardig vond," zei Ben Wood.

Barbara haalde haar schouders op. "Ik zit niet om hem verlegen, hoor."

"Nou, ik zou me maar geen zorgen maken," zei Marcia Wood. "Geen van jullie heeft ooit gebrek aan vrienden gehad. En dat zal nu vast niet anders zijn."

Ellen lachte schamper. "Ik hoorde een van de meiden zeggen 'Ze wonen in dat ouwe huis van Wilby'... alsof dat iets was om je voor te schamen."

"Ik zou me door dat soort onzin maar niet van de wijs laten brengen."

"En denk maar niet dat we gaan verhuizen," zei Ben Wood. "Daar kun je donder op zeggen."

"Net als de mensen in de stad," zei Barbara verontwaardigd. "Dit huis is nu van ons. Wij wonen er en het kan ons niet schelen wat iemand anders ervan vindt!"

"Ik wou dat het niet zo op een huis uit een griezelfilm leek," mijmerde Althea. "Het is niet echt een aantrekkelijk huis."

"Ach, kom op, zeg," zei Ben Wood bijna vinnig. "Het is een heel aardig oud huis. Als het houtwerk met 'jachtgroen' is geschilderd en de bomen beginnen te groeien en de tuin staat in bloei, is het een bezienswaardigheid."

"Allie is veel te gevoelig voor de sfeer die ergens hangt," zei Ellen.

"Als ze niet uitkijkt wordt ze later nog psychiater," zei Barbara die vaak de spot dreef met die beroepsgroep.

"Ik kan het niet helpen," zei Althea. "Dit huis lijkt soms wel te leven. Hebben jullie nooit gemerkt dat de ramen naar je lijken te kijken wanneer je door de straat hierheen loopt?"

"Alle huizen hebben gezichten," zei Barbara. "Ik ken huilende huizen en lachende huizen, en huizen die schuins naar je lijken te loeren net of ze kwaad zijn..."

"Alsof ze kwaad zijn," zei Marcia Wood.

"En weet je nog dat oude huis van Ettinger met die cipressen ervoor? Dat zag er altijd uit, ik bedoel, het leek net alsof het stond te bidden."

"Dat kwam doordat de Ettingers van die heilige boontjes waren. Een huis gaat altijd op de mensen lijken die erin wonen."

"Als de mensen maar niet op hun huizen gaan lijken," zei Althea.

Barbara giechelde. "Stel je pap eens voor met een voordeurstoep op zijn buik en Ellen met grijze dakspanen in plaats van haar."

"En jij donkergroen geschilderd net als ons huis volgend jaar!"

Marcia Wood ging op een ander onderwerp over. "Hoe zit het met activiteiten? Hebben jullie je nog ergens voor opgegeven?"

"Nee, dat kan pas donderdag," zei Ellen, "maar ik denk niet dat ik iets ga kiezen. Het lijkt misschien raar, maar ik denk al telkens aan de universiteit."

"O, nee!" riep Barbara. "Dan ga je weg, vast naar Berkeley, waar er alleen maar hippies zitten en misschien trouw je wel met een hippie en dan vertrek je met hem naar Turkije of India."

"Niet erg waarschijnlijk," zei Ellen. "Misschien ga ik wel helemaal niet naar Berkeley. Maar naar India zou ik wel willen."

"Berkeley is dichterbij," zei Althea. "Dan zien we je tenminste vaker."

"We moeten eigenlijk nooit uit elkaar gaan," zei Barbara. "Laten we afspreken om nooit te verhuizen maar altijd bij mam en pap te blijven wonen. En als er iemand met ons wil trouwen dan moet die bij ons intrekken."

"Ho, ho," riep Ben Wood. "Ik moet er niet aan denken wat ik voor de boodschappen zou moeten betalen! Dan zou ik twee bijbanen moeten nemen."

"Toch is het een fantastisch idee," zei Marcia. "Ik wou dat dat zou kunnen... Trouwens nu we het toch over bijbanen hebben. Ik denk erover om in deeltijd in het ziekenhuis te gaan werken."

"O, we willen niet dat je de deur uitgaat om te werken!"

"Het zou maar een deeltijdbaantje zijn — bijvoorbeeld alleen 's morgens of juist 's middags, of een paar dagen per week, om wat bij te verdienen. Die boodschappen zijn behoorlijk prijzig en ik heb geen zin om vijf keer per week spaghetti op tafel te zetten en twee keer een hamburger. We hebben nog geluk gehad dat geen van de meiden een beugel hoefde te dragen."

"Jeminee," zei Ben Wood, "laat niemand alsjeblieft iets doen dat geld gaat kosten!"

Ronald grinnikte in zichzelf en dacht: "Ik zou ze allemaal wel zwanger willen maken. Dan had die ouwe Wood tenminste reden om over kosten te klagen!"

Maar hoe kon hij dat project zien te klaren?

Mevrouw Wood werkte dinsdags en donderdags en soms ook woensdags. Op die dagen was Ronald alleen in het huis. Het feit dat de meisjes hun school niet leuk vonden verlichtte Ronalds gekwetste gevoelens en hij zette zijn onderzoek met frisse moed voort.

Pas op donderdag, de derde dag dat mevrouw Wood aan het werk was, durfde Ronald uit zijn schuilhol te komen. Behoedzaam tuurde hij uit zijn geheime deurtje en hij luisterde scherp. Toen kroop hij door zijn deurtje de provisiekast in en daar ging hij staan. Hij liep de keuken in en liep snuffelend rond. Hij rook verse verf, geboend vinyl, fris gewassen gordijnen en sinaasappels en bananen op de fruitschaal. Voor de ramen hingen nieuwe groen met rode gordijnen die mevrouw Schumacher het zicht benamen. Absoluut een hele verbetering vond Ronald.

Ronald bleef twee minuten bewegingloos staan luisteren en om zich heen kijken. Hij genoot van het spannende gevoel van avontuur. Hij liep naar de koelkast en deed die open op een kier om even te kijken wat er eventueel te halen viel. Hij besloot dat hij wat lekkers verdiende. Hij pakte melk en ijs, deed van beide een gulle portie in een kom en mengde dat door elkaar. Toen deed hij er suiker bij, een in plakjes gesneden banaan en een grote toren slagroom. Met de verfijnde smaakonderscheiding van de fijnproever verslond hij zijn ochtendhapje met een zucht van genoegen. Toen hij alles op had waste hij de kom en de lepels af, gooide de bananenschil weg en zorgde ervoor dat alles eruitzag zoals tevoren, hoewel in deze ongedwongen, gulle huishouding niemand erg op kleinigheden leek te letten.

Ronald liep naar de eetkamer. Mevrouw Schumacher was naar buiten gekomen om de sproeier op haar grasveld te verzetten, maar alweer werd hij voor haar nieuwsgierigheid beschut door nieuwe gordijnen.

Ronald had de eetkamer vele malen door zijn kijkgaatje bestudeerd, maar om er nu zo naar binnen te lopen en naast zijn oude plek aan tafel te staan was een eigenaardige ervaring. In een matrix van vertrouwdheid was er toch zoveel nieuw. De oude, donkere lambrisering was met bleekbeige glansverf geschilderd, de tafel en de stoelen waren van lichtgekleurd hout in een modern licht model, maar met de bos margrieten in een pul op tafel zag het er alleraardigst uit.

Drie sluipende stappen brachten hem naar het halletje achter de voordeur. De trap naar de bovenverdieping trok zijn blik en stuurde zijn aandacht over de nieuwe rode traploper naar de bovenverdieping met de slaapkamers van de meisjes. Ronald keek weifelend naar de voordeur, waardoor een van het vijftal onverwacht thuis zou kunnen komen.

Ronald aarzelde. Hij wilde graag rondkijken in de woonkamer, en hij wilde nog liever naar de bovenverdieping. Maar de voordeur straalde een en al dreiging uit, alsof hij er alleen maar op wachtte tot Ronald de trap koos voor hij wijd open zou vliegen. Ronald deinsde achteruit, trok zich terug in de keuken. Daar bleef hij een tijdje staan om tot rust te komen. Zijn angst was absoluut niet louter malligheid; het was nooit verstandig om een voorgevoel te negeren. En de kans dat iemand op een onverwacht moment thuis zou komen bestond nu eenmaal altijd; dat zou vroeg of laat echt wel een keer gebeuren. Als hij zich ooit op de bovenverdieping zou wagen, moest hij voor een noodsituatie een schuilplaats bedenken — zoals onder een bed. Dat vooruitzicht was niet onaantrekkelijk. Als hij maar durfde.

Vandaag in ieder geval niet. De voordeur had hem angstig gemaakt, hij ging niet nog meer avonturen riskeren. Als troost maakte hij een heerlijke dubbele boterham met pindakaas en jam en dronk hij nog een beker melk. Om zijn diefstal minder te doen opvallen goot hij een beker water in het pak en toen kroop hij terug in zijn hol.

De vrijdag verstreek en daarna het weekend. Dinsdag ging mevrouw Wood weer naar haar werk en bleef Ronald weer alleen achter.

Precies om negen uur kwam hij uit zijn schuilplaats, waarna hij in de keuken een paar minuten bleef staan luisteren. Geen enkel geluid. Hij ging eerst in de koelkast kijken, wat hem een heel lekker bakje appelmoes opleverde, een forse portie verse kaas en twee grote happen koude sperziebonen die hij louter voor zijn gezondheid opat. Als toetje jatte hij drie gemberkoekjes uit de trommel en stond hij zichzelf twee slokken melk toe. Meer zou te riskant zijn, en afgelopen donderdag had de toestand van de ijsdoos mevrouw Wood ook al doen opmerken: "Ik dacht toch echt dat we meer ijs hadden. Het is altijd zo op in dit huis. Nog een wonder dat jullie niet allemaal tonrond zijn."

Met een goed ontbijt achter de kiezen, dwaalde Ronald door de eetkamer en naar het halletje. Anders dan zijn moeder, deden de Woods de deur nooit op het nachtslot wanneer ze het huis uit gingen. Inbraak was onbekend in Oakmead en de Woods waren goed van vertrouwen. Ronald was zo verstandig om zich tegen een onaangename verrassing te beschermen door de voordeur op slot te doen. Nu was hij veilig voor een onverwachte inval; als iemand de deur probeerde kon Ronald het horen en was hij gewaarschuwd. Bijna brutaal liep hij langs de deur naar de woonkamer.

Hij vermaakte zich bijna een uur lang met alles bekijken wat interessant leek: de lade in het bureau waarin mevrouw Wood bonnetjes en rekeningen bewaarde en geannuleerde cheques en nog niet beantwoorde brieven. Het fotoalbum was een boeiend boekwerk en Ronald bestudeerde het gezin Wood in al zijn stadia. Voor zijn ogen veranderden de meisjes van baby's in kleuters, van robbedoezen in knappe tieners.

Hij zag ze bij picknicks en verjaardagsfeestjes, op het strand en in de bergen. Hij tuurde naar gezichten die hij niet kon herkennen:

verwanten, buren, vrienden van het gezin; hij zag hun oude huis in Los Gatos en hun oude school, en een stel schoolfoto's.

Eindelijk legde Ronald het album weg en hij maakte een laatste ronde door de woonkamer. Heel toevallig keek hij even uit het raam aan de voorkant en daar zag hij pal voor het huis een auto stoppen: Ben Woods grijze Chevrolet. Met een bonkend hart holde Ronald naar de voordeur, haalde het nachtslot eraf en rende door de eetkamer naar zijn schuilplek. Hij deed juist zijn geheime deurtje dicht toen Ben Wood al binnenstapte. Hij holde naar zijn slaapkamer waar hij amper een minuutje verbleef, blijkbaar om een voorwerp of een document te halen dat hij vergeten had. Toen holde hij weer naar beneden om spoorslags te vertrekken.

Ronald zat in elkaar gedoken op zijn bed naar de voetstappen te luisteren. Was dat op het nippertje geweest? In ieder geval op het nippertje genoeg om ervan te schrikken. De op slot gedraaide deur zou hem in elk geval bescherming geboden hebben. Toch toonde dit voorval maar weer aan dat je nooit te voorzichtig kon zijn.

Die middag werkte Ronald verder aan zijn voedingskaarten. Zijn interesse in de voorgenomen studie van het gezin Wood was totaal verdwenen; dat leek hem inmiddels een al te ingewikkelde en saaie taak. De werkelijkheid was dat Ronald helemaal bezeten was geraakt van de slaapkamers op de bovenverdieping. Het was een koud kunstje om stiekem onder een bed te kruipen. Niemand zou het merken en hij kon alles zien wat er gebeurde. Elk idee bracht altijd weer zijn eigen verwerping mee. Hoe aantrekkelijk het project ook leek, hij moest voorzichtig blijven! Er konden zoveel dingen fout gaan en allemaal zouden die grote problemen meebrengen. Maar toch, maar toch… Ronald werd heen en weer geslingerd tussen tegenstrijdige driften. De gedachte aan de jonge soepele lijven en de fascinerende dingen die daarmee gedaan konden worden dreven hem in de richting van een galant avontuur. Maar dat was veel te riskant, veel te riskant! Wat moest hij beginnen als hij zijn veilige schuilplek kwijtraakte? Hij had geen geld, kon nergens heen…

Die zaterdagavond ging Duane Mathews met Ellen naar de bioscoop, en dat stond Ronald helemaal niet aan. Op veel manieren vond hij Ellen de aantrekkelijkste van de meisjes; niemand anders dan hijzelf mocht haar aanhalen. Ronald keek en luisterde de hele avond tot Duane Ellen kort voor middernacht thuisbracht. Ronald hoorde de auto stoppen, hij hoorde ze over het trapje naar de veranda lopen waar ze voor de voordeur bleven staan en hij wist dat ze stonden te zoenen.

Ronald trok een lelijk gezicht en liet zijn tanden zien. Hij keurde dit soort dingen volstrekt af en er moest een eind aan komen.

Zondag gingen alle drie de meisjes uit zwemmen met Duane en nog twee andere jongens, en Ronald bleef de hele middag chagrijnig en triest.

Voor het avondeten roosterde mevrouw Wood twee kippen en de geur daarvan deed Ronald het water in de mond lopen. Ze maakte ook twee schitterende kokostaarten met slagroom. Duane bleef eten en Ronald keek verontwaardigd toe hoe hij van alles grote porties naar binnen werkte, wat inhield dat de restjes waar Ronald op was gaan rekenen maar heel klein zouden zijn. Maar wat kon hij doen? Niets anders dan toekijken en zijn woede in toom proberen te houden terwijl Duane portie na portie naar binnen werkte van het voedsel dat Ronald als zijn eigen eten was gaan beschouwen.

Eindelijk was de maaltijd afgelopen en na verloop van tijd ging Duane naar huis. Iedereen ging naar bed en er heerste rust in het huis.

Ronald kwam vrijwel meteen uit zijn schuilhol. Van de kip was niets meer over, waar hij al bang voor was geweest. Er was zelfs geen klein stukje voor hem overgebleven! En verder was er niets lekkers over, behalve een halve taart. Ronald was zo kwaad, dat hij een groot stuk afsneed, en het was de lekkerste taart die hij ooit had gegeten, en hij móést nog een klein puntje nemen. Ze zouden het toch niet merken.

Maar de volgende morgen merkte mevrouw Wood het wel degelijk en ze zei iets tegen Ellen over de opmerkelijke eetlust van Duane. Ellen zei verbaasd: "Maar hij heeft geen extra portie taart genomen."

"Het kan haast niet anders," zei mevrouw Wood. "Er was nog ruim een halve taart over toen ik hem wegzette en je vader heeft er niet meer van gegeten."

Ellen schudde verbijsterd haar hoofd. "Ik weet zeker dat Duane er niet van heeft gegeten."

"Het maakt trouwens helemaal niets uit," zei mevrouw Wood. "Hij mag zoveel eten als hij wil. Maar het blijft vreemd."

Ronald zag een ongewoon sombere uitdrukking over Ellens intelligente gezicht trekken. Ronald snoof zacht. Misschien zou haar waardering voor Duane, die zich zojuist een reputatie als vreetzak had verworven, nu wat minder worden.

Hoofdstuk XIII

Voor zover Ronald kon nagaan leken Marcia en Ben Wood hun dochters wel nooit te straffen — niet alleen omdat ze zo tolerant waren, maar vooral omdat de meisjes geen aanleiding tot bestraffing gaven. Barbara maakte af en toe een grote troep van haar kamer, Althea had de neiging om als regel vaste gewoonten ter discussie te stellen en Ellen was niet altijd op tijd, maar zulke overtredingen lokten op zijn hoogst een kreet van ergernis van Ben of een kernachtige opmerking van Marcia uit.

Wat betreft jongens en afspraakjes waren de oude Woods redelijk en flexibel. De meisjes wisten wat er van hen werd verwacht en hoe laat ze thuis moesten zijn en daar zondigden ze zelden tegen, en wanneer dat wel gebeurde hadden ze altijd een verklaring en verontschuldigden ze zich. Over het algemeen vertrouwden de Woods erop dat hun dochters door hun verstand en hun onderlinge steun niet in de problemen zouden komen. Ben hield geen preken met betrekking tot geslachtsziekten; Marcia legde nooit nadruk op het trauma van een huwelijk op jonge leeftijd of een ongewenste zwangerschap. Onderling hadden de meisjes het soms over seks en de eigenaardige varianten ervan, en soms verwonderden ze zich over de mate waarin de psychologische atmosfeer ervan verzadigd was.

Een doodenkele keer twijfelden de Woods aan het oordeel van een van hun dochters, en die dochter was dan altijd Barbara, de avontuurlijkste en brutaalste van hun dochters. Ellen en Althea hadden een afkeer van hippies en de zogenaamde tegencultuur, Barbara zag hippies als schilderachtig en wild, zoals zigeuners. Voor Halloween was Barbara uitgenodigd voor een weekendfeestje bij Lake Tahoe, maar dit keer hielden Ben en Marcia voet bij stuk. Barbara legde uit dat de ouders van Tamlyn als chaperons zouden optreden; dat Lake Tahoe een plek was waar ze altijd al heen had gewild; dat de jongens en meisjes die de uitnodiging al aangenomen hadden over het algemeen heel fatsoenlijk waren. Het lukte haar niet om Ben of Marcia te overtuigen.

"Er kan van alles gebeuren, en allemaal akelige dingen," zei Ben. "Ik ken de Rudnicks niet, hij kan wel met drank op achter het stuur gaan zitten of misschien is hij wel een democraat. Ze kunnen besluiten om zelf te gaan gokken en jullie op eigen houtje uit de band te laten springen. Een van de jongens kan wel lsd in de punch doen."

"Pap! Nou, praat je gewoon onzin."

"Helemaal niet. Ik bekijk het gewoon wiskundig. Ik kijk naar de kansen. Twee van de vijf autobestuurders op de snelweg hebben gedronken en een op de twintig is ladderzat. Drie van elke tien tieners roken marihuana en een op de tien is verslaafd aan lsd of speedbommetjes of weet ik veel wat. Een op de honderd mannen is een zware jongen, een verkrachter of een oplichter. In Lake Tahoe is het percentage hoger. Vijf op de honderd vrouwen…"

"Pap! Dat zuig je allemaal uit je duim!"

"Het is tamelijk dicht bij de waarheid. Ik schat de kans dat je heelhuids thuiskomt op negen op de tien, en dat is niet goed genoeg."

"Mmpf. Ik heb evenveel kans om in de badkuip uit te glijden of vergiftiging van een blik tonijn te krijgen. Ik heb gelezen dat thuis de gevaarlijkste plek is om je te bevinden."

"Ja, maar thuis hebben we pleisters en maagpompen en vaders en moeders en zussen. Lake Tahoe is uitgesloten."

Maandag en vrijdag waren de saaiste dagen van de week. Mevrouw Wood bleef thuis, wat Ronald verhinderde op ontdekkingstocht te gaan, en de meisjes waren tot laat in de middag op school. De laagste klassen van het voortgezet onderwijs gingen drie kwartier eerder uit dan de hoogste klassen. Barbara was dus meestal als eerste thuis, hoewel ze onderweg nogal eens treuzelde om jongens te plagen of met meiden te kletsen. Bij zulke gelegenheden werd Ronald altijd gespannen en snel geërgerd. Hij vond Barbara verwend, nonchalant, grillig en volslagen aanbiddelijk. Ze was zich heel wat meer bewust van haar charmes dan Althea of Ellen, wat haar des te begeerlijker maakte. Ronald was verliefd op haar en tegelijk verachtte hij haar — net zoiets als de gevoelens die hij voor Laurel Hansen had gekoesterd.

Die dinsdag werd mevrouw Wood verkouden, of misschien was het een allergische reactie, ze wist het niet precies en ze bleef thuis van haar werk. Ook woensdag voelde ze zich nog niet goed en Ronald moest twee extra dagen in zijn schuilhol blijven. Donderdag ging mevrouw Wood weer aan het werk, en de voordeur was nog niet dicht of Ronald kroop uitdagend uit zijn hol tevoorschijn. Hij bleef maar tien, hooguit vijftien seconden staan luisteren voor hij naar de ijskast marcheerde. Daar vond hij niets anders dan een schaal koude aardappelpuree en een paar spruitjes. Zou hij durven wagen een paar eieren met spek te bakken? Drie minuten werd hij hongerig heen en weer geslingerd. Maar het spek zat in een nieuw, ongeopend pak en er stonden nog maar vier eieren in het rekje. Het zou absoluut opgemerkt worden dat er eten was verdwenen. Ronald at een dubbele boterham met pindakaas en een sinaasappel en besloot met spijt dat hij maar beter niet uit het bijna lege melkpak kon drinken. Hij had zijn plannen voor vandaag al gemaakt. Hij liep de woonkamer in, keek naar buiten de straat in en toen draaide hij zich om en liep de trap op.

Hij herkende de bovenverdieping bijna niet. De overloop was fris spierwit geschilderd, aan de wanden hing een rij vrolijke bloemenprenten en in plaats van de oude groene loper en de bruin geverfde planken, lag er nu meekraprode vloerbedekking.

Ronald bleef twee volle minuten boven aan de trap staan; hij vond het prettig om naar de stilte te luisteren. Hij hoorde een auto door Orchard Street rijden en bleef stokstijf staan tot het geluid zachter werd en wegstierf. Als er iemand onverwacht terugkwam kon hij altijd onder een bed wegduiken, maar dat kon weleens niet alleen ongemakkelijk zijn maar ook gevaarlijk.

Ronald stak de overloop over. Hij keek even in de slaapkamer waar zijn moeder vroeger sliep en snoof minachtend toen hij de nieuwe meubilering zag. Ellens kamer lag ertegenover, aan de achterkant van het huis en na de badkamer en de overloopkast lagen de kamers van Althea en Barbara. Waar zou hij beginnen? Misschien eerst een vlugge blik in alle drie de kamers?

Ellens kamer was grotendeels wit, met een lavendelkleurig plafond en een lichtgroen kleed. Dit was zijn eigen oude kamer! Die zou hij in nog geen miljoen jaar herkend hebben! Hij keek toevallig even in de spiegel en daar zag hij een gezicht dat al net zoveel verschilde van de oude Ronald. Het grote verschil tussen het nieuwe en het oude gaf hem een griezelig gevoel, alsof hij het slachtoffer was van geheugenverlies of een zielsverhuizing!

Op de commode stond een foto van Duane Mathews. Ronald trok een lelijk gezicht tegen het sombere, magere gezicht en hij had veel zin om het portret stuk te gooien, of tenminste de gelaatstrekken weg te krassen met lippenstift... Niet raadzaam. Hij draaide zich om naar de kledingkast. Ellens kleren hingen keurig op een rij. Ronald stak zijn hand uit en streelde de betoverde kledingstukken die om dat fantastische lijf hadden gehangen! Hij kreeg er kippenvel van op zijn arm. Hij liep weer naar de commode, schoof een lade open en bekeek haar ondergoed. Hij genoot van het intieme contact.

Na een poosje deed hij de la weer dicht en bleef hij een tijdje stilletjes staan. Hij ademde diep en rustig en liet zijn huid de sfeer van de kamer opnemen. Overal voelde hij Ellen. Deze spiegel had haar naaktheid weerkaatst; hier op deze stoel had ze haar glanzende haar geborsteld; dit bed had de warmte van haar lichaam gevoeld en de sprankelende stroom van haar dromen.

Ronald liep weer naar de commode. In de bovenste la vond hij een fles parfum: een licht fruitige geur met een vleugje viooltjes en een klein beetje pittigheid van ijzerhard. Hij stipte de rug van zijn hand een paar maal aan met de fles. De fles glipte uit zijn hand en voor hij hem kon opvangen was de helft van de vloeistof eruit gelopen.

Ronald staarde er geschrokken naar. Hij greep een papieren doekje en depte daar het bovenblad mee af. Wat moest hij nu beginnen? Hij deed de dop weer op de fles en legde hem op z'n zijkant in de la. Ellen zou denken dat de parfum eruit was gelopen. Hij liep met het papieren doekje naar het toilet en spoelde het door de wc. De geur van de parfum hing nog op de overloop. Ach, nu ja, tegen de tijd dat er iemand thuiskwam, zou de lucht wel verdwenen zijn.

Ronald voelde zich niet meer op zijn gemak en was geërgerd — de betovering was uit zijn avontuur verdwenen. Hij ging weer naar beneden

en beende de woonkamer in waar hij zich vol afkeer in een van de makkelijke stoelen liet ploffen om daar boos te gaan zitten mijmeren.

Hij was onbeschut, hij was kwetsbaar! De voordeur was niet eens
op slot! Met een schuldig gevoel sprong Ronald op en bracht zich door
zijn knieën zakkend op een sukkeldraf in veiligheid.

Eenmaal weer veilig in zijn schuilplaats liet Ronald zich op zijn bed
vallen. Hij rook nog steeds Ellens parfum, maar nu vond hij dat hinder-
lijk. Hij liep naar de wastafel en schrobde zijn hand af tot hij de geur
bijna weg had gekregen. Toen hij in de spiegel naar zijn gezicht keek
was het griezelige gevoel van vervreemding dat hij in Ellens kamer had
ervaren verdwenen; hier was hij gewoon de normale Ronald...

Ronald bleef tot halfeen liggen soezen en toen maakte hij voor zichzelf een lunch van tonijn met pannenkoeken met gebakken uien. Hij
besloot dat zijn gezondheid een van de tomaten van de Woods nodig
had, en die haalde hij uit de koelkast waarbij hij een grote slok melk uit
het pak dronk.

Weer lag hij een tijdje te soezen tot het kraken van de voordeur en
lichte soepele voetstappen hem wakker maakten. Een beetje slaperig
liep hij naar zijn kijkgaatje, maar Barbara — hij herkende haar stappen — was regelrecht naar boven geheld.

Ronald bleef even staan nadenken. Boven Barbara, beneden hijzelf. Deze situatie was al heel wat keren eerder voorgekomen, maar de
nadelen van wat voor actie hij ook zou ondernemen waren benauwend.
Ronald ging weer op zijn bed liggen en probeerde een van zijn boeken
te lezen... Weer voetstappen bij de voordeur. De deur ging open, Ellen
en Althea waren ook thuis uit school. Ze gooiden hun boeken op het
tafeltje in de gang en renden de trap op. Barbara liet een vrolijke groet
horen. Een tijdje lang hoorde Ronald ze gedempt praten, maar dat
hield ineens op.

Mevrouw Wood kwam thuis en even later ook Ben Wood.

Mevrouw Wood diende een makkelijke maaltijd op van dubbele
boterhammen met hamburger.

Er hing een gedrukte stemming aan tafel. De meisjes aten zwijgend, blijkbaar hadden ze ruzie gehad. Ten slotte vroeg Ben Wood:
"Wat is er aan de hand? Is het een privé-gevecht, of mogen we allemaal
meedoen?"

"Het is helemaal geen gevecht," zei Ellen. "Gewoon een misverstand."

"Het is ook niet gewoon een misverstand!" verkondigde Barbara. "Ellen denkt dat ik parfum van haar heb gemorst, en ik ben er niet aan geweest. Ik ben helemaal niet in haar kamer geweest!"

Mevrouw Wood zei: "Als jij zegt dat je het niet hebt gedaan, heb je het niet gedaan. Ellen weet dat net zo goed als ik."

"Ze gelooft me niet."

"Natuurlijk geloof ik je wel, Babs!" zei Ellen. "Het is alleen zo raar! Ik zou zweren dat er iemand in mijn kamer is geweest. Dat kan me niet schelen, hoor, maar er ís parfum gemorst en je kunt het zelfs in de badkamer ruiken. Ik weet dat Babs het niet heeft gedaan, maar wie dan wel? Vanochtend was er nog niks aan de hand."

"Er gebeuren nu eenmaal weleens rare dingen," zei Ben Wood. "Misschien was er een kleine aardbeving, of misschien heb je de la te hard dichtgedaan. Er zijn tientallen verklaringen mogelijk."

Ellen knikte weifelend.

"Ze denkt nog steeds dat ik het heb gedaan," zei Barbara kwaad. "In de grond van haar hart denkt ze dat, en ik ben niet bij haar kamer in de buurt geweest!"

"Kom op, Babs," zei haar moeder, "niet zo moeilijk doen. Ellen liegt gerust niet over zo'n onbenulligheidje, en ze liegt ook heus niet tegen jou! Dat is gewoon belachelijk."

"Zeker weten, Babs," zei Ellen. "Jeetje, ik weet toch wel beter! Je bent juist weleens té eerlijk."

Barbara begon te huilen, stond op van tafel en liep naar de woonkamer. Ellen kwam achter haar aan en streek over haar haar en troostte haar.

Ben Wood zei: "Dat is nou echt Babs. Onder al die malle streken is ze nog de gevoeligste van alle drie."

Althea moest lachen. "Mensen denken altijd dat ik gevoelig ben, maar mij kan het allemaal niet schelen. Ellen kan het wel schelen, die is altijd zo zeker van haar zaak. Arme Barbara!"

"Het is anders inderdaad wel een rare zaak," zei Ben Wood.

"Misschien hebben we wel een klopgeest," zei Althea. "Die houden van huizen waar jonge mensen in wonen. Dat is algemeen bekend."

Marcia Wood liet een kritisch gesnuif horen. "Tot dusver heb ik anders nog geen voorwerpen door de lucht zien vliegen, en dat wil ik ook niet zien. Ik ben er niet in geïnteresseerd."

"O, maar ik wel hoor!" zei Althea. "Ik zou wat graag iets vreemds willen ervaren. Andere mensen overkomt altijd van alles, maar mij niet."

Ellen en Barbara kwamen stilletjes weer aan tafel zitten en aten hun bord leeg.

Althea zei opgewekt: "We hebben het raadsel opgelost, hoor. Het is een klopgeest!"

"Nee," zei Ellen, "ik weet al wat er gebeurd moet zijn. Ik heb vanmorgen die lade veel te hard dichtgeschoven en toen moet die fles omgevallen zijn."

"O, wat jammer! Ik wou zo graag dat we een klopgeest hadden!"

Ellen moest lachen en heel even keek ze net zo ondeugend als Barbara in een van haar wildste buien. "Misschien kunnen we hem evengoed wel hebben, of haar, of het, wat een klopgeest dan ook is. Je weet wat Duane zegt."

Mevrouw Wood zei: "Wat eigenaardig dat een jongen als Duane, op het eerste gezicht zo'n praktisch iemand, zo bijgelovig is."

"Dat heeft-ie van zijn moeder," zei Ellen. "Toen Carol was vermoord is ze naar een spiritistisch medium geweest om te zien of ze met Carols ziel, of geest, of wat dan ook kon praten."

Onwillekeurig werd mevrouw Wood toch een beetje nieuwsgierig. "En, wat gebeurde er?"

"Duane weet het niet precies. Zijn moeder denkt dat ze een boodschap kreeg, maar Duane zegt dat die op iedereen van toepassing kon zijn. Hij wil dat ze er nog een keer heengaat en iets vraagt waarop alleen Carol antwoord kan geven. Misschien kunnen ze er dan achter komen waar de moordenaar zich nu bevindt. Hoe heette hij ook weer?"

"Roderick Wilson, of iets dergelijks."

"Ronald Wilby," zei Barbara.

"En gaat ze dat vragen?"

"Als ze er aan toekomt om erheen te gaan. Dat medium woont in Stockton."

"Daar moet je niet mee spotten!" zei Ben Wood. "Ik heb al heel wat keren gehoord dat een medium de politie hielp. Er is een Nederlander, ik kan me zijn naam nu even niet herinneren, die in Nederland wel een stuk of zes moorden heeft opgelost. Die zaken zijn ook gedocumenteerd."

Ronald siste tussen zijn tanden. Hielden mensen nou nooit op met hun gewauwel over die oude kwestie? Hij wilde er niks meer over horen. Als hij niet zo dom en onvoorzichtig was geweest om die fiets midden op straat en zijn jasje aan een boomtak achter te laten, zou niemand vandaag de dag weten wat er was gebeurd. Behalve hijzelf. En Carols ziel of geest of spook.

Vrijdag was een van de saaie dagen, maar Ronald had er vrede mee om zich stilletjes schuil te houden in zijn hol. Zaterdag voelde hij zich iets beter, maar tot zijn teleurstelling gingen de meisjes naar een football-wedstrijd waarvan ze pas tegen vijven terugkwamen. En dan nog alleen om snel even te douchen, andere kleren aan te trekken en de deur weer uit te gaan naar een feestje. Ronald zat te mokken in een ranzige, bittere stemming. De meisjes waren weggefladderd als vlinders, vrolijk en achteloos en hij bleef hier in zijn dooie eentje achter. Hij zou ze wat graag willen straffen om de boel weer gelijk te trekken. Zo had hij destijds ongeveer ook over Laurel Hansen gedacht, tot die toestand met Carol Mathews, die langs een of andere omweg de lei weer schoon had geveegd.

Op Zondag reed mevrouw Wood met de meisjes naar San Jose om familie te bezoeken. Meneer Wood bleef thuis om zijn administratie bij te werken en naar een footballwedstrijd op de tv te kijken. Alweer een saaie dag voor Ronald. Aan het begin van de middag deed hij zijn oefeningen die hij al een tijdje had verwaarloosd, en de schorre kreten van de verslaggever overstemden de zachte geluidjes die hij misschien had gemaakt. Het was een warme dag. Ronald zweette flink. Hij trok zijn kleren uit en ging op bed liggen uitrusten en hij bleef liggen soezen tot mevrouw Wood en de meisjes terugkwamen.

Ze gingen meteen naar boven naar bed. Ronald hield zich niet al te geestdriftig onledig met Atranta. De maandag erna ging mevrouw Wood boodschappen doen. Ronald kwam uit zijn schuilplaats om te kijken of er iets van zijn gading in de koelkast lag, maar hij vond niets. Met weerzin behielp hij zich met noten uit de fruitschaal en een handvol karamels uit een papieren zak, en toen liep hij de gang in om verlangend naar de overloop te staren. Het voorval met de parfumfles had inmiddels iets van zijn belang verloren. Daarna zou hij natuurlijk zijn uiterste best doen om geen sporen achter te laten. De boven-verdieping lonkte naar hem maar mevrouw Wood kon elk moment thuiskomen en hij kon het risico niet nemen dat hij dan nog buiten zijn schuilplaats rondliep. Op hetzelfde moment dat hij dat dacht hoorde hij een auto aankomen door Orchard Street, en Ronald bracht zich haastig weer in veiligheid.

De middag kabbelde voorbij. Ronald wachtte kribbig tot de meisjes uit school zouden komen, maar mevrouw Wood haalde Barbara op bij school om naar de tandarts te gaan. Ellen en Althea bleven lang weg om te tennissen en zodoende kwamen ze allemaal rond zes uur pas thuis.

Donderdags ging mevrouw Wood weer naar haar werk. Zodra de voordeur dichtviel kroop Ronald door zijn eigen deurtje. Hij bleef in de provisiekast staan luisteren; het was altijd verstandig om voorzich-tig te zijn.

Niets te horen behalve een vlieg die tegen het keukenraam zoemde. Ronald liep naar de koelkast waar hij een pakje gesneden salami ontdekte, een bak tonijnsalade en een bundel bosuitjes: voldoende materiaal voor twee uitstekende dubbele boterhammen die hij met een gulle portie melk wegspoelde. Al met al een prima ontbijt.

Wat nu? De hele dag lag nog voor hem. Ronald liep brutaalweg de woonkamer in en tuurde Orchard Street naar twee kanten af. De kust was vrij. Hij liep de trap op naar de bovenverdieping. Wie zou het van-daag worden: Althea of Barbara? Althea, besloot hij.

Haar kamer was heel anders dan die van Ellen. Ze had art nouveau posters aan de wand en op haar boekenplanken stonden boeken met voor Ronald totaal onbekende titels, waaronder een stel fantasyboeken en ook wat science fiction. Van de drie meisjes was Althea de enige wier gevoel en verstand ook maar in de verte met die van hem overeen-kwamen. Ze zou het fantastisch vinden wanneer ze te weten kwam dat hier in dit huis de sagen van Atranta op schrift waren gesteld. Ronald speelde even met de gedachte om Althea een brief te schrijven. Het zou lastig zijn om zo'n brief op de post te doen, tenzij hij midden in de nacht naar buiten zou glippen om hem in de brievenbus op de hoek te gooien. Dan zou hij een enveloppe en een postzegel uit het bureau in de woonkamer moeten versieren... Nu ja, misschien moest hij maar liever al die moeite niet doen.

Hij onderzocht de inhoud van haar bureautje en lette dit keer extra goed op dat hij niets in zijn handen nam dat kon lekken of druppelen... Hé, wat was dat? Ronald haalde een in groen namaakleer gebonden boek uit de la, met een afgesloten flap over de bladzijden. Voorop stond met bladgouden letters het woord *Dagboek*.

Ronald draaide het boek om en om. Hij trok zachtjes aan de flap, maar het slotje hield het boek stevig dicht.

Hij legde het boek neer en zocht naar de sleutel; Althea zou die vast en zeker niet bij zich dragen. Hij voelde langs de onderkant van al haar laden, ging met zijn vinger langs de fotolijsten, bekeek de inhoud van haar sieradendoosje en onderzocht de dragende delen van het bed en de stoelen. Geen sleutel. Ten einde raad pakte Ronald het dagboek, dat een geluidloze muziek uitademde waarvan Ronald de strekking zelfs niet kon raden. Waar was die vervloekte sleutel? Hij doorzocht het nachtkastje, het spaarvarken van Mexicaans aardewerk, de beker met potloden op de vensterbank. Geen sleutel. Ronald bekeek het dagboek zeer nauwgezet. Hij duwde de flap heen en weer in een poging het slot open te laten springen. Hij verboog een paperclip, stak die in het slot en begon te draaien. Er leek iets te bewegen. Ronald draaide wat steviger en het eind van de paperclip brak af en bleef in het slotje zitten. Ronald vloekte. Hij kreeg het afgebroken eind er niet meer uit. Hij kon het glimmende stukje metaal in het slotje zien zitten maar hij kreeg het met geen mogelijkheid in beweging.

Wat nu? Hij vond altijd dat hij vernuftig en handig was, en dit was bij uitstek het moment om dat te laten zien. Misschien kon hij het slotje demonteren en dan weer in elkaar zetten. Het zat met dood-gewone klinknageltjes aan het kunstleer vast... Onpraktisch, hij had geen gereedschap. Misschien moest hij het dagboek maar gewoon meenemen en verstoppen. Althea was uiteindelijk een tamelijk ver-strooid meisje. Dat werd tenminste door het hele gezin, Althea incluis, beweerd. Misschien zou ze pas maanden later ontdekken dat ze het kwijt was. Dat was een zwak idee. Een dagboek werd per definitie dagelijks gebruikt. Door tussen de pagina's te gluren zag Ronald dat Althea regelmatig in het boek schreef.

Dit was echt een probleem. Als hij nog zo'n zelfde dagboek had gehad zou hij de kaft kunnen proberen te verwisselen. Maar dan zou Althea's sleuteltje natuurlijk niet meer passen — tenzij één sleutel op al die dagboeken paste. En hij kon trouwens toch niet aan zo'n zelfde dagboek komen.

Totaal ontmoedigd probeerde Ronald het afgebroken stukje paperclipdraad los te peuteren met een nagelvijl, met als enige gevolg dat hij krassen maakte in de vernikkelde behuizing en de lip van het sleutelgaatje verboog. Inmiddels stond Ronald zwaar te zweten en hij probeerde de schade weg te poetsen. Althea zou het waarschijnlijk helemaal niet merken; de meisjes waren geen van allen erg opmerkzaam of kritisch... Maar wat zou hij dat rottige stukje afgebroken paperclip er graag uit willen halen! Als hij het dekplaatje nou eens zou opwippen — maar dan kon hij het nooit meer vast krijgen. Hij pakte de paperclip weer en morrelde woedend rond het afgebroken stukje draad; hij porde, prikte en peuterde — maar zonder resultaat.

Ronald legde het dagboek stilletjes weer terug waar hij het had gevonden. De hele zaak stond hem tegen. Althea zou er vast wel verbaasd over zijn maar ze was er het meisje niet naar om zich druk te maken over onbenulligheden; misschien zou ze het niet eens merken. Misschien zou het stukje draad wel loskomen wanneer ze de sleutel in het slotje stak. Ronald streek het bed glad waarop hij had gezeten, deed alle laden dicht en liep somber gestemd de trap af.

Het was nu bijna twaalf uur. Ronald pakte een lekkere kluit gehakt uit de koelkast, twee sneden brood met boter, een halve ui en een tomaat. Hij liet zich in zijn schuilhol glijden, bakte het vlees in zijn pan en maakte een uitermate smakelijke sandwich. Hij zou er zelfs nog wel zo een soldaat kunnen maken. Maar dat was helaas te riskant. Hij stelde zich tevreden met een flinke portie ijs met een schep aardbeienjam en een toef synthetische room.

De middag lag voor hem. Hij liep de woonkamer in en ging zo zitten dat hij de straat in de gaten kon houden. Vandaag zou Barbara weleens vroeg thuis kunnen komen. Als hij nu naar boven ging en zich in haar slaapkamerkast zou verstoppen kon hij zien hoe ze zich verkleedde. En als ze dan haar jurk weg wilde hangen was hij er... Het zou helemaal niet zo beroerd uitpakken als hij een hele dag met haar alleen kon doorbrengen, of zelfs maar een halve dag. Hij zou zich voordoen als een insluiper en ze zou hem nooit herkennen als Ronald Wilby. Hmm. Het was niet eens zo'n onpraktisch idee. Hij kon haar aan het bed vastbinden, de trap afrennen, de voordeur dichtslaan en dan vlug terug glippen naar zijn schuilplaats. Wat zou dat een heisa geven! Hij zou van elke minuut genieten! En over een maand of zo, zou hij het nog eens doen! Het feit dat Ellen en Althea al gauw thuis zouden komen maakte het project onmogelijk. Jammer want anders zou het avontuur volkomen veilig zijn en die kleine sexy ondeugd van een Barbara zou niet al te afkerig zijn. En al zou ze dat wel zijn, wat maakte het uit?

Twee uur. Hij kon maar beter naar zijn schuilplaats teruggaan. Wie weet zou Barbara weleens een hele dag alleen thuis zijn. Of Althea. Of Ellen.

Hij ging op zijn bed liggen nadenken. Sinds hij was begonnen de bovenverdieping te verkennen had hij verder alles laten versloffen — schema's, oefeningen, Atranta. Hij wilde vooral graag weer aan de slag met Atranta, waaraan nog een reusachtige hoeveelheid werk moest gebeuren.

Even voor vieren kwam Barbara thuis. Ze rende meteen naar boven om haar schoolkleren uit te trekken. Vrijwel meteen rinkelde de telefoon en Barbara kwam de trap afgerend in alleen een bh'tje en een onderbroekje. Ronald die met zijn oog tegen het kijkgaatje stond zoog verrukt zijn adem in; zoiets verrukkelijks had hij nog nooit gezien — op één keer eerder na. Hij had grote moeite om zich te beheersen; hij stond binnensmonds te kreunen en bewoog zijn hoofd heen en weer om een beter gezichtspunt te krijgen. Wat zou hij graag de tijd en de gelegenheid hebben! En dan nam hij de mogelijke gevolgen op de koop toe!

Barbara bleef veertig minuten aan de telefoon kletsen. Eerst zat ze op de armleuning van de bank, toen liet ze zich achterover op de zitting vallen met haar knieën over de armleuning. Ze tilde een been op en strekte haar tenen naar het plafond. Ronald hijgde en zuchtte. Ze draaide zich om en ging op een opgetrokken been zitten en even later zakte ze achterover met haar benen gestrekt naar de grond. Ronald moest op zijn lip bijten om een schor gefluister binnen te houden...

Had ze hem gehoord? Ze keek ineens op met een eigenaardige uitdrukking, maar dat bleek louter om een passerende auto te gaan. Ze
ging staan en keek met de hoorn tegen haar oor naar buiten naar de
straat. Eindelijk was het gesprek afgelopen; Barbara legde de hoorn op
het toestel en holde de trap weer op. Ronald stond zijn handen dicht te
knijpen en weer tot vuisten te ballen. Hij voelde zich flauw en ging op
zijn bed zitten.

De voordeur ging open en Ellen en Althea stapten naar binnen.

"Hallo!" riep Ellen. "Wie is er thuis? Is er iemand?"

Van boven klonk Barbara's stem: "Alleen ik ben er. Maar ik ben meer
dan genoeg."

Ellen liep de keuken in. "Ik verga van de honger, Ik kijk even of er
nog koekjes over zijn...Een paar." Ze deed de ijskast open en het bleef
even stil. Toen hoorde Ronald haar met een schorre stem tegen Althea
roepen. "Althea, moet je dit nou zien!"

Althea liep naar de keuken. "Jakkes wat smerig. We moeten een
klacht indienen!"

"Getsie," zei Ellen. "Laten we het maar weggooien."

"Nou, niet helemaal," zei Althea. "Als ik het hier doorsnij is het
wel goed. Dat haar zat tenslotte alleen maar aan de bovenkant van het
doosje."

"Ik denk niet dat we er iemand de schuld van kunnen geven. Zulke
dingen zijn zo walgelijk."

"In elk brood zit een half procent rattenkeutels, of zoiets tenminste.
We moeten niet al te kieskeurig zijn, want dat is om te beginnen al
zinloos."

"Moet je nagaan!" zei Ellen. "Voor tien hele broden betalen we bijna
vier dollar. De helft van 1 procent — dat is twee cent. Elke keer dat we
tien broden kopen krijgen we voor twee cent rattenkeutels."

"Dat is duur, zeg!"

De meisjes liepen terug naar de eetkamer.

"Ik denk dat ik nu meteen mijn Frans maar maak," zei Althea, "dan
is dat tenminste klaar voor het eten."

"Ik heb mam beloofd dat ik het gras zou sproeien. We moeten niet
achter raken bij de Schumachers. Maar ik ga eerst even andere kleren
aantrekken."

De meisjes gingen naar boven waar hun stemmen in een onbegrijpelijk gebabbel veranderden.

Toen werd het stil. Een paar minuten later kwam Ellen naar beneden om buiten het gras te gaan sproeien.

Marcia Wood kwam thuis en daarna Ben Wood. Mevrouw Wood begon het eten klaar te maken. Ben Wood ging met een glas sherry in de woonkamer de krant zitten lezen.

Om halfzeven diende mevrouw Wood het eten op. Het was erg stil aan tafel en het viel op dat het normale gekwetter ontbrak.

Ben Wood vroeg een beetje kribbig: "Wat is er nu weer mis? Vanwaar al die lange gezichten?"

"Helemaal niks is er mis," zei Althea. "We zitten allemaal lekker te eten."

"Ik ben gek op taco's," zei Ellen. "Ik lust er vanavond wel tien."

"Ach, kom nou toch," zei Ben Wood. "Ik zie dat er wat mis is. Of moet ik er niet naar vragen?"

"Ik zal je vertellen wat er mis is," verkondigde Barbara emotioneel. "Allie denkt dat ik heb geprobeerd in haar dagboek te lezen."

"Dat heb ik helemaal niet gezegd," reageerde Althea boos. "Ik zei dat er iemand had geprobeerd om mijn dagboek open te krijgen en meer heb ik niet gezegd."

"Maar je bedoelde dat ik het was, want je zei dat er gisteravond nog niks mee was en nu is het slotje stuk, en ik was eerder thuis dan jij en dus gaf je mij de schuld, en ik heb het niet gedaan, en ik heb er schoon genoeg van om altijd maar overal de schuld van te krijgen. Als jullie niet ophouden met doen of ik een stiekemerd ben, loop ik weg en ga ik bij de hippies wonen —"

"Alsof ík wel een stiekemerd ben," zei Ellen.

"— want dat ben ik niet. Jouw dagboek interesseert me niet en al zou ik wíllen weten wat erin staat dan zou ik er nog niet in kijken, en ik heb ook niet aan Ellens parfum gezeten. Het kan me niet schelen wat jullie denken, maar ik blijf hier niet gewoon zitten terwijl iedereen me een stiekemerd noemt."

"Kom, kom," zei Ben Wood. "Een beetje minder kabaal en wat meer feiten!"

"Ik wil het er eigenlijk helemaal niet over hebben," zei Althea waardig. "Het spijt me dat ik erover begonnen ben."

"Zie je nou wel," riep Barbara. "Zij denkt dat ik in haar dagboek heb gekeken!"

"Nee, dat denk ik niet. Niemand heeft er in mijn dagboek gekeken. Iemand heeft geprobéérd erin te kijken."

Met een gedempte, maar half grappig bedoelde stem zei Ellen: "Misschien hebben we dan tóch een klopgeest!"

Mevrouw Wood zei: "De buurkinderen kunnen het niet geweest zijn. Er wonen hier in de buurt geen kinderen. Mevrouw Schumacher zou het trouwens zeker merken wanneer er iemand zomaar in ons huis naar binnen liep."

"Tenzij het natuurlijk mevrouw Schumacher zelf was," opperde Ben Wood. "Oude vrouwen worden weleens een beetje vreemd."

"Met haar zere heup en meneer Schumacher ziek?" wilde Marcia Wood weten. "Dat kan ik gewoon niet geloven."

Ondertussen zat Ronald met zijn hoofd in zijn handen op zijn bed. Althea had het dus toch gemerkt en Barbara had weer de schuld gekregen...

Nou ja, eigenlijk was dat niet eens zo'n slechte uitkomst. Barbara, die trotse, verwende Barbara die maar ronddartelde en altijd aanstellerig met haar kont draaide alsof ze een of andere beroemde seksbom was — mooi dat ze nu eens op haar plaats werd gezet. Het stelde trouwens helemaal niks voor. Ze zouden zich er nog een paar dagen het hoofd over breken en dan zou iedereen het hele geval vergeten.

Barbara! Hij kon haar niet uit zijn hoofd zetten. Babs, in haar piepkleine onderbroekje! Genoeg om zelfs een sterke kerel slappe knieën te laten krijgen. En zo voelde hij zich nu ook: van streek, opgewonden, slap en doodop.

Woensdagochtend heerste er een kille sfeer bij het ontbijt. Ellen keek nadenkend, Althea afwezig en Barbara was stil en nors. Marcia en Ben Wood probeerden de boel een beetje op te vrolijken en ze vertelden dat Ben binnenkort promotie zou maken naar klasse 15-E, waardoor hij in aanmerking kwam voor het afdelingsbestuur; ze bespraken de mogelijkheid van een weekeindje naar de bergen, maar het gesprek verliep stroef en de meisjes bleven zwijgen.

De vorige avond hadden Ben en Marcia in de beslotenheid van hun slaapkamer de zaak besproken en ze waren tot de conclusie gekomen dat het mogelijk was dat Barbara die altijd nogal emotioneel reageerde en graag streken en geintjes uithaalde, een of andere rare pubergrap had willen uithalen die was misgelopen en dat ze dat nu niet meer durfde toe te geven. Maar ze waren het er ook over eens dat Barbara hoe dan ook, absoluut geen stiekemerd was, dat ze nooit in Althea's dagboek zou neuzen en dat ze als ze iets wilde weten het gewoon aan Althea zou vragen, die haar ongetwijfeld als de gewoonste zaak van de wereld antwoord zou geven. De hele kwestie was volkomen belachelijk, totaal niet normaal.

Op hun eigen manier waren Ellen en Althea beiden tot dezelfde slotsom gekomen. Maar als Barbara het niet had gedaan, wie dan wel? Ellen dacht dat het misschien Joel Watkins geweest was, een jongen die momenteel Althea lastigviel met ongewenste aandacht. Joel stond bekend als brutaal en onverantwoordelijk, maar zou hij zomaar hun huis durven binnenlopen en proberen Althea's dagboek te lezen? Niet erg waarschijnlijk. Bovendien was Joel dinsdag de hele dag op school geweest en kon hij dus onmogelijk een bezoek aan het huis van de Woods gebracht hebben.

Maar wie dan wel?

Haar vader en moeder? Belachelijk. Maar de hele kwestie was belachelijk — en ook nogal eng! En degene die er het meest onder leed was Babs, die met ongewone zwijgzaamheid haar gang ging. Zij was de meest voor de hand liggende verdachte, wat ze zelf ook wist en dat vond ze ontzettend gemeen.

Donderdagochtend had Ellen onderweg naar school even de gelegenheid een paar woorden met Barbara te wisselen. "Ik weet dat je je druk maakt over die toestand met dat stomme dagboek, maar dat hoeft echt niet, hoor. Iedereen weet dat jij nooit zoiets zou doen."

"Maar iedereen weet het juist niet," zei Barbara. "Telkens als het onderwerp aan de orde komt kijkt er angstvallig niemand in mijn richting. Ik zou er heel wat voor overhebben om te weten wat er is gebeurd."

Ronald voelde zich die donderdagochtend gespannen en zenuwachtig door iets dat net voorbij de drempel van zijn bewustzijn lag, maar wel zo dichtbij dat hij er makkelijk bij kon wanneer hij het echt zou willen weten. Hij was zelfs een beetje misselijk, zoals een atleet vlak voor een wedstrijd. Er hing dreiging in de lucht.

Toen mevrouw Wood naar haar werk vertrok, glipte Ronald niet meteen de keuken in, maar bleef hij een tijdje op de rand van zijn bed naar de vloer zitten staren. Met een enigszins pedante hardnekkigheid inventariseerde hij de symptomen die hij bespeurde: spiertrekkin-gen, beetje pijn in de maagstreek, een vaag gevoel van dimensionale verplaatsing, oftewel duizeligheid. Vreemde, maar niet onaangename ervaringen.

Ronald zuchtte somber en probeerde zijn gedachten te ordenen. Er gebeurde niets. De gedachten die hij probeerde te vatten gingen er vandoor als een dief, terwijl andere naar de regionen van zijn onder-bewuste wegslopen. Nou, goed dan, zei Ronald, als de zaken zo liggen, laat dan het onderbewuste het denkwerk maar doen en laat het hande-len maar aan zichzelf over.

Ronald dacht daar met getuite lippen over na. Geen speld tussen te krijgen. Het wemelde in de geschiedenis van de weifelaars. Ronald zuchtte nog een keer en blies tegelijk zijn twijfels en zijn gewetens-bezwaren naar buiten. Het was eigenlijk zo eenvoudig. Wat moest, dat moest. Wat een verrukkelijke gedachte was dat. Het noodlot vloeide als een machtige rivier. En hijzelf, Ronald, was ook zo'n meedogenloze stroom. Als hij en het noodlot in tegengestelde richting probeerden te stromen kreeg je louter woeste kolken, wild bruisen. Het lot moest zijn richting kiezen of hij moest omdraaien om met het lot mee te stro-men. Het zou een hoop tijd besparen wanneer hij, Ronald, zich flexibel opstelde, en zo geschiedde. Hij liet zich meevoeren door het lot, licht en vrij, zonder enige aandacht voor onbenullige afleidingen, zonder ontzag voor toekomst of verleden. Er bestond maar één tijd en dat was het nu. Iets anders bestond niet en er zou ook nooit meer iets anders bestaan.

Tijd, noodlot en Ronald Arden Wilby; drie elementaire vectoren die samenkwamen in een centraal punt, zoals bij het Mercedes Benz embleem. Die drie waren één, die ene was alle drie, en zo moest het wezen.

Tintelend van macht kwam Ronald overeind. Hij deed zijn geheime deurtje open, kroop de keuken in en kloof een koude kippenpoot af.

Toen liep hij naar de woonkamer en ging in een stoel zitten van waaruit hij de straat in de gaten kon houden. De voordeur was op slot en de sleutel was verstopt onder het verandatrapje. Vandaag zou Ben Wood nieuwe voordeursleutels laten maken en vanaf nu zou het huis altijd afgesloten worden.

Dat vooruitzicht zei Ronald niets. Zijn moeder had altijd de deuren op slot gedaan... Zijn moeder! Hij had de laatste tijd helemaal niet meer aan haar gedacht. Zijn lieve, beste moeder! Bewoonster van een ver verleden, net als Koningin Victoria.

De uren verstreken traag. Ronald werd niet ongeduldig. Hij was kalm en tegelijk uiterst scherp, alsof hij een tijd uitrekkende pil had ingeslikt. Beelden flitsten door zijn hoofd: Barbara in haar kleine onderbroekje. Wat hield ze ervan om houdingen aan te nemen, met haar achterste te draaien en haar borsten vooruit te steken! Om zo met je schoonheid te pronken was een onvergeeflijke uitdaging. Het zij zo, het zij zo. Zo'n soort grietje vroeg gewoon om te pakken genomen te worden. Zo zij het!

De klok op de schoorsteenmantel sloeg twaalf. Ronald slenterde de keuken in, bouwde een dubbele boterham met pindakaas, mayonaise en banaan en verorberde die. Hij voelde zich kalm en beheerst en zag met genoegen dat zijn bewegingen precies en doelbewust waren. Mogelijk het gevolg van het ingaan van wat je 'fase drie' zou kunnen noemen. Want nu was hij waarlijk onafhankelijk, zelfvoorzienend en alleen: hij tegen de wereld! Het zij zo! Hij was nergens bang voor. Zijn schuilhol was een ondoordringbaar bastion, zolang hij maar geen geluid maakte... In zekere zin voelde hij zich alsof hij waarlijk een nieuw iemand was, of wat nauwkeuriger uitgedrukt, of hij zijn basale ik was: een onbelemmerd, ongebonden, ontembaar persoon! Als je eenmaal één werd met je — 'Bestemming' was niet echt het juiste woord. Lot? De Kosmos? Ach, het maakte ook eigenlijk niet veel uit. Wanneer iemand samensmolt met deze enorme kracht — wat die dan ook mocht zijn — werd alles mogelijk, wat de geest ook maar kon verzinnen! Binnen redelijke grenzen uiteraard. Hij kon natuurlijk niet door de lucht vliegen, of de vijftienhonderd meter lopen in dertig seconden, maar alle gewone prestaties waren mogelijk.

Handigheid en planning waren natuurlijk onmisbare aanvullingen van onverschrokkenheid. Ronald legde het brood zorgvuldig weer in de broodtrommel, bracht de margarine en de pot pindakaas naar de koelkast, spoelde het mes af, droogde het af en legde het weer in de la.

Het was één uur toen Ronald weer in zijn schuilhol kroop en op zijn bed ging liggen, tintelend van zijn nieuwe vitaliteit... De kaarten aan de wand leidden hem af. Ze zagen er oudbakken en saai uit; ze hoorden bij een andere periode in zijn leven. Hij hees zich overeind van zijn bed en haalde ze van de wand. Beter, veel beter. Wat oefenen? Nu in ieder geval niet, hij was er helemaal niet voor in de stemming. Hij wilde niets anders dan op zijn bed liggen om na te denken over de nieuwe gevoelens die hij ontdekt had.

Drie uur. Zijn mond voelde een beetje harig; hij poetste even stevig zijn tanden. Jezelf goed verzorgen was het kenmerk van een heer, had zijn moeder altijd beweerd. Hij keek met gefronst voorhoofd naar zijn nagels. Die konden ook wel wat aandacht gebruiken. Zijn moeder had ook altijd veel nadruk gelegd op kortgeknipte, schone nagels. Maar op dit moment was hij niet erg geneigd om na te denken over zijn moeder en haar opvattingen. Geweldige vrouw, natuurlijk, maar wel een beetje ouderwets en behoudzuchtig.

Ronald rekte zijn armen uit en krabde aan zijn kin. Moest hij zich misschien scheren? Hij liet die vraag uit zijn aandacht wegglippen, maar hij borstelde wel zijn haar dat nogal slordig zat. Maar lang haar met krullen was momenteel toch in de mode, dus het maakte niet veel uit.

Het was twintig minuten over drie. Ronald kroop de keuken in, sloop naar de woonkamer en ging bij het raam staan. Zijn bloed zong in zijn aderen; hij had zich nog nooit zo levendig, zo zeker van zijn zaak en zo vastberaden gevoeld...

Het was natuurlijk heel goed mogelijk dat Barbara tot laat op school zou blijven hangen, en in dat geval — een vermoeiende gedachte. Daar kwam ze trouwens al aan, in een korte grijs met blauwe rok en een donkerrode trui. Hij trok zich over de trap terug naar de overloop waar hij in de schaduw bleef staan wachten.

De deurknop draaide zonder dat er iets gebeurde. Barbara was vergeten dat de deur op slot zat. Ze ging de sleutel pakken.

De deur ging open. Barbara stapte naar binnen, heel wat minder opgewekt dan gewoonlijk. Ze slenterde naar de eetkamer, gooide haar boeken op tafel en keek toen zoekend rond alsof een vreemde geur of een onverwacht geluid tot haar was doorgedrongen. Even later liep ze naar de keuken om een appel te pakken en een glas melk in te schenken. Ze besloot een tijdje beneden te blijven zitten tot Ellen en Althea thuiskwamen. Na al die rare dingen die er boven waren gebeurd, leek het oude huis lang zo veilig niet meer als het de afgelopen zomer had geleken.

Ze deed de koelkastdeur dicht en wilde weer naar de eetkamer lopen. Ze draaide zich om en daar stond Ronald dreigend in de deuropening.

"Hallo," zei Ronald.

Ze staarde hem aan.

Ronald lachte niet onvriendelijk naar haar. "Jij kent mij niet. Maar ik ken jou wel."

HOOFDSTUK XIV

BARBARA DACHT: nu niet zenuwachtig worden, niet laten merken dat ik bang ben. Daarvan raken zulk soort lui alleen maar opgewonden. Doe zo gewoon mogelijk. Bijna zonder een spoor van trilling in haar stem vroeg ze: "En wie ben jij dan wel?"

Ronald grinnikte. "Ik kan wel weet ik veel wie zijn. Norbert, hertog van Kastifax, bijvoorbeeld."

"Dat is een eigenaardige naam. Wat doe je in ons huis? Je kunt maar beter snel weggaan als je tenminste niet wilt dat m'n vader je te pakken krijgt."

"Die komt pas over twee uur thuis. Drink je melk op."

"M'n melk opdrinken?" Barbara keek verbaasd naar het glas in haar hand. Misschien moest ze het naar zijn hoofd gooien en door de achterdeur wegrennen. Hij kwam twee stappen dichterbij. Barbara deinsde achteruit tot ze de gootsteen raakte. Om hem uit de buurt te houden bracht ze het glas omhoog en nam ze gauw drie grote slokken. Ronald greep vriendelijk lachend naar het glas. Barbara trok het verontwaardigd opzij buiten zijn bereik. "Het is nog niet op!" Als ze maar tijd kon rekken, al waren het maar een paar minuten. Ze bracht het glas weer naar haar mond en nam een klein slokje, maar Ronald liet zich door zo'n doorzichtig trucje niet van de wijs brengen. Hij pakte het glas, goot wat er over was in de gootsteen, spoelde het om en zette het weer op de plank. "Kom mee," zei hij.

Barbara schudde haar hoofd. "Ik moet m'n huiswerk nog maken." Haar stem klonk nog steeds behoorlijk vast. "Waarom neem je niet even een bakje ijs. Dan kun je me daarna helpen met m'n wiskunde."

"Deze kant op," zei Ronald.

"Dat wil ik niet," zei Barbara en nu was er duidelijk een trillinkje in haar stem te horen. Ineens probeerde ze de eetkamer in te rennen, maar Ronald greep haar arm en rukte haar handig achteruit. Het contact tussen hun lichamen bewerkte een plotselinge verandering in Ronald. Zijn glimlach verdween, ze voelde hem rillen en verstrakken, en nu kon ze zich niet langer beheersen. Ze gilde. Ronald sloeg onmiddellijk zijn hand voor haar mond. Even stonden ze gespannen maar doodstil, op de blikken na die Ronald uit het raam wierp... Hij liet zijn adem ontsnappen en ontspande zich. Er was niemand die hen kon horen. Hij richtte zijn aandacht weer op Barbara.

"Luister," zei Ronald. "Luister goed! Want als je dat niet doet zul je er spijt van krijgen. Heb je me gehoord?" Hij schudde haar door elkaar. "Heb je me gehoord?"

Barbara knikte; ze had zo'n dikke keel dat ze geen woord kon uitbrengen.

Ronald haalde zijn hand van haar mond. "Je doet precies wat ik zeg! Precies! Anders — nou, daar heb ik het nu niet over. Begrepen?"

"Ja," mompelde Barbara.

"Kom mee dan, naar de provisiekast."

"Nee, nee," jammerde Barbara. Ze vond het een belachelijk idee. "Waarom moet ik naar de provisiekast?"

"Doe gewoon wat je wordt opgedragen. Vraag niks. En laat je nu op handen en knieën zakken."

"Oh, nee, nee! Niet doen, alsjeblieft!"

Ronald gaf haar een draai om haar oren. Barbara hijgde doodsbang. Eindelijk begreep ze de ernst van haar toestand. Dit was een situatie waarin haar charme en haar slimheid niets konden uitrichten. Ja, ja, ze zou alles doen om te voorkomen dat ze — het woord wilde niet komen bovendrijven. Ze liet zich op handen en knieën zakken en kroop de provisiekast in waar ze verstijfde van verbazing toen ze de geheime ingang zag waaruit het licht uit het schuilhol naar buiten scheen.

"Naar binnen, jij," zei de donkere gestalte achter haar. Ze kromp in elkaar toen ze de opgewonden klank van zijn stem hoorde. Ze liet zich door het deurtje in het schuilhol glijden.

"Ga op het bed zitten," zei Ronald. Hij gaf haar een vel papier en een balpen en legde een boek op haar knieën. "Schrijf precies op wat ik zeg."

Hij begon te dicteren en door haar tranen heen schreef Barbara zijn woorden op.

Ronald las het resultaat. "Dat is goed genoeg. Nu blijf je daar zitten tot ik terugkom." Hij hurkte om door het geheime deurtje te kruipen maar draaide zich toen om en keek Barbara aan. "Ik wil je niet bang maken, maar ik wil wel zeker weten dat je het begrijpt. Doe precies wat ik zeg, anders krijgen we problemen."

Barbara knikte treurig en de tranen stroomden over haar gezicht.

Ronald aarzelde en ging weer rechtop staan. "Ik kan maar beter geen risico nemen," mompelde hij. "Je zou best eens iets idioots kunnen proberen. Ga liggen."

"Wat ga je doen?" riep Barbara met een hysterisch trillende stem.

Ronald duwde haar omlaag op het bed en Barbara verloor haar zelfbeheersing. Ze vocht en schopte. Ronald gaf haar twee keer een klap op beide wangen, op de manier waarop slechteriken dat in films doen. Barbara ademde hijgend in om te gaan schreeuwen. Ronald hief dreigend zijn hand en Barbara hield angstig haar adem in. Tien seconden lang staarden ze elkaar aan en toen liet Ronald langzaam zijn hand zakken. Barbara bleef als verlamd stilliggen.

Ronald bond haar enkels aan het voeteneind van het ledikant, bond haar polsen aan elkaar en propte een oude lap in haar mond. "Misschien is dit niet nodig," zei hij nors, "maar ik kan geen enkel risico nemen."

Hij liet zich op handen en knieën zakken en kroop met de brief door het deurtje. Barbara probeerde haar boeien los te rukken, maar ze zaten stevig vast. Ze keek wanhopig om zich heen. Wat griezelig en kleurig, met elke vierkante centimeter bedekt met tekeningen, kaarten en portretten... Ronald kwam terug. Hij deed het geheime deurtje dicht en op slot. Barbara durfde hem niet aan te kijken. Ze wist wie hij was: Ronald Wilby, de moordenaar. Ze wist nu ook wie Ellens parfum had gemorst en wie het slotje van Althea's dagboek stuk had gemaakt.

Hij ging naast haar op zijn knieën zitten en trok de prop uit haar mond. Barbara bleef stilliggen en ademde oppervlakkig. Ronald keek haar ruim tien seconden onderzoekend aan. Toen zei hij zacht: "Als je ook maar één kik geeft of op een andere manier aandacht probeert te trekken weet je wat ik dan ga doen?"

Ze fluisterde: "Dan maak je me dood."

Ronald knikte ernstig en begon haar los te maken. "Ik zou wel moeten. Niet dat ik het wil, maar ik zou dan wel moeten. Wanneer er iemand thuis is blijf je stil op het bed liggen en je geeft geen kik! Je maakt absoluut geen geluid. Want dat zou je allerlaatste geluid zijn... Ik wil je niet bang maken maar je moet weten hoe de zaken ervoor staan."

"Of je me nou bang wil maken of niet," zei Barbara, "ik bén bang! Ik wil hier niet zijn! Wat ben je met me van plan?"

Meteen weer vriendelijk vroeg Ronald haar lachend: "Weet je dat echt niet?"

"Nee!"

"Ach, kom nou toch," zei Ronald speels. "Doe niet zo moeilijk." Hij dacht even zwijgend na. "Dit was mijn oude geheime hol, van toen ik een kind was. Ik ben hier een paar dagen geleden teruggekomen om te zien wat er van het huis was geworden. Over een tijdje ga ik weer weg en dan kun jij doen wat je wilt — je kunt meegaan als je wilt. Misschien vinden we elkaar dan inmiddels wel erg aardig."

Barbara moest op haar lip bijten om niet in hysterisch lachen uit te barsten.

"We kunnen maar een paar minuten praten," zei Ronald, "want je zussen komen dadelijk thuis, en dan moeten we stil zijn. Trek je kleren uit."

Dit was het moment waar ze bang voor was geweest. Maar vergeleken bij de rest van de omstandigheden was het niet eens zóveel erger... Een nachtmerrie! O, Barbara word alsjeblieft wakker, word wakker! Die gezichten van de portretten; de groteske kastelen, de donkerrode, paarse, zwarte en groene kamers; onwezenlijk, onwezenlijk, onwezenlijk!

"Trek je kleren uit," zei Ronald vriendelijk. "Je bent zo mooi!... Ik help je wel."

Barbara's vingers werden gevoelloos. Onhandig kleedde ze zich zo langzaam als ze kon uit. Ze kon er niet toe komen om haar ondergoed uit te trekken. Dat begon Ronald te doen en hij siste tussen zijn tanden terwijl zij haar ogen stijf dichthield.

Toen trok Ronald vlug zijn eigen vuile kleren uit. Hij keek op de klok. Tien minuten, op zijn hoogst vijftien, voor er iemand thuiskwam. Hij boog zich over haar heen, streelde haar lichaam en zoende haar. Barbara snikte. "Denk erom hoor!" waarschuwde Ronald haar, "geen kik!"

Ellen en Althea kwamen thuis. "Hallo!" riep Ellen. "Wie is er thuis?"

"Barbara!" riep Althea, en toen zei ze tegen Ellen: "Ze is er nog niet."

"Ze hangt misschien wel op de tennisbaan rond, die kleine donder-steen. Barbara?"

Geen antwoord. Ze liepen de eetkamer in en daar zagen ze op tafel een vel papier liggen. Ellen pakte het en las het. "O, nee!"

"Wat is er?"

Ellen liet haar de brief zien. Althea las hem en de twee meisjes keken elkaar onthutst aan.

"Dat is volkomen bizar!" riep Althea. "Natuurlijk vertrouwden we haar! Die arme kleine Babs!"

"We kunnen maar beter pap opbellen."

Ze holden naar de woonkamer. Ellens vlugge vingers kozen het nummer met de draaischijf. "Meneer Wood, alstublieft...Pap? Hier Ellen. Althea en ik zijn net thuis, maar Barbara is er niet. Ze heeft een brief achtergelaten. Hoor maar wat erin staat:

> *Lieve allemaal,*
> *Niemand hier vertrouwt me en daar kan ik niet meer*
> *tegen. Ik ga bij de hippies wonen. Over een tijdje kom ik wel*
> *weer eens terug. Maak je over mij maar geen zorgen, ik red*
> *me wel.*
> *Barbara.*

Uit de telefoon klonk niets anders dan het gezoem van de lijn. Ellen riep: "Pap, hoorde je dat?"

Ben Wood zei met een strenge stem: "Is dit soms een grap?"

"Ze is niet thuis," meldde Ellen. "Je weet dat ze zich een beetje eigenaardig gedroeg. Ik hoop maar dat het een grap is."

"Ik kom meteen naar huis. Hebben jullie je moeder al gebeld?"

"Nog niet."

"Bel haar, en licht dan de politie in. Ik ben zo thuis."

Vijf minuten later rende Ben Wood het verandatrapje op en naar binnen. Ellen en Althea hadden hem nog meer te vertellen.

"Ze heeft helemaal geen kleren meegenomen!"

"En ze heeft al het geld in haar spaarpot laten zitten!"

"Ze heeft helemaal niks meegenomen!"

Marcia Wood kwam aanrennen en even heerste er grote verwarring waarin iedereen door elkaar heen praatte. Toen belde Ben Wood nog een keer met het politiebureau waar ze hem vertelden dat de snelweg-patrouille was gewaarschuwd.

Marcia Wood besloot naar het busstation te gaan. Ze nam een foto van Barbara mee om aan de lokettisten te laten zien en vertrok.

Ellen en Althea belden Barbara's vriendinnen en vroegen of zij er enig idee van hadden waar ze kon zijn.

Ben Wood stapte in zijn auto om langs alle gebruikelijke liftplekken aan de rand van de stad te rijden en aan iedereen te vragen of ze Barbara misschien gezien hadden.

Om acht uur waren Ben en Marcia weer thuis zonder ook maar iets wijzer te zijn geworden. Ellen warmde een blik tomatensoep op, roosterde wat boterhammen en stond erop dat haar vader en moeder iets aten.

Het geïmproviseerde avondmaal was een sombere aangelegenheid. Iedereen was zenuwachtig en ze spraken allemaal met een hoge gespannen stem. Welke perverse duivel had die kleine, vrolijke Barbara tot zo'n wanhopige daad aangezet?

Het was een ongelooflijke toestand en niemand kon eigenlijk echt geloven dat het gebeurd was. Toch lag het kale, nare feit voor ze: Barbara was weg.

"Ze is een heetgebakerd persoontje," zei Ellen. "Maar ze is niet gek. Ik kan gewoon niet geloven dat ze zoiets zou doen. Zij vindt hippies net zo goed niks als wij."

Marcia Wood keek haar ontsteld aan. "Denk je dat ze niet uit vrije wil is verdwenen?"

"Het is mogelijk."

Ben Wood zei weifelend: "Er waren geen sporen die op een worsteling wezen."

"Er lag een appel op de grond in de keuken," zei Althea. "Ik heb hem opgeraapt. Er zaten tandafdrukken in."

Ben Wood liep naar de woonkamer en belde nog een keer de politie. Hij kwam mopperend terug in de eetkamer. "Ze vatten de hele zaak zo verdomd licht op. Ik geloof niet dat ze er ook maar iets aan doen!"

Marcia lachte schamper. "Ze zijn gewend aan weglopers. Het gebeurt zo'n beetje elke dag, en elk gezin vertelt natuurlijk hetzelfde."

"Maar ons gezin is anders!" riep Ellen. "Als ze het niet geloven, ga ik er zelf heen en dan zal ik ze dat duidelijk maken."

"Je kan je de moeite besparen," gromde Ben Wood. "Het helpt toch niet."

"Ik heb een beter idee," zei Althea. "Wanneer ze op eigen houtje vertrokken is, is ze vast onderweg naar Berkeley. Ik wil daar ook heen gaan en dan blijf ik gewoon heen en weer lopen over Telegraph Avenue. Ik wil wedden dat ik haar dan vroeg of laat tegenkom!"

Haar moeder wilde daar niets van horen.

"Maar we moeten toch iets doen!" riep Althea. "We kunnen hier toch niet gewoon blijven zitten!"

"Als ik iets kon bedenken wat we konden doen, deed ik het," zei Ben Wood.

Er werd aangebeld. Ellen holde de gang in en deed de deur open. Ze kwam terug met Duane, aan wie ze het verhaal al verteld had. "Ik weet niet of er iets is dat ik kan doen," zei Duane, "maar mocht er iets zijn, dan roepen jullie me maar."

"Dank je, Duane," zei Marcia. "Dat weten we."

"We zitten hier maar op onze nagels te kluiven," zei Althea. "Was er maar een of andere aanwijzing, dat ze met iemand meegegaan is, of dat ze naar — er is gewoon helemaal niks!"

"Hoe zit het met Los Gatos? Zou het kunnen dat ze terug wilde?"

"Ik zou niet weten waarom," zei Ben Wood. "Maar er is geen enkel aanknopingspunt. Los Gatos is niet raarder dan wat dan ook."

"Ik snap het niet," zei Duane. "Babs deed weleens wat mals, maar ze is een verstandige meid. Ze zou nooit zomaar van huis weglopen!"

Ben Wood liet zich vermoeid in zijn stoel achterover zakken. "Ik heb weleens gehoord dat pubers soms last krijgen van een soort aanval van wildheid, een soort psychose, waardoor ze allerlei vreemde dingen gaan doen. Misschien is Babs zoiets wel overkomen."

Duane schudde zijn hoofd. "Ze is absoluut niet gekker dan ik — en ik ben niet gek. Er is iets heel raars aan de hand."

"Ik wilde dat ik wist wat." Ben Wood kwam overeind en bleef besluiteloos staan. "We zijn allemaal doodop. Misschien kunnen we maar beter naar bed gaan en wat proberen te rusten."

"Ik kan nu niet slapen," verkondigde Althea. "Ik zou de hele tijd maar aan Babs moeten denken…We moeten haar gaan zoeken! Pap, mam, waarom rijden we niet naar Berkeley? Er is een kans van één op de miljoen dat we haar daar vinden!"

Ben Wood schudde somber zijn hoofd. "De kans om op de snelweg om te komen is groter."

Het gesprek ging verder. In het schuilhol luisterden Ronald en Barbara mee, de eerste onverschillig en de tweede met smart. Ronald had stappen genomen om zelfs een onwillekeurige kreet te voorkomen. Hij had een prop in haar mond gestopt en hij had ook een koord om haar nek geslagen met een halve steek onder haar kin. Het ene eind van het koord had hij vastgebonden aan een haak in de wand naast het ledikant en het andere eind hield hij in zijn hand. Als Barbara zelfs maar een piepje zou laten horen, kon hij de lus straktrekken en haar de adem benemen. En om lawaaiig geschop te voorkomen had hij haar enkels aan het ledikant vastgebonden.

Hij zat met zijn oor tegen de wand. Omdat het licht aan was had hij het kijkgaatje afgedekt. Waarom gingen ze niet allemaal naar bed? En Duane Mathews, die had hier niks te zoeken. En zijn aanbod om te helpen was totale kletspraat. Duane wilde alleen maar een kans om bij Ellen in de buurt te zijn.

Eindelijk verdween het gezin Wood de trap op om naar bed te gaan. Ellen en Duane stonden nog een paar minuten te praten op de veranda en toen ging zij ook naar boven naar haar kamer.

Ronald haalde de prop uit Barbara's mond en maakte haar enkels los. Ze keek met doffe angst toe. Ronald ging naast haar op het bed zitten. Hij zei: "Je kunt je niet voorstellen hoelang ik dit al heb willen doen."

Moeizaam fluisterend zei Barbara: "Ik dacht dat je zei dat je net was teruggekomen."

Ronald lachte geduldig. "Ik kom en ik ga. Maar dit is mijn huis. Het is zelfs mijn eigen wereld! Wat je aan de wanden ziet heb ik zelf geschapen!"

Barbara keek zonder belangstelling naar de afbeeldingen. "Wat stelt het voor?"

"Het is het magische land Atranta!" zei Ronald met een klankrijke,

maar gedempte stem. "Zie je die kaart? Die toont de zes hertogdommen en Zulamber, de Stad van de Blauwgroene Parels. Dit zijn de
portretten van de hertogen en dit is Norbert, van Vordling, die Hertog
Urken versloeg. Ik ken ze allemaal als m'n broekzak. Ze zijn voor mij
net zo echt als jij. Wil je de geschiedenis van Atranta horen?"

Barbara deed haar ogen dicht. Hoe meer energie hij aan praten
besteedde, hoe minder bleef er over voor wellust. Misschien zou hij
opgewonden gaan praten en zou iemand hem horen... Misschien zou
hij zich een beetje ontspannen en zou hij vergeten die lus om haar nek
aan te halen. "Ja," zei ze. "Vertel me er eens wat over."

"Straks," zei Ronald slim. "Op dit moment ben ik meer in jou geïnteresseerd. Ik vind het geweldig om naar je te kijken. Je hebt het mooiste
lichaam dat ik ooit heb gezien. Ik had nooit gedacht dat er zoiets geweldigs kon bestaan."

Barbara likte langs haar lippen. Hij was knettergek, dat nam ze tenminste aan. Maar misschien ook wel niet. Ze durfde hem in ieder geval
niet kwaad te maken. Het gevoos kon ze nog wel verdragen, maar als
ze ooit vrij zou komen — wannéér ze vrij zou komen — zou ze zich
aan één stuk door wassen en wassen en wassen. Ze zou er geen genoeg
van krijgen: ligbaden, stortbaden, douches, gorgelen. En zelfs dan,
wist ze, zou ze zich nooit meer helemaal schoon voelen. Op de een of
andere manier moest ze haar verstand zien in te schakelen. Maar nu
nog niet — Ronald had zijn zinnen gezet op een vrijpartij.

Ronald lag loom en ontspannen naast haar. Ze walgde van het gevoel
van zijn lijf tegen het hare; zijn huid was kleverig en vettig en hij
wasemde een vreemde muffe geur uit, als een mengsel van waskrijt,
kabeljauw en de kisten waarin kabeljauw werd aangevoerd, plus nog
een grote portie stal- of latrinelucht. Ze vroeg zich af hoe vaak Ronald
zich waste. Lag hij nu te doezelen? Ze durfde zich niet te bewegen om
haar verkrampte houding te veranderen anders werd hij misschien
wakker en weer amoureus, hoewel dat inmiddels eigenlijk niks meer
uitmaakte; het brak zelfs de eentonigheid een beetje. Ze vroeg zich af
wat Ronald nu echt met haar van plan was. Hij kon niet eeuwig in het
schuilhol blijven; dan zouden ze niet genoeg te eten hebben. En hij zou
haar in ieder geval niet zomaar vrijlaten. Op de een of andere manier

zou ze natuurlijk ontsnappen of gered worden — het was onmogelijk om zich iets anders voor te stellen met haar vader en moeder zo dichtbij! Maar als ze ooit van haar leven kracht en vernuft nodig had, dan was het nu wel!

Zolang ze hem bleef bevallen en ze zijn bevelen opvolgde, kon ze verwachten dat haar niets ernstigs zou overkomen... Hoe kon ze de aandacht van haar ouders trekken zonder Ronalds achterdocht op te wekken?...

Er was misschien een manier.

"Ronald," zei ze zacht.

Hij was onmiddellijk wakker, of had hij misschien helemaal niet geslapen. "Ja?"

"Hoelang blijven we hier?"

Ronald grinnikte. "Vind je het hier niet leuk?"

"Het is een beetje krap."

"Ik vind het helemaal niet krap. Kijk naar de platen en naar de kaart: met één blik ben je in Atranta. Ik ben Norbert en jij bent Fansetta. In het Grote Verleden stuurde zij er een troep zwart met gele trollen op uit, en die wisten hem in de val te lokken met een lied zonder eind. Wanneer je dat begint te zingen kun je de plek niet meer vinden waar je moet stoppen. Ze droegen hem langs dit pad hier —" Ronald rekte zich uit om het aan te wijzen op de kaart "— om de Drie Kloven heen naar Glimmis. Dat is een kasteel hier op de Mistige Heide. Toen hij niet met haar wilde trouwen ketende ze hem aan een oud standbeeld van zwart koper en ze geselde hem met een zweep van gevlochten schorpioenstaarten."

"Dan wil ik Fansetta niet zijn, want zoiets zou ik nooit doen. Kan ik niet een aardiger iemand zijn?"

Ronald dacht na. "Mersilde is een wolkenheks. Ze is wreed maar erg mooi. Dan heb je Darrue, een meisje dat half elf en half ghowan is..."

"Wat is een 'ghowan'?"

"Dat is een soort grot-elf, heel bleek en geheimzinnig mooi. Een ghowan heeft haar als witte zijde, en ogen die op glazen ballen lijken, met kleine glinsterende sterretjes erin. Darrue is verliefd op Norbert, maar ze durft zich niet aan hem te vertonen, want als een ghowan een sterveling kust, krijgt-ie koorts en sterft-ie, en Darrue weet niet of ze grotendeels elf is of grotendeels ghowan."

"Ik zou liever een mooi iemand willen zijn die zich niet zoveel zorgen hoeft te maken."

"Hmm. Dat weet ik nog zo net niet." Ronald was nu klaarwakker en hij had zijn aandacht weer helemaal bij het meisjeslijf naast het zijne. Hij begon haar te strelen en Barbara bleef timide liggen.

Hij staakte zijn inspanningen even om naar haar te kijken. Met een schorre stem zei hij: "Ik vind dit lekker. Jij ook?"

Barbara zocht naar woorden en vond niets anders dan een van haar krankjorume malle opmerkingen. "Nou — het kost niks." Ze besefte dat dat niet positief genoeg was. Ze moest vooral Ronalds ijdelheid strelen en zorgen dat hij niet kwaad op haar werd. "Enne — nou, opwindend."

"Je kunt je niet voorstellen hoe ik ernaar heb verlangd om dit te doen," hijgde Ronald, "met jou ... En nu ..."

Barbara deed haar ogen dicht en draaide haar hoofd af om Ronalds haar niet in haar gezicht te krijgen, en even later kwam Ronald klaar.

Na een paar tellen vroeg hij: "Vond je het fijn?"

Barbara durfde haar stem niet te vertrouwen en ze knikte.

"Hoe voelt het?" vroeg Ronald.

"Ik weet niet," zei Barbara, die wanhopig haar hysterie probeerde te onderdrukken want dat zou Ronald alleen maar kwaad maken. "Het is gewoon — opwindend."

"En wat vind je nu van me?"

Ronald probeerde zich nonchalant en werelds voor te doen. Voor Barbara een antwoord kon verzinnen zei hij: "Ik besef dat we elkaar op een wat ongewone manier hebben leren kennen, en ik moest wel doen wat ik deed om je hier naar binnen te krijgen — maar nu we de liefde bedreven hebben — tja, nu moet je toch wel iets voor me zijn gaan voelen."

"Ik wou dat ik je op een gewone manier had leren kennen," zei Barbara behoedzaam.

"Maar dan zouden we nooit zover zijn gekomen, zoals we hier nu bij elkaar liggen zonder kleren aan."

Barbara vroeg zich af hoe goedgelovig Ronald in werkelijkheid was. "Dat weet je maar nooit. Het zou eerlijk gezegd fijn zijn wanneer we ergens heen konden waar we meer ruimte hebben, ergens in de bergen of zo, waar we onder de bomen konden kamperen."

Ronald hees zich overeind op een elleboog. Ze voelde zijn plotse achterdocht. "Geweldig, ja. Maar we hebben helemaal geen geld. Tenminste, ik niet. Jij wel?"

"Alleen wat er in m'n spaarpot zit — ongeveer twaalf dollar."

"Daar zouden we niet ver mee komen."

Barbara viel stil. De vooruitzichten waren ellendig. Ze bewoog. Ronald was onmiddellijk alert. "Wat doe je?"

"Ik wil naar de wc."

"Goed hoor. Maar niet doortrekken. We moeten wachten tot iemand boven doortrekt."

"Oh."

"En doe het muisstil... Ik zal niet kijken."

Barbara vond Ronalds kiesheid vreselijk koddig. Maar ze durfde niet te lachen. Ze zou weleens niet meer kunnen ophouden.

De nacht verstreek. Ronald stond erop dat Barbara aan de binnenkant van het ledikant sliep, tegen de muur, waar ze benard en verkrampt lag. Op de een of andere manier sliep ze af en toe toch, maar ze rustte niet uit.

Als ontbijt diende Ronald gekookte eieren en geroosterd brood met margarine en jam op. Barbara was zo beleefd om maar niet te vragen waar Ronald zijn boodschappen vandaan haalde.

Haar gezinsleden kwamen naar beneden en Ronald dwong haar weer om op het ledikant te gaan liggen met de lus om haar hals. "Ik doe dit niet graag," fluisterde Ronald, "maar het kan nu eenmaal niet anders. Je zou eens op de idiote gedachte kunnen komen om te gaan schreeuwen."

Kreeg ze de kans maar! Als hij ook maar één tel de voorzichtigheid uit het oog verloor — o, ze zou de longen uit haar lijf schreeuwen zodat haar vader het zou horen, en zij zou haar best doen om zich Ronald van het lijf te houden... Behalve dan dat haar vader misschien niet tijdig genoeg de ingang naar het schuilhol zou kunnen vinden om haar te redden.

Ronald bespioneerde de Woods bij het ontbijt. Barbara lag gespannen te zweten en dacht aan al die dagen en weken en maanden dat ze nonchalant en vrij had geleefd terwijl Ronald haar met zijn begerige ogen in de gaten hield. Althea had vaak genoeg geklaagd over de sfeer die er in het oude huis hing. Wat hadden ze een grappen gemaakt over geesten en huizen waar het spookte!

Marcia Wood bleef thuis van haar werk voor het geval er opgebeld zou worden. Althea en Ellen gingen met tegenzin naar school en Ben Wood reed naar het politiebureau om te vragen of ze al iets wisten, en wat hij zou kunnen doen om te helpen zijn vermiste dochter te vinden.

Ronald ergerde zich blauw aan het feit dat Marcia Wood thuis was want dat noodzaakte hem om extra waakzaam te zijn. Hij was de hele morgen al kribbig omdat hij net als Barbara niet goed had geslapen.

Toen Ben Wood en zijn twee dochters de deur uit waren had Ronald het kijkgat afgedicht en deed hij het licht aan. Hij stond een tijdje naar Barbara te kijken. Wat zou ze echt van hem denken? Ze was niet half zo lastig als hij had verwacht, en ze leek het vrijen echt leuk te vinden. Tenminste, dat zei ze, en wat had ze eraan om te liegen? Haar idee om ergens anders heen te gaan was in theorie heel redelijk — maar hier waren ze in Atranta! En misschien zou hij het ergens anders wel helemaal niet leuk vinden, vooral niet omdat hij hier nu dit verrukkelijke meisje voor zichzelf alleen had...Hij bukte over het ledikant en gaf haar een zoen. Ze kon het niet opbrengen om hem terug te zoenen; ze walgde van het gevoel van zijn baardhaar op haar gezicht. Ronald merkte het en keek haar met gefronst voorhoofd achterdochtig aan "Wat is er?" vroeg hij fluisterend. "Is er iets mis?"

"Ik vind dat touw om m'n nek vreselijk," mompelde Barbara.

"Dat is een noodzakelijke voorzorgsmaatregel. Maar ik zal het eraf halen. Dan moet je wel beloven om stil te zijn."

"Ik zal stil zijn."

Ronald maakte het koord los. Het zat trouwens ook vreselijk in de weg bij het vrijen. "Beter?"

Barbara wreef over haar hals en knikte. Ronald boog over haar heen en zoende haar weer. Met een maag die ineenkromp van woede en afkeer, dwong Barbara zichzelf om hem terug te zoenen. Ronalds kussen werden nat en hartstochtelijker. Barbara liet haar lijf slap worden en Ronald zette zijn vrijage voort.

Onderwijl waste Barbara's moeder de ontbijtspullen af en daarna ging ze naar boven om de bedden op te maken.

Om twaalf uur kwam Ben Wood terug met een donkere, stevige

vent van een jaar of vijfenveertig: inspecteur Shank van het regionale politiebureau. Hij had een zachte, beleefde manier van praten die niet erg bij zijn knorrige, cynische gezicht paste. Ronald sloeg ogenblikkelijk de lus weer om Barbara's hals en wikkelde het losse eind snel om zijn hand. Met één ruk kon hij haar luchtpijp dichtknijpen. Barbara probeerde te protesteren, maar Ronald wilde niet luisteren. "Misschien zou je niet schreeuwen — maar daar kan ik niet helemaal zeker van zijn. Ik kan geen enkel risico nemen!" Hij deed het licht uit en drukte zijn oog tegen het kijkgat.

"...zo onzinnig," zei Ben Wood. "We zijn een hecht gezin. Wij snappen er allemaal niks van."

"Dat zal gerust wel," zei Shank. "Maar zoals u weet gebeurt het voortdurend."

"Vormt u zich alstublieft geen beeld van ons voor u naar ons verhaal hebt geluisterd!" zei Marcia Wood. "Wij kennen Barbara! Ze is een verstandig meisje, een lieve meid!"

Shank haalde vragend zijn schouders op. "Wat is er volgens u gebeurd?"

"Ik denk dat iemand haar heeft verdoofd, of bang heeft gemaakt, of bedreigd — haar heeft gedwongen om dat briefje te schrijven — en haar toen heeft meegenomen."

"En het is zonder twijfel haar handschrift?"

"Ja, absoluut zeker."

Shank knikte weifelend. "Tja, zulke dingen gebeuren vast weleens. Ik heb het zelf nooit meegemaakt. Maar aan de andere kant heb ik wel rond de vijfhonderd meisjes opgespoord die uit eigen vrije wil van huis vertrokken. Soms haalt een jongen ze over om het te doen. Soms vervelen ze zich gewoon, of voelen ze zich gekwetst. Dit briefje wijst erop dat ze een gebrek aan vertrouwen ervoer. Waar slaat dat op?"

Ben en Marcia persten tegelijk hun lippen op elkaar met dezelfde machteloze uitdrukking. Shank vond ze zelfs op elkaar lijken: ze waren allebei lang en slank met goedgebouwde maar niet opvallende gelaatstrekken. Ze waren beiden wat hij als 'het zout der aarde' beschouwde — en er was iets aan die zin die op gebrek aan vertrouwen wees dat hem dwarszat.

Ben Wood zei: "We hadden hier een paar heel rare voorvallen die we nog steeds niet kunnen verklaren. Er was een flesje parfum van Ellen omgegooid. Ellen is de oudste. Althea, de middelste, houdt een dagboek bij waarvan het slot was opengebroken. De enige die daarvoor verantwoordelijk geweest zou kunnen zijn was Barbara. Maar ze ontkende nogal heftig dat ze aan de parfum of aan het dagboek had gezeten. Natuurlijk geloofden we haar maar er was gewoon niemand anders aan wie we de schuld konden geven. Dat gaf haar het gevoel dat we haar niet vertrouwden, wat natuurlijk onzin was…Daarna hebben we trouwens wel aldoor de buitendeur op slot gedaan."

"Juistem," zei Shank. "Heeft Barbara een vaste vriend?"

"Nee."

"Is ze een, nu ja, jongensgek?"

"Ik vind van niet. Ze houdt van aandacht en omdat ze een knap smoeltje heeft krijgt ze die ook meestal. Maar in de grond is ze een verstandig kind."

"Rookt ze?"

"Nooit."

"Geen tekenen van drugsgebruik?"

"Absoluut niet."

"En ze heeft helemaal niets meegenomen?"

"Ze heeft al haar geld achtergelaten en ze is weggegaan — of ze hebben haar meegenomen — in haar schooluniform."

"Mm." Shank stond op. "Heeft u misschien een recente foto?"

"Die hebben we allemaal al aan de plaatselijke politie gegeven, maar die leken er niet erg veel belangstelling voor te hebben."

"Eerlijk gezegd kunnen ze maar heel weinig doen. Ze hebben een bulletin op de telex gezet, maar als kinderen eenmaal in Berkeley of in San Francisco terechtkomen is het of de aarde ze heeft opgeslokt en dat blijft zo tot ze in moeilijkheden raken of besluiten naar huis te bellen. Het is een enorm probleem voor ons en ik kan u niet echt geruststellen."

Marcia Wood riep: "Maar wij geloven niet dat ze is weggelopen! Wij denken dat ze ontvoerd is!"

Shank haalde zijn schouders op. "Ik ga nog wel even bij de school informeren. Het zou nog kunnen dat ze een van haar vriendinnen in vertrouwen heeft genomen."

"Dat hebben we allemaal al nagetrokken," zei Ben Wood met een holle stem. "Niemand weet wat. Ze had zelfs afgesproken om vandaag te gaan tennissen."

Onwillekeurig was Shank toch een beetje onder de indruk. Met een heel wat fermer stem zei hij: "Ik zal al het mogelijke doen om iets over haar te weten te komen. Maar ik kan jullie niet veel hoop geven."

Shank vertrok. Ben en Marcia Wood dronken somber zwijgend een kop koffie. Elke gedachte, elke theorie was al zeker tien keer onder woorden gebracht.

In het schuilhol barstte Barbara bijna van frustratie. Wel een keer of tien zoog ze haar longen vol om te gaan schreeuwen maar elke keer had Ronald door wat ze van plan was en dan gaf hij een dreigende ruk aan het koord. Van zijn voorkomendheid was niets meer over.

Hij duwde zijn gezicht tot vlak bij het hare. "Ik weet wat je denkt," mompelde hij. "Waag het niet. Je zou niet lang genoeg leven om er spijt van te krijgen. Ik maak me geen zorgen. Ik heb een manier om hier weg te komen waar jij niks van weet. Als er hier iemand binnendrong, zouden ze alleen jou vinden en mij niet."

Barbara had een dikke keel van verdriet en ze kon maar met moeite iets uitbrengen. "Doe me alsjeblieft niets, Ronald."

"Jij had beloofd om stil te zijn en je wilde wel een keer of vijf gaan schreeuwen!"

"Welnee, ik had moeite met ademhalen. Dat touw zit veel te strak."

"Dat is expres. Nu is er maar één flinke ruk nodig."

"Praat alsjeblieft niet zo!" zei Barbara schor.

"Sst! Niet zo hard!"

Hees fluisterend zei Barbara: "Ik dacht dat we vrienden zouden worden."

"Ik kan niemand vertrouwen."

"Mij zou je kunnen vertrouwen! Wanneer je me laat gaan zou ik elke nacht hier kunnen komen! Ik zou ijs mee kunnen nemen en allemaal lekkere dingen. We zouden het hartstikke leuk kunnen hebben! Is dat niet veel beter dan dat je me hier vastgebonden gevangen houdt?"

Ronald zei grinnikend. "Nee hoor."

"Waarom niet? Alles zou veel leuker zijn, veel opwindender!"

"Dan had ik je niet meer voor mezelf alleen. Nu ben je helemaal van mij."

"Laten we dan samen weggaan. Laten we naar Berkeley gaan, dan kunnen we net zo gaan leven als de hippies! Niemand zou ons ooit vinden."

"Geen geld."

"Ik zou wel aan geld kunnen komen — op de een of andere manier. Ik kan gaan werken! Of ik kan het stelen! Alles zou beter zijn dan dit krappe kamertje."

"Dat weet ik zo net nog niet. Dit is Atranta."

"Als je een boek over Atranta zou schrijven, wil ik wedden dat je het voor veel geld kon verkopen. Je zou beroemd worden en ik zou trots op je zijn."

Ronald knikte bedachtzaam. "Daar heb ik weleens aan gedacht."

Barbara meende te bespeuren dat zijn houding wat vriendelijker werd. "Ik zou het niet erg vinden om van huis weg te gaan. Het lijkt me juist leuk — met jou dan. Je weet hoe het hier de afgelopen tijd was — iedereen beschuldigt me van dingen die ik helemaal niet heb gedaan. En m'n ouders zijn veel te streng. Ik mag nooit doen wat ik graag wil. We zouden zo'n lol kunnen hebben, jij en ik — maar niet hier."

"Ik heb nu ook lol," zei Ronald. "Jij dan niet?"

"Niet aldoor. Ik vind dat touw verschrikkelijk. Ik word er zenuwachtig van."

Ronald grinnikte. "Zo wil ik het ook hebben."

"En dan nog iets — we hebben niet erg veel te eten. En we hebben geen manier om aan meer te komen. Moet je je eens indenken wat een lekkere dingen we konden eten wanneer we ergens anders naartoe gingen. Biefstuk en spareribs van de barbecue en hotdogs met mosterd en gebraden kip met patatjes en milkshakes."

Ronald likte zijn lippen af. "Voor al die dingen heb je geld nodig."

"We kunnen naar Lake Tahoe gaan en werk zoeken in een van de hotels daar, of je kon een baantje bij een benzinestation zoeken."

"Ik hou niet van dat soort werk."

"Van wat voor werk hou je dan wel?"

"Weet ik niet. Ik heb er nooit erg over nagedacht. Ik denk dat ik wel graag kunstenaar zou worden."

"Je hebt er in ieder geval aanleg voor. Misschien is er wel een kunst-academie in Lake Tahoe. In Berkeley zijn er vast een heleboel."

"Voor al die dingen is geld nodig."

Barbara zei maar niks meer. Misschien zou een van die belachelijke ideeën Ronald als doenlijk voorkomen, misschien kon ze hem verlokken om de wijde wereld in te trekken. En dan — zou ze er als een speer vandoor gaan! Naakt, met kleren aan, maakte niet uit, ze zou de straat uitrennen, door het stadscentrum — geeft niet waar, zolang ze maar vrij was!

Ze hoorde de telefoon rinkelen. Haar moeder nam op. Barbara kon het gesprek niet echt volgen, maar blijkbaar was er iemand van school aan de telefoon. Haar moeder gaf een beleefde maar korte uitleg en besloot het gesprek zo snel mogelijk.

Ondertussen had Barbara iets geweldigs bedacht. "Ronald!"

"Sst! Niet zo hard! Niet meer zo schreeuwen!"

Barbara ging met een zachte stem verder: "Ik kreeg net een geweldig idee."

Nors fluisterend vroeg Ronald: "Wat voor idee dan?"

"Nou, jij zei toch dat we geen geld hadden. Ik weet hoe we dat probleem kunnen oplossen."

"Hoe dan?" Ronalds stem klonk toegeeflijk, maar wel een beetje sceptisch.

"Stel dat we, laten we zeggen naar Lake Tahoe zouden liften, of naar Berkeley. Dan kon ik naar huis bellen en zeggen dat ik geld nodig had voor een noodgeval. Ik weet dat m'n vader en moeder het me zouden sturen." Barbara wachtte tot Ronald zou reageren. Hij zei niets. Barbara fluisterde enthousiast: "Dan hadden we genoeg geld om van te leven."

Ronald fluisterde hees: "Ik wil hier niet weg."

"Maar waarom niet? Denk er eens aan hoe fijn de wijde wereld is?"

Ronald grinnikte. "Die is niet echt. Atranta is echt. En Atranta is hier."

"Nee Ronald! Atranta is in jouw binnenste. Je neemt het overal met je mee en dan kun je prachtige boeken schrijven zoals de boeken over Oz."

"Die zijn voor kinderen," zei Ronald laatdunkend.

"Nee! Iedereen leest ze. En de schrijver is steenrijk geworden. Jij kan ook rijk worden. Het enige wat je hoeft te doen is over Atranta schrijven en er mooie tekeningen bij maken. En ik zou je helpen! Ik wil ook wel rijk worden."

Ronald maakte een geluid dat het midden hield tussen snuiven en proesten. "Wat zou je dan doen?"

"Typen. Huishouden. Van alles."

"Ha!" snoof Ronald. "Zal ik je eens wat vertellen? Ik vertrouw jou niet."

Barbara was even stil. "Niks wat ik zeg lijkt iets uit te maken. Ik zou zelf graag in Berkeley willen gaan wonen, of in Mexico."

"Zonder paspoort laten ze ons niet over de grens."

"In Arizona is het ook erg mooi. Mijn grootmoeder woont in Scottsdale. Trouwens, daar bedenk ik nog wat. We kunnen bij háár gaan wonen. Ze heeft een schitterend huis en ze zal blij zijn om ons te zien."

Ronald lachte een beetje uit de hoogte, als om de capriolen van een jonge hond. "Zodra ze ons zag zou ze meteen je ouders bellen."

"Als we haar vroegen om dat niet te doen, zou ze het vast niet doen. En al zou ze bellen — wat dan nog? Ik zeg gewoon tegen m'n ouders dat ik voorlopig niet naar huis wil."

"Hmpf. En dan?"

"Weet ik niet. Misschien kan m'n oma je helpen om je in te schrijven op een kunstacademie, als ik het haar vroeg."

"Is ze rijk?" Ronald raakte toch een beetje geïnteresseerd.

"Behoorlijk, ja. Ze bulkt van het geld."

Ronald draaide zijn hoofd af en staarde naar de kaart aan het plafond.

Barbara hield haar adem in. Maar Ronald zei niks. Barbara begon te beven. Wat zou ze doen wanneer Ronald haar zielige listen doorzag? Wat moest ze dan beginnen? Iets, een of andere manier — maar wat? Hij bleef aldoor zo dicht bij haar, was aldoor veel te achterdochtig. Terwijl haar maag zich omdraaide wrong ze haar gezicht in een guitige lach. "Heb jij geen honger? Ik zou wel een cheeseburger met patat lusten."

"Sst! Niet zo hard praten!"

"Volgens mij is m'n moeder de deur uit."

"Ik heb de deur niet dicht horen vallen." Ronald luisterde. Het huis leek inderdaad wel erg stil. Hij ging door zijn kijkgaatjes loeren. In die paar seconden dat zijn aandacht was afgeleid had Barbara kunnen schreeuwen, maar als haar moeder inderdaad de deur uit was, wie zou het dan kunnen horen? En zelfs als haar moeder wel thuis was, dan kon Ronald alle kwaad dat hij in de zin had al doen voor zij had uitgevist waar het gegil vandaan kwam.

Ronald draaide weg van het kijkgaatje in de eetkamer. "Ze zit een brief te schrijven."

"Vast naar m'n oma."

Het interesseerde Ronald maar matig. Hij kwam weer op het ledikant zitten en begon Barbara aan te raken — hier, daar, en overal, verrukt en verwonderd, alsof hij zelfs nu nog maar amper kon geloven welk geluk hem ten deel was gevallen. Barbara lag erbij met een versteend gezicht, maar toen dwong ze zichzelf om te ontspannen. Ronalds achterdocht zou alleen maar erger worden als hij iets van haar afkeer merkte.

Om vier uur kwamen Ellen en Althea thuis en Marcia moest hun vertellen dat Barbara nog steeds zoek was.

Het avondmaal werd zwijgend en somber genuttigd. De meisjes wasten af en maakten daarna aan de eettafel hun huiswerk. Ben en Marcia zaten apathisch naar de televisie te staren.

Rond halfnegen gingen Ellen en Althea naar boven naar bed. Een uur later gingen ook Ben en Marcia. Ronald deed vrijwel meteen het geheime deurtje open en tuurde uit de provisiekast de keuken in. Hij keek achterom naar Barbara en ze kon zijn gedachten bijna lezen. Hij deed het deurtje dicht en zei nors: "Ik ga er een minuutje of zo op uit, maar ik kan beter eerst alles zekeren." Hij bond Barbara met polsen en enkels aan het ledikant en stopte een prop in haar mond. Barbara bleef stokstijf liggen, versteend door de overtuiging dat Ronald veel te achterdochtig was om zich ooit uit zijn hol naar buiten te wagen, niet naar Berkeley, niet naar Lake Tahoe, helemaal nergens heen. Al haar gevlei en geslijm was voor niks geweest. Hij had haar voorstellen misschien op een trage manier theoretisch overwogen, maar hij zou nooit de vrije wijde wereld willen riskeren. Nooit.

Ronald kroop de keuken in en kwam terug met een ui, twee plakken koud gehaktbrood, brood en boter, een kopje melk, twee stengels bleekselderie, een wortel en een flinke portie ijs. Dit was meer dan hij

normaal gesproken nodig had, maar nu waren er twee monden te voe-
den, voorlopig tenminste.

Hij maakte Barbara los en bespeurde haar moedeloosheid. Het
maakt natuurlijk niks uit, maar hij zei op een overdreven vrolijke toon:
"Kijk eens. Eten! Mmm. Eet eerst gauw je ijs op anders wordt het koud."

"Ik heb niet zo'n honger."

"Nou, eet dan alleen de wortel en een selderiestengel. Dat is goed
voor je teint, weet je."

"M'n teint kan me niks schelen." Tranen begonnen over Barbara's
wangen te lopen. "Ronald, laat me alsjeblieft gaan. Ik wil hier niet meer
blijven. Ik voel me vreselijk benard en benauwd. Alsjeblieft, laat me
gaan!"

Ronald die het ijs zat op te eten, keek haar stomverbaasd aan. "Je
wilt weg? Terwijl we het zo leuk hebben? Dat snap ik niet."

"Ik wil evengoed weg. Wil je dan niet dat ik gelukkig ben?"

"Tuurlijk wel. Maar ik weet wel hoe ik je gelukkig kan maken."

"Mag ik dan gaan? Ik vertel mijn gezinsleden gewoon dat ik besloot
om toch maar weer naar huis te gaan. Ik beloof dat ik niks over jou zal
vertellen. Eerlijk waar, Ronald. Alsjeblieft!"

Ronald fronste zijn voorhoofd. "Hier word ik helemaal niet vrolijk
van. Ik dacht dat we goede vrienden begonnen te worden. Jij was helemaal vol van Berkeley en Lake Tahoe en je oma. En nu wil je weg."

"Ik wil hier gewoon niet langer blijven. Als je me laat gaan is dat
voor ons allebei beter."

"Ha!" zei Ronald. "Je gaat het meteen aan je ouders vertellen."

"Nee, Ronald, ik beloof dat ik dat niet zal doen. En we kunnen toch
evengoed vrienden blijven."

Ronald had het ijs op. "Je bent zo mooi, vooral wanneer je helemaal
over je toeren bent. En je hebt zo'n beeldig figuur. Je bent van top tot
teen schattig."

"Dank je wel voor de complimenten, Ronald. Maar..."

"Geen gemaar meer. Geef me een zoen."

Barbara legde haar hoofd op zijn schouder. "Als we het gedaan hebben mag ik dan gaan?"

Ronald schudde lachend zijn hoofd. "Ik vind het veel te fijn om je
hier bij me te hebben."

"Ik zou je iedere dag opzoeken, Ronald! Ik ben uit school altijd vroeg thuis!"

"Nu praten we niet meer."

Barbara zuchtte en haalde diep adem om de bijna overweldigende druk van de op de loer liggende hysterie te overwinnen. Ronald ging aan de slag en zij bleef stil liggen terwijl de tranen over haar wangen rolden.

Eindelijk liet Ronald zijn dikke lijf van haar afrollen. Barbara schoof naar de buitenkant van het ledikant omdat ze de ruimte tussen Ronald en de wand veel te krap vond. Ronald protesteerde niet, maar hij bleef haar met half geloken ogen gespannen in de gaten houden. Na een tijdje werd hij slaperig en zijn blik dwaalde af. Zijn ogen vielen af en toe dicht. Barbara deed haar eigen ogen dicht en deed net of ze sliep.

Ronalds ademhaling ging over in regelmatige, lange, diepe teugen. Barbara draaide langzaam haar hoofd om en keek naar het geheime deurtje. Verdraai de klink, duw het deurtje open en glip erdoorheen. Ze luisterde naar Ronalds ademhaling. Hij sliep.

Zachtjes en voorzichtig begon ze te bewegen: eerst één been op de vloer laten zakken, dan een arm. Ronald lag rustig te slapen. Barbara liet zich langzaam en voorzichtig van het ledikant glijden. Ze deed een stap in de richting van het geheime deurtje. Ze bukte en verschoof de knip. Ze duwde het deurtje open en de scharnieren piepten zachtjes. Ze bleef een halve seconde verstijfd staan, duwde het toen helemaal open en kroop erdoorheen. Een hand greep haar bij haar enkel. Ze hoorde Ronalds stem: een sissende keelklank die ze nog nooit had gehoord. "Vuile verraderlijke teef!"

Boven schoot Ben Wood recht overeind in zijn bed. Marcia zei: "Hoorde je iets?"

"Ik had durven zweren dat ik een gil hoorde."

"Ik hoorde het ook. Of ik dacht dat ik het hoorde. Ik sliep half."

"Weet je, het klonk net als Babs."

Marcia lachte weifelend. "Het was vast Ellen of Althea die een nachtmerrie had."

Ben sprong z'n bed uit. Hij liep naar Ellens kamer en deed de deur open. "Ellen? Alles in orde?"

"Hè? Watte?"

"Niks aan de hand. Ga maar weer slapen."

Hij ging ook bij Althea kijken, met hetzelfde resultaat. Hij liep over de overloop naar de trap en ging staan luisteren.

Stilte.

Hij liep terug naar de slaapkamer. "De meiden lagen te slapen…Het moet onze verbeelding geweest zijn."

"Maar het klonk wel echt als Babs," zei Marcia. "Het geluid galmt nog in m'n oren."

Ben bleef besluiteloos staan en vroeg zich af wat hij kon doen. Traag kroop hij weer in bed. "Het leek verdomd veel op Babs…Komt zeker doordat we aldoor aan haar moeten denken…Op een goeie dag komt ze vast weer bij ons terug."

Marcia lag te huilen. Ben sloeg zijn arm om haar heen en hield haar tegen zich aan. Marcia zei: "Waar ze ook is, ik hoop maar dat ze niet eenzaam is, of bang."

Hoofdstuk XV

Zaterdagochtend was het grijs en vochtig. Om negen uur begon het te regenen. Ben en Marcia en de twee meisjes zaten pas laat aan de ontbijttafel. Niemand had goed geslapen en Althea klaagde over nachtmerries die ze zich niet helemaal meer kon herinneren. "Ik was ergens ver weg in een vreemd landschap. Ik kon niet erg goed zien vanwege de duisternis maar het leek wel helemaal uit steen en rotsen te bestaan en er stond een harde, koude wind — ik was er in ieder geval nog nooit geweest. Om de een of andere reden moest ik een pad volgen en dat wilde ik niet, maar het moest... ik herinner me de wind en roepende stemmen in de verte. En daarvoor was er nog iets, vreselijk treurige muziek, of misschien was het de wind wel." Althea schudde haar hoofd. "Ik herinner het me niet meer. Het is in m'n hoofd allemaal door elkaar geraakt, maar het was wel allemaal vreemd en treurig."

Ben zei: "Misschien was het wel..." toen zweeg hij. "Ik kwam rond middernacht even bij je kijken en je lag er vredig genoeg bij."

"Dromen zijn zo vreemd." mijmerde Ellen. "Psychologen zeggen dat ze voortkomen uit angsten en geheime verlangens. Maar ik denk dat er meer aan vast moet zitten."

"Primitieve volkeren denken dat dromen echt zijn," zei Marcia. "Ze geloven dat de ziel het lichaam verlaat."

Ben moest niets hebben van deze opvatting. "Daarom denken ze zo: omdat ze primitief zijn."

"Toch weten ze over deze dingen net zo veel als wij."

"Misschien wel veel meer," zei Althea.

Ben schudde zijn hoofd. "Niet noodzakelijkerwijs. Een computer is bijvoorbeeld een stuk minder ingewikkeld dan een mensenbrein, en toch raken de schakelingen van computers voortdurend in de war. Primitieve volken weten niks over computers of schakelingen met bugs. Het enige wat ze weten is wat ze zien en voelen en ze verklaren dingen op basis van wat ze weten."

"Misschien zijn onze breinen wel geen computers," zei Ellen zacht. "Misschien gedragen ze zich net vaak genoeg als computers om wetenschappers voor de gek te houden."

"Hmpf," zei Ben. "Dat zijn wel een heleboel misschiens."

"Ik weet dat er bij mij in ieder geval aldoor twee geesten aan het werk zijn," zei Althea. "Soms laat ik de geest die de baas is een beetje ontspannen, gewoon om te zien wat de ander dan gaat doen, en dan gebeuren er erg interessante dingen. Het is een leuk spelletje wanneer je niks anders omhanden hebt."

"Er zijn ook een heleboel moderne schilders die zo hun schilderijen maken," zei Ben. "Jammer genoeg ben ik niet in hun ziel geïnteresseerd, net zomin als zij dat in de mijne zijn."

"Wat is een 'ziel' eigenlijk?" vroeg Ellen ernstig. "Bestaat er wel zoiets?"

Ben haalde zijn schouders op. "Sommigen zeggen van wel, maar anderen zeggen van niet."

"Er gebeuren zoveel eigenaardige dingen," zei Althea. "Dingen die niemand kan verklaren."

Marcia zuchtte en ging op een ander onderwerp over. "Is er vandaag een footballwedstrijd? Zal wel beroerd spelen zijn in die nattigheid."

"De wedstrijd is bij Barnett," zei Ellen. "Ik heb er helemaal geen zin in, vooral niet in de regen."

"Waar is al jullie schoolchauvinisme gebleven?" vroeg Ben in een zwakke poging om een lolletje te maken.

Ellen liet haar half berouwvolle lachje zien. "Ik ben een vluchteling van Los Gatos High. Ik ga hier alleen maar heen om m'n diploma te halen."

"Ik ga ook niet naar de wedstrijd," zei Althea. "Ik ben van plan om thuis te blijven en het eerste deel van Gormenghast uit te lezen."

"*Wat* ga je lezen?" vroeg Ben Wood.

"*Titus Groan*. Het is een boek over een vreemd oud kasteel en de mensen die erin wonen. Ik vind dat ik nogal op Fuchsia lijk. Dat is een mooi, eenzaam meisje dat graag op zolder zit te peinzen, waar de Groans al hun oude spullen bewaren."

"Fuchsia en jij zouden een mooi span zijn," zei Ben. "Twee van die malle meiden."

"Gevoelige, sombere Fuchsia."

"Wat gebeurt er met haar?" vroeg Ellen.

"Weet ik niet. Ik ben nog maar halverwege."

"In de kerstvakantie ga ik *À la recherche du temps perdu* lezen," zei Ellen. "Ik ben dat stellig van plan, wie me ook gaat uitlachen."

Ben Wood liet een droevig lachje horen, maar hij zei niets. Iedereen wist waar zijn gedachten heen gedwaald waren. Twee weken geleden had het gezin nog plannen gemaakt om in de kerstvakantie naar Arizona te gaan. Maar nu Barbara zoek was, was zo'n reisje ondenkbaar.

Om twaalf uur gingen Ben en Marcia boodschappen doen. Duane Mathews belde en een halfuur later arriveerde hij zelf. Ellen maakte gegrilde kaasbroodjes en warme chocola en het drietal at hun middagmaal op in de eetkamer. Duane had zijn baan bij het benzinestation opgezegd en hij wist eigenlijk niet wat hij nu zou gaan doen. Hij vertelde nogal moedeloos over de druk die zijn gezinsleden op hem uitoefenden. "Pa wil dat ik bij hem in de bar kom werken. Hij wil een pizza-oven laten installeren maar alleen wanneer ik die wil beheren. Ik zou er flink mee verdienen en dan krijg ik de hele zaak wanneer pa ermee ophoudt. M'n moeder wil dat ik weer naar school ga om een opleiding te volgen. En ik — ik weet niet wat ik wil. Ik heb niet veel zin om pizzabakker te worden — maar het is natuurlijk ook gewoon maar een baan."

"Ik dacht altijd dat jij dierenarts wilde worden," zei Althea, waarmee ze er fijntjes op leek te wijzen dat er tussen de kunst van pizza's fabriceren en zieke honden beter maken maar weinig keus was.

"Dat is het idee van m'n moeder. M'n oom Ed is dierenarts in Lodi. Hij heeft een groot huis met een zwembad en een dure auto, een Lincoln Continental. M'n tante en hij vliegen ieder jaar naar Europa. In die branche is echt veel geld te verdienen."

"Maar wat wil je zelf?" vroeg Ellen. "Je hebt toch vast wel een voorkeur."

Duane trommelde met zijn vingers op het tafelblad. "Nou en of. Geen twijfel aan. Ik wil criminoloog worden."

"Criminoloog?" vroeg Althea met opgetrokken wenkbrauwen. "Waarom in hemelsnaam?"

"Daar is duidelijk gebrek aan. Als Ronald Wilby mijn zusje kon vermoorden en ongestraft kon blijven, is er ergens iets mis."

"Wat heeft de politie toen eigenlijk gedaan?" vroeg Ellen.

"Routinedingen. Ze hebben een bulletin uit laten gaan en mevrouw Wilby wat vragen gesteld. Ze hebben navraag gedaan bij het busstation en ook andere mensen gevraagd of iemand Ronald misschien had zien staan liften, en dat was het wel zo'n beetje."

"Wat hadden ze dan nog meer kunnen doen?" vroeg Althea, "Wat zou je zelf bijvoorbeeld gedaan hebben?"

"Ronalds moeder wist waar hij heen was. Zij was niet het type dat zoiets niet weet en Ronald was niet het type dat ervandoor gaat zonder dat z'n mammie hem helpt. Ze moet hem geld gestuurd hebben. Dat is het gezichtspunt dat ik gekozen zou hebben. Ik zou haar post gecontroleerd hebben, en ik zou uitgezocht hebben wat ze met haar geld deed, want ze werkte zich dood, geen twijfel over mogelijk, en waarvoor dan wel? Om geld aan Ronald te kunnen geven."

"Dat is maar een vermoeden," zei Ellen. "Hoe zou je dat kunnen bewijzen?"

"Dat weet ik niet." Duane dacht even na en zei toen bijna wrevelig: "Het maakt nu toch niet veel meer uit want de vrouw is dood. Als ik rechercheur van politie was geweest zou ik me op haar geconcentreerd hebben. Zeker weten dat ze Ronald hielp vluchten!"

Althea zei peinzend: "Toch moet je medelijden met haar hebben. Ze heeft misschien wel net zoveel geleden als jouw moeder. Misschien wel meer."

Duane knikte somber. "Dat zei m'n moeder ook al. En dat zal ook wel. Maar het recht moet toch zijn loop hebben en ze had Ronald aan de politie moeten overdragen."

Ellen dacht daar even over na. "Zou jij je zoon in bescherming nemen als hij een misdaad had begaan?"

"Ik zou hem aangeven," zei Duane. "Ik zou het niet leuk vinden, maar ik zou het toch doen. Mevrouw Wilby was een domme, zelfzuchtige vrouw. Ze was helemaal weg van die afschuwelijke Ronald en het feit dat hij in de fout ging was haar dood."

Ellen en Althea bleven een paar tellen zwijgend zitten. De telefoon ging. Ellen rende de woonkamer in en nam op. "Hallo…Ja, hij is hier nog… Arts Pompstation. Ik zal het hem vragen." Ze kwam terug naar de eetkamer. "Pap en mam hebben een lift nodig. De brandstofpomp van de stationwagen heeft het begeven."

Duane kwam overeind. "Ik weet waar dat pompstation is. Zeg maar dat we eraan komen."

Ellen en Duane vertrokken. Althea ging op de bank liggen met haar boek.

Het huis leek erg stil. Althea legde haar boek neer en luisterde naar de regen. Ze begon het jammer te vinden dat ze niet met Duane en Ellen mee was gegaan, maar dan zou er niemand thuis zijn voor het geval Barbara zou bellen. Wat zou het geweldig zijn als Barbara echt zou bellen, uit Berkeley, of San Francisco, om te zeggen dat ze naar huis wilde. Wat zou iedereen dolgelukkig zijn! Althea concentreerde zich op één gedachte: *Kom naar huis, Babs, kom naar huis!… Of bel in ieder geval op om ons te laten weten waar je bent!… Babs, Babs, Babs! Waar ben je?*

Ze bleef stil liggen, ontvankelijk en hopend op een verbinding… Niets. Niet veel, in ieder geval. Ze voelde vochtige lucht en hoorde wind suizen: een restant van de nachtmerrie van de afgelopen nacht, besloot ze. *Babs! Babs!* dacht Althea. *Kom thuis, kom thuis! We houden van je en we missen je!* En Althea bleef met gesloten ogen liggen en probeerde nergens aan te denken.

"Ik kan niet."

Althea's ogen vlogen met een verbaasde ruk open. De woorden hadden haar in kleine kristalheldere trillingen bereikt, en het leek precies Barbara's stem.

Babs! Babs! dacht Althea. *Kun je me horen? Ben jij dat? Waarom kun je niet naar huis komen?*

Stilte, op de regen, het tikken van de klok en wat gekraak van houtwerk uit de richting van de keuken na. En in Althea's hoofd niets anders dan duisternis, het waaien van de droomwind en een langzaam doordringend besef van de allertreurigste troosteloosheid die ze zich kon voorstellen.

Althea's concentratie was vervlogen en ze ontspande zich. Plotseling leek het oude huis wel vol vreemde geluiden. Althea voelde zich niet meer op haar gemak. Absurd, hield ze zichzelf voor met een minachtend lachje voor haar eigen dwaasheid. Maar ze ging rechtop zitten op de bank en vlak daarna stond ze op en liep ze naar de voordeur. Vreemd, die geluiden in het oude huis.

Althea ging buiten op de veranda staan.

De regen viel geluidloos omlaag; de lucht was zacht en koel. Althea voelde zich een stuk beter. De lucht binnen was benauwd geweest. Misschien had iemand de thermostaat te hoog gezet. Ze huiverde. Het was buiten toch iets te koel. Misschien zou het huis nu wat minder warm aanvoelen. Ze probeerde de deur en ontdekte dat ze zich had buitengesloten, en dus moest ze vijf minuten wachten tot haar ouders thuiskwamen in Duanes auto.

De dagen verstreken. De Woods wenden langzaam aan een nieuwe, nogal droefgeestige manier van leven. Niemand had het over Barbara, maar bij elke maaltijd riep haar lege plaats herinneringen op. Elke zaterdag reden Ben en Marcia naar Berkeley. Ze vertelden niet waarom, maar Ellen en Althea begrepen dat ze dan naar Barbara gingen zoeken en ze lieten boodschappen achter bij de verschillende organisaties die weglopers en zwervers hielpen.

Duane Mathews arriveerde om elf uur bij het huis met een pakket karbonades en een stokbrood. "In plaats van dat jullie mij te eten geven," zei hij tegen de meisjes, "ga ik nu eens een lunch voor jullie klaarmaken."

"Karbonaadjes als lunch?" vroeg Althea.

"Niks hoor. Broodjes met karbonaadjes van de barbecue. Ik had nog wat aardappelsalade mee moeten nemen."

"Dan maken wij die toch," zei Ellen. "Dat is zo klaar."

"Ontfermen jullie je maar over de aardappelsalade. Dan gaan we vanmiddag misschien nog even naar Steamboat Slough. Er ligt een boot aan Petes steiger waar ik naar wil kijken."

"Ik kan niet mee," zei Althea. "Ik heb Bernice beloofd om haar met haar kostuum te helpen."

"Ik kan ook niet mee," zei Ellen. "Ik moet nog een verslag schrijven: 'De redenen voor Hamlets besluiteloosheid'."

"Dat is al vaker gedaan," zei Duane.

"Niet op de manier waarop ik het ga doen. Ik heb een heel nieuwe benadering. Als Hamlet besluitvaardig zou zijn, is het toneelstuk na de derde scene al afgelopen."

"Dat is originele wetenschap, maar je krijgt vast geen erg hoog cijfer."

"Dat kan me eigenlijk niet zoveel schelen. Ik vind school zo saai. Ach, dat verslag kan ook de pip krijgen, ik ga veel liever naar Steamboat Slough."

"Eerst de aardappelsalade," zei Althea. "Ik schil de aardappelen wel dan kun jij de uien fijnhakken."

"Nou, dankjewel, hoor."

"Ik hak de uien wel," zei Duane. "Ik heb er ook wat van nodig voor de barbecuesaus."

Ellen liep naar de provisiekast. "Hoeveel?"

"Eentje maar, plus wat je nodig hebt voor de salade."

"Er zijn er nog maar drie," zei Ellen. "Iemand hier in huis is dol op uien. Mam heeft vorige week nog een hele grote zak gekocht. We moeten ook aardappels hebben — die zijn ook bijna op! Nou ja, het zal wel genoeg zijn, net aan... Alles is weer bijna op zoals gebruikelijk."

Duane braadde de karbonaadjes aan tot ze bruin waren en liet ze toen op laag vuur in de barbecuesaus verder garen terwijl de aardappels kookten.

"Een flesje bier zou hier lekker bij zijn," zei Duane. "Ik heb trouwens een kartonnetje met 6 flesjes in m'n auto."

"Haal maar," zei Ellen. "Ik ben gek op bier."

"Nou — ik zou niet graag willen dat jullie ouders denken dat ik hun dochters op het slechte pad breng."

"Dat is de put dempen als het kalf verdronken is," zei Althea. "Ik kan me niet herinneren dat ik ooit niet op het slechte pad ben geweest."

"Tja, goed dan, als jullie er zeker van zijn dat ze niet kwaad worden."

"Geen kijk op, hoor."

Het drietal was vertrokken. Het huis was stil.

In de provisiekast klonk een amper hoorbaar schraapgeluidje. In de schaduw stond een forse gestalte rechtop. Ronald sloop langzaam de keuken in. Zijn neus lokte hem naar het fornuis. Duane had een ruime portie gemaakt; in de pan lagen nog een paar karbonaadjes met een heleboel saus.

Ronald had een ontzettende hekel aan Duane en hij bleef even met een kwaaie kop stilstaan, maar toen scheurde hij een brok stokbrood af, smeerde er een dikke laag margarine op en viel aan op de karbonaadjes. Ineens herinnerde hij zich de aardappelsalade en hij deed de koelkast open en schepte een flinke berg op. De meisjes zouden zich toch niet meer herinneren of er een liter of een kopje vol was overgebleven. Het was de beste maaltijd die hij in dagen had gehad! Hij besloot met een portie vanille-ijs in een plas chocoladesaus, bekroond met plakjes banaan, gehakte nootjes en een forse toren spuitslagroom. Onzegbaar verrukkelijk, vond Ronald. Met spijt besloot hij toch maar geen tweede portie te nemen, en hij ruimde de bewijsstukken van zijn maaltijd op. Toen liep hij de woonkamer in waar hij bij het raam ging staan.

Bernice en Wallace Thurston waren de dochter en de zoon van de Methodistendominee. Althea vermoedde dat het oude gezegde over domineeskinderen wel degelijk op waarheid berustte. Zij had nooit iets buitensporigs met ze meegemaakt, maar ze straalden een sfeer van opwinding en kattenkwaad uit waardoor ze interessant gezelschap waren. Althea vond Wallace nogal aantrekkelijk en hij leek haar ook graag te mogen en ze hoopte dat hij haar mee uit zou vragen. Vandaag zou ze haar uiterste best doen om met hem te flirten zonder hem af te schrikken met haar verstand.

Maar vandaag zat het lot haar tegen. De pianoleraar van Bernice had zijn schema omgegooid en de les van Bernice was naar drie uur verschoven. Mevrouw Thurston voelde er niets voor om Wallace en Althea alleen in haar huis achter te laten en dus zette ze Althea op weg naar de pianoles thuis af.

Althea die een beetje de pest in had over de overdreven fatsoensnormen van mevrouw Thurston, hoopte dat Wallace haar zou bellen; ze had er zelfs min of meer op gezinspeeld. Ondertussen kon ze dan haar nagels doen en wat lezen voor Engelse literatuur.

De sleutel lag op zijn gebruikelijke plek. Ze maakte de deur open en ging naar binnen.

Om vijf uur kwamen Duane en Ellen terug uit Steamboat Slough. Het huis leek leeg. Op de eetkamertafel vond Ellen een briefje.

Lieve allemaal,

Toen jullie weg waren kreeg ik bericht van Barbara, en ik ga met haar praten. Ik heb beloofd dat ik niet zou vertellen waar ze is, dus ik kan geen bijzonderheden geven.

Maak je over mij maar geen zorgen, met mij gaat het goed.

Liefs, Althea.

HOOFDSTUK XVI

"Dat geloof ik niet," zei Ellen. "Dat geloof ik gewoon niet!"

Duane griste de brief uit haar handen en staarde ernaar alsof hij de raadselachtige zinnen extra informatie wilde afdwingen. "Als Althea erachter was gekomen waar Barbara was, zou ze dat nieuws dan geheimhouden — wat ze dan ook had beloofd? Zou jij dat doen?"

"Nee," zei Ellen. "Ik geloof niet dat ik dat zou doen. En volgens mij heeft zij dat ook niet gedaan."

"O nee? Waarom denk je dat?"

"Kijk maar eens naar het handschrift."

"Wat is daarmee? Heeft Althea dat niet geschreven?"

"O, Althea heeft het wel geschreven. Maar het leunt achterover. En zo schrijft Althea nooit."

Duane bekeek nogmaals het briefje. "Hoe laat komen je ouders thuis?"

"Ik weet het niet. Ik verwacht eigenlijk dat ze de hele dag wegblijven."

"Dan kun je maar beter de politie bellen."

Ellen belde het politiebureau van Oakmead om Althea's verdwijnen aan te geven. Ze zei tegen Duane: "Ze waren er niet blij mee."

"Dat kan ik me wel voorstellen. Ze hebben de eerste nog niet eens gevonden. Wie woont er naast jullie?"

"De Schumachers en de Boltons."

"Dan gaan we eerst maar eens met de buren praten."

Ronald draaide weg van de wand en keek hooghartig op Althea neer. "Je hebt me dus voor de gek proberen te houden, hè? Je hebt je handschrift verdraaid."

Althea zei niets.

Ronald deed zijn mond al open om een sarcastische opmerking te maken, maar bij nader inzien deed hij hem weer dicht; waarom zou hij de moeite nemen? Deze meiden waren geen van allen te vertrouwen, ze zeiden het één en ze deden het ander. Toch had hij van Althea zo'n goedkope truc niet verwacht; hij had gedacht dat ze op de een of andere manier anders zou zijn. Maar ze was veel kouder en gespannener dan Barbara, en ze had nog geen woord over de Atranta tekeningen gezegd. Tja, het zij zo. Als ze niet aardig tegen hem was, ging hij tegen haar ook niet aardig doen. Zo ging het toe in de wereld en daar kon ze maar beter vroeg achter komen dan laat. Met een pompeuze stem, waarin hij precies de juiste hoeveelheid waardigheid en zijdeachtige dreiging legde, zei hij: "Probeer me alsjeblieft niet meer te bedriegen."

Noch de Schumachers, noch de Boltons hadden zelfs maar gemerkt dat Althea thuis was gekomen.

Ellen belde het huis van Thurston. Wallace nam op. "Althea? Die is tegen drie uur hier vertrokken met m'n moeder en Bernice. Is ze er dan niet?"

"Ze zal wel naar de stad zijn." Ellen hing op en keek weer naar Duane. "Ze is rond drie uur bij de Thurstons vertrokken."

"En nu is het vijf uur. Inmiddels kan ze wel overal zijn…Ik weet dat die brief niet in orde is. Maar louter voor de piepkleine kans dat hij wel klopt, zouden we naar de snelweg moeten gaan om haar te zoeken. Als ze aan het liften is, staat ze daar misschien nog ergens."

"Althea gaat niet liften. Ze zou nog geen tien meter met een vreemde meerijden. Wacht even." Ze rende naar boven en holde Althea's kamer in, om daarna heel wat langzamer de trap weer af te lopen. "Haar geld is er nog."

"Net als dat van Barbara."

De politie arriveerde. Ze bekeken het briefje en luisterden naar alles wat Ellen hun te vertellen had. "Dus jij denkt dat dat briefje niet echt is?"

"Ik weet dat het niet echt is. De letters leunen achterover en het klinkt helemaal niet als Althea. Dit is niet de manier waarop zij praat of denkt."

De agent knikte sceptisch. "Tja, ik zal een bericht op de telex zetten. Waar zijn jullie ouders?"

"Die zijn naar Berkeley om naar Barbara te zoeken."

"En terwijl zij weg zijn verdwijnt er nóg een. Geweldig." De agent bekeek de brief. "Ik neem aan dat jullie hier met je handen aan gezeten hebben?"

"Ehh, ja. We hebben helemaal niet aan vingerafdrukken gedacht."

"Hmm. Gewoon schrijfmachinepapier."

Duane was inmiddels tamelijk ongedurig geworden. Hij vroeg: "Kunnen jullie niets doen, in plaats van hier een beetje vragen staan stellen?"

"Knul, als ik wat kon bedenken dat we konden doen, deed ik het. Het enige dat ik kan bedenken is dat het eerste meisje naar een van die hippiecommunes aan de rivier is vertrokken en dat de ander haar gezelschap is gaan houden. Ik kan die vestigingen na laten trekken en zoals ik al zei, zal ik een bericht op de telex zetten."

"Dat is verspilde moeite! Iemand heeft haar ontvoerd, precies zoals Barbara ontvoerd is!"

"Tja, dat lijkt me niet onmogelijk en ik ga het opnemen met commissaris Davis. We gaan in ieder geval ons best doen."

De agent vertrok. Het huis leek naargeestig en koud en stil. Ellen begon te huilen. Duane sloeg zijn arm om haar heen en klopte haar op haar hand.

"O, Duane, wat moeten we beginnen? Ik kan het niet verdragen om het aan pap en mam te moeten vertellen."

"Kom, we gaan naar buiten om haar te zoeken," gromde Duane. "Dat is beter dan hier maar niets te blijven doen. Laat een briefje achter. Zeg dat we zo gauw we kunnen terugkomen."

Ellen krabbelde een briefje en legde dat naast de brief van Althea, en toen holden ze met zijn tweeën de voordeur uit en het huis viel weer stil.

Ronald maakte de lus rond Althea's nek wat losser. "Nu kunnen we praten, maar wel zacht. Om te beginnen hoef je niet zo bang te zijn, ik zal je niet bijten. Het enige wat je hoeft te doen is precies doen wat ik zeg! En dat betekent geen geluid! Geen kabaal! Geen geschreeuw! Heb je dat begrepen?" Ronald ging een dreigend toontje hoger praten. "Ik zei, heb je dat begrepen?"

Althea knikte. Schor fluisterend vroeg ze: "Waar is Barbara?"

Ronald glimlachte, een arrogante, neerbuigende lach. "Ze was hier tot het haar ging vervelen. Op een nacht dat jullie allemaal sliepen is ze weggelopen. Ze zei dat ze naar Lake Tahoe ging. Ze wilde een beetje lol maken voor ze weer naar huis ging."

"En hoe zit het met mij?" vroeg Althea met trillende stem. "Wat ga je met mij doen?"

"Maak je daar maar geen zorgen over," zei Ronald. "Na een tijdje kun je weggaan — als je belooft om mijn geheim te bewaren."

"Laat me dan nu gaan! Alsjeblieft!"

Ronald schudde lachend zijn hoofd. "We hebben een heleboel om over te praten. Barbara was niet zo'n prater."

Althea staarde hem verbijsterd aan. Ze flapte eruit: "Wie ben jij?" Maar nog terwijl ze dat vroeg knalde de wetenschap haar hoofd binnen. Dit was Ronald Wilby. Ronald Wilby de moordenaar!

Ronald antwoordde op vriendelijke, bijna geaffecteerde toon: "Hoe ik heet is niet belangrijk. Noem me maar Norbert." Hij gebaarde naar de wanden. "Wat vind je van de sfeer hierbinnen?"

Althea keek niet begrijpend rond naar de versiering. "Wil je me niet laten gaan? Alsjeblieft! Ik wil hier niet blijven!"

Ronalds wenkbrauwen zakten omlaag in een vorstelijke frons. Althea zag dat ze de verkeerde benadering had gekozen.

"Jij blijft hier tot ik je wil laten gaan," zei Ronald. "En laten we één ding even heel duidelijk maken. Jij gedraagt je. Ik ben van nature een vriendelijk mens, maar ik kan geen risico nemen. Eén kik van jou wanneer er iemand in het huis is, en ik moet een ruk aan dat touw geven… Kijk maar!" Ronald trok aan het losse eind van het touw. De lus werd een halve steek, amper ruim genoeg om er een vinger doorheen te steken. Althea staarde er ontzet naar.

Barbara was heel wat handelbaarder geweest, sneller van begrip ook, bedacht Ronald. Ze was ook minder opstandig geweest en minder, tja, zeg maar zenuwachtig, ook al was ze de jongste. Althea had nog al haar kleren aan. Het zou leuk zijn om die kleren een voor een uit te trekken. Maar eerst moest hij er volstrekt zeker van zijn dat ze wist wat er van haar werd verwacht. Op nonchalante toon vroeg hij: "Snap je nu wat er met je gaat gebeuren als je geluid maakt?"

Althea staarde hem zwijgend aan alsof ze van haar verstand beroofd was.

Ronald sloeg een hardere toon aan. "Zeg alsjeblieft dat je begrijpt waar ik het over heb."

Althea wist een hoofdknik op te brengen. Ronald ontspande zich een beetje. "Ik wil eigenlijk graag met je bevriend raken," zei hij. "We zullen hier met zijn tweeën wonen tot jij beslist dat je wilt vertrekken —"

"Ik wil nu meteen vertrekken!"

"— en ik beslis dat ik je wil laten gaan."

Althea fluisterde: "Vertel me waar Barbara is."

"Dat heb ik je al verteld. Ze is naar Lake Tahoe vertrokken. Dat zei ze tenminste toen ze wegging. Ze beloofde om niemand iets over mij te vertellen en ik neem aan dat ze haar belofte heeft gehouden. Jij zult hetzelfde moeten doen."

Althea begon te huilen. "Ik beloof om niks te vertellen. Maar laat me alsjeblieft nu gaan! Wees alsjeblieft aardig voor me. Ik wil hier niet blijven!"

"Jammer dan," zei Ronald met een grimmige grijns. "Na een tijd ga je het wel leuk vinden."

Althea schudde haar hoofd. "Begrijp je niet dat je enorm in de problemen zit wanneer de politie je te pakken krijgt?"

"*Als* de politie me te pakken krijgt — wat niet erg waarschijnlijk is. Ik zit hier al — nu ja, al heel erg lang. Ik heb de geschiedenis van Atranta geschreven. Lijkt je dat niet interessant?"

"Ik heb er nog nooit van gehoord."

"Het is een magisch rijk. Die mannen," wees Ronald, "zijn de zes hertogen en dat zijn hun kastelen. Het meisje is Fansetta. Zij is niet helemaal goed gelukt. Misschien wil jij wel voor me poseren. Ze hoort er eigenlijk zo ongeveer uit te zien als jij."

Die laatste opmerking was door Ronald ter plekke verzonnen, maar het was wel waar. Barbara paste nooit helemaal bij het beeld; zij was te fris en te oplettend. Althea had meer de kwaliteit van een bedachtzame fee. Ze was duidelijk gevoeliger en ze had meer fantasie, en wie weet was ze ook hartstochtelijker. Barbara's reacties waren niet erg opwindend geweest; ze bleef gewoon maar liggen. Ronald hield zijn hoofd schuin. "Er komt iemand aan." Hij bond de lus om haar hals, met het ene uiteinde aan de haak en het andere eind om zijn hand gewikkeld. "Denk eraan! Geen kik. Of er overkomt je iets wat je helemaal niet leuk zal vinden."

Althea deed haar ogen dicht en liet de tranen onder haar oogleden uit rollen. Barbara in Lake Tahoe? Was het maar waar! Ze huiverde en Ronald wierp haar een vermanende blik toe. "Stil," siste hij.

Ben en Marcia stapten het huis in, hongerig, afgetobd, doodop en prikkelbaar. Ze lazen de twee briefjes en staarden elkaar wanhopig aan. Ben beende de woonkamer in en belde de politie, die hem verzekerde dat alle mogelijke stappen werden ondernomen. Ben wilde tieren en dreigen en tekeergaan, maar hij kon niets verstandigs bedenken om te zeggen.

Na enige tijd kwamen Ellen en Duane terug, Ellen helemaal ontmoedigd en Duane ziedend van stille woede. Tot laat in de avond zaten ze samen aan de eetkamertafel verbijsterde veronderstellingen te formuleren. Duane ging om halftwaalf naar huis en Ellen liep met hem mee naar de veranda. Duane kuste haar en hield haar even dicht tegen zich aan, en Ellen die Duane nooit had aangemoedigd om zich openlijk te uiten, ontspande zich en liet zich troosten. Duane fluisterde fel: "Je moet me één ding beloven! Dat je, wat er ook gebeurt, nooit in je eentje op zoek zal gaan naar Barbara of Althea zonder het mij te vertellen."

"Dat beloof ik," zei Ellen.

"Wat er ook gebeurt?"

"Wat er ook gebeurt."

"Er is hier iets ontzettend eigenaardigs aan de hand," mompelde Duane. "Als ik meer hersens had kon ik het uitpluizen. Ik ben tenslotte degene die crimineel wil worden."

Ellen maakte zich van hem los. "Ik kan maar beter naar binnen gaan — anders gaan mam en pap zich over mij ook nog zorgen maken."

De volgende dag was het zondag. Ben Wood belde het politiebureau. Howard Shank had die dag vrij en Ben Wood liet een bericht voor hem achter. Een uur later belde Shank terug en Ben vertelde hem over het verdwijnen van Althea. "We vinden het gewoon ongelooflijk," verklaarde Ben. "Althea zou absoluut zeker weten nooit in haar eentje vertrokken zijn. Nog veel minder kans op dan bij Barbara."

"Zelfs niet als Barbara haar had opgebeld en had gevraagd of ze wilde komen?"

"Dan had ze in ieder geval meer gegevens voor ons achtergelaten."

"Lees het briefje nog eens voor."

Ben Wood deed het. Shank vroeg: "Ik neem aan dat iedereen in huis die brief in handen heeft gehad?"

"Helaas wel, ja."

"En ze heeft haar geld niet meegenomen?"

"Ze heeft niks meegenomen, behalve dan de kleren die ze aanhad toen ze naar het huis van haar vriendin ging."

"Hmm. Dit is een ongebruikelijke toestand, dat moet ik toegeven… Ik kan maar beter even bij jullie langskomen."

Ben Wood lachte wat beverig. "Ik weet hoezeer u uw vrije uren op prijs moet stellen, maar wij zijn echt ten einde raad."

"Die uren krijg ik wel gecompenseerd, hoor."

Howard Shank arriveerde. Hij keek in Althea's kamer, hij wandelde het hele huis door op zoek naar sporen en aanwijzingen, hij reed naar het huis van dominee Thurston en stelde vragen aan Wallace en aan Bernice. Vervolgens bezocht hij de Schumachers en de Boltons, en toen Kathy Schmidt en Ernestine Long, meisjes met wie Althea bevriend was. Overal trof hij dezelfde totale afwezigheid van informatie aan.

Iedereen gaf ongeveer dezelfde beschrijving van Althea: een rustig, vrolijk meisje, met iets te veel fantasie en een beetje dromerig. Niemand beschouwde haar als avontuurlijk of bijzonder resoluut, en niemand kon zich serieus voorstellen dat Althea vrijwillig van huis zou weglopen, tenzij daartoe gedwongen door een vreselijk noodgeval — en noch de tekst van haar briefje, noch de toon gaf aanleiding om dat te denken.

"Op grond van deze uitgangspunten," zei Shank tegen de Woods, "moeten we wel aannemen dat ze ontvoerd is."

"Dat heb ik u ook al verteld toen Barbara verdween!" gromde Ben Wood met een onverwacht norse stem. "Er is beiden hetzelfde overkomen!"

Onaandoenlijk zei Stone: "Misschien had u gelijk. Wij hebben zelf het idee ook nooit afgewezen. Maar het feit blijft dat we geen enkele aanwijzing hadden. Zonder water draait de molen niet. Ik kan niet elk huis, elke schuur, keet, kerk, garage en motel in County San Joaquin doorzoeken."

"Hoe zit het met zedendelinquenten?" vroeg Marcia.

"We hebben onze lijst doorgenomen," zei Shank. "Oakmead heeft ze vrijwel niet. In de afgelopen jaren was Ronald Wilby de enige sexdelinquent en hij woonde in ditzelfde huis."

"En jullie hebben hem nooit te pakken gekregen."

Shank schudde zijn hoofd. "Net als Barbara en Althea verdween hij gewoon."

"Ik vraag me af of er een of ander verband mogelijk is."

Shank overwoog de gedachte. "Tja — onmogelijk is het niet. Dat is iets dat je in dit beroep wel leert. Maar toch, is het logisch dat Ronald Wilby naar Oakmead zou terugkomen, waar hij vrijwel zeker herkend zou worden? Klinkt niet erg waarschijnlijk. Nu zijn moeder dood is heeft hij hier niets meer te zoeken."

"Misschien niet. Maar ik geloof nu eenmaal niet in toeval."

"Toch gebeuren toevallige dingen aan de lopende band."

Marcia opperde: "Waarom vragen we de kranten niet of ze een foto van onze dochters willen publiceren. En wij loven een beloning uit voor inlichtingen."

"Het kan in ieder geval geen kwaad," zei Shank. "Dat regel ik wel. Als ik het doe gaat het sneller."

"Ik blijf maar terugkomen op die Ronald Wilby," zei Ben Wood. "Heeft hij vrienden of familie in de streek die hem verborgen zouden kunnen houden?"

"We hebben nooit vrienden kunnen vinden. Z'n familie woont hier niet in de buurt en die willen trouwens niets meer met hem te maken hebben."

Marcia slaakte een bevende kreet van frustratie en ze sloeg met haar vuisten op de tafel. "Het is weer helemaal hetzelfde liedje. Niemand weet iets, niemand doet iets. En wat gebeurt er ondertussen met onze dochters? Ik word er helemaal gek van."

"Ik voel helemaal met u mee, mevrouw Wood. Geloof me, we doen echt al het mogelijke. Laat me nog even een keer naar die brieven kijken."

Marcia haalde ze tevoorschijn en Shank bleef er een paar minuten nauwlettend naar kijken. "Of de brieven zijn echt — of ze zijn dat niet. Als ze echt zijn, moeten we op zoek naar twee dwaze onberekenbare meiden."

"Ze zijn niet dwaas en ze zijn niet onberekenbaar ook."

Shank knikte. "Als de brieven niet echt zijn, als uw dochters gedwongen werden ze te schrijven zoals u vermoedt, dan zitten we met een hele lelijke situatie. Maar — ik wil u niet voor de gek houden — ik zie in deze zaak geen enkel aanknopingspunt. We moeten op een of andere doorbraak hopen. Onderwijl zal ik overal waar mogelijk op onderzoek uitgaan. De stadspolitie heeft al geopperd om in de communes langs de rivier te gaan kijken, wat op z'n best een gok is. Maar wie weet?" Shank stond op. Hij bekeek de brieven nog een laatste keer. "Ik neem deze mee, als u het goed vindt."

Ben Wood maakte een vermoeid gebaar. "Ga je gang. Wij kennen ze uit ons hoofd."

Ronald luisterde oplettend naar het gesprek. Zoals altijd was hij zwaar gepikeerd als de termen zedendelinquent, abnormaal en moordenaar met hem in verband werden gebracht. Zulke woorden pasten gewoon niet bij deze zaak — die duidden op een vulgaire, ordinaire misdadigheid waar Ronald ver boven verheven was.

Tot nu toe hadden Barbara noch Althea hun rol naar behoren vervuld. Barbara had voorgesteld om naar een ruimer verblijf te vertrekken in Berkeley of in Lake Tahoe; ze had hem natuurlijk om de tuin proberen te leiden en ze had duidelijk nooit de sfeer van magisch Atranta willen aanvaarden. Ronald had meer verfijning en inzicht van Althea verwacht. De afgelopen nacht had hij uitgebreid over Atranta verteld. Hij had de geschiedenis uitgelegd en het landschap besproken; hij had de persoonlijkheid van elk van de zes hertogen geschetst en hij had haar kamer voor kamer rondgeleid in elk van de zes kastelen. Hij vertelde over de bekoorlijke Fansetta en haar wonderlijke avonturen, over Mersilde en de halfbloed Darrue en hij bleef haar heimelijk in de gaten houden in de hoop een glimp van belangstelling te ontdekken. Maar Althea lag er apathisch bij, en de enige keer dat ze enige emotie toonde was toen hij voorstelde om te onderbreken voor een vrijpartij, waarop ze kreunde en huiverde en zich in een schulp van verdoving hulde zoals een heremietkreeft in zijn schelp. Barbara was dapperder geweest, nuchterder. Althea leek elke paring als een nieuwe, aparte aanranding te beschouwen, een feit dat in Ronald een duisterder, complexer lust-gevoel wakker riep. Hij kon in Althea geen hartstocht opwekken, maar hij kon haar choqueren en laten walgen en Ronald begon een reeks variaties te bedenken waarmee hij haar op een gemene manier voort-durend alert kon houden.

Althea had niets te vertellen. Ze lag zwijgend te staren of verstijfd en versuft. Ronald raakte geïrriteerd. Hij wilde haar aandacht, haar bewondering, haar ontzag. Ze was tenslotte Althea, die dol was op fantasyverhalen! Hij had haar de schitterende vergezichten van Atranta geopenbaard en zij lag erbij als een halvegare!

Af en toe kwam Althea genoeg bij zinnen om Ronald iets af te smeken. Ze bood hem dingen aan om hem ertoe te verleiden haar vrij te laten. Ze zwoer dat ze zijn geheim nooit zou verraden; ze beloofde plechtig hem geld te geven, als hij haar maar vrijliet. Ronald hoorde het aan met een vette, nietszeggende grijns. Toen ze vroeg hoelang hij van plan was haar gevangen te houden, zei hij: "Lieve help, we zijn nog maar net begonnen!" En een andere keer: "Wanneer we elkaar gaan vervelen is het vroeg genoeg om daarover te praten. Ik vind jou verrukkelijk. Jij hebt meer gevoel dan Barbara. Zij was wat praktischer aangelegd."

"Was?" vroeg Althea schor fluisterend.

Ronald antwoordde nonchalant: "Toen ze hier was. Ik mag toch aannemen dat ze nog hetzelfde is, waar ze dan ook mag zitten."

"Maar waarom ging ze weg?" bleef Althea aandringen en ze pro-beerde het beven van haar stem te beheersen. "Waarom ging ze niet gewoon terug naar ons gezin."

Ronalds antwoord was zorgeloos en oppervlakkig. "Omdat ik haar liet beloven om niet over mij te praten. Ze dacht dat ze als ze naar Lake Tahoe ging naar huis zou kunnen bellen zodat niemand zou vermoe-den dat ze al die tijd in haar eigen huis was geweest." Althea probeerde die redenering te volgen en ontdekte dat er een zekere idiote logica in zat. Maar waarom zou Barbara dat zolang uitstellen? Het leek Althea verstandiger om die vraag maar niet aan Ronald voor te leggen.

En wat de vrijpartijen betreft, ze had best door dat hij ervan genoot om haar te doen walgen, maar anders dan Barbara, die Ronalds inspanningen stoïcijns verdroeg, kon zij haar afkeer niet verborgen houden. Ze zocht haar toevlucht in de geveinsde apathie die Ronald zo irritant vond. Onderwijl bestudeerde ze door haar oogharen heen elke bijzonderheid van het schuilhol en de inhoud ervan. Het leed geen twijfel dat Ronald echt een neus had voor sfeer en buitensporig detail; onder andere omstandigheden had ze misschien wel belangstelling kunnen krijgen voor zijn bedenksels. Maar nu was ze met niets anders bezig dan met haar ontsnapping en ze bedacht daar tientallen plannen voor.

Ronald was achterdochtig. Als er iemand beneden was deed hij een prop in haar mond en trok hij de lus om haar hals zo strak aan dat ze amper kon ademhalen, en ze begreep dat ze nooit om hulp zou kunnen roepen — tenzij Ronald slordig werd.

Ze bekeek de indeling van het hol en zag dat de oude deuropening met gipsplaat was afgedekt. Als ze vijf seconden de tijd had zou ze zich misschien uit alle macht tegen dat gipskarton kunnen gooien zodat het brak en ze in de gang terecht zou komen — maar het was waarschijnlijker dat ze daarvoor niet sterk genoeg was. Zelfs wanneer Ronald sliep leek hij wel scherp op te letten. Ze bewoog een paar keer en probeerde rechtop te gaan zitten, maar hij was ogenblikkelijk wakker en waakzaam.

Ze zag ook het luik naar de kruipruimte, maar ze herkende het niet als zodanig. Ze zag geen ontsnappingsuitweg.

Zou ze Ronald kunnen uitschakelen? Kon ze hem vergiftigen, of bewusteloos slaan of met een scherp voorwerp steken?

Als vergif kwam alleen de aquarelverf in aanmerking, en misschien was die trouwens wel helemaal niet giftig. Ze zocht vergeefs naar een scherp voorwerp dat als wapen dienst zou kunnen doen. Ronalds twee messen waren gewoon tafelbestek en de vorken waren al even onbruikbaar. In het schuilhol vond ze maar één voorwerp dat als wapen gebruikt kon worden; het porseleinen deksel van de stortbak achter het toilet. Uit ervaring wist ze dat zulke voorwerpen moeilijk op te tillen waren zonder een grafklank te veroorzaken. Maar als ze heel erg voorzichtig deed was het vast wel mogelijk.

Toen ze naar het toilet ging lette ze goed op hoe Ronald zich onderwijl gedroeg. Als er iemand in huis was zat hij meestal op de rand van
het ledikant, een beetje van haar afgedraaid, maar als het huis leeg was
of 's avonds laat bleef hij vaak languit op het bed liggen.

Ja, besloot Althea, het was mogelijk. Heel goed mogelijk zelfs. Ze
begon haar werkwijze uit te denken en in gedachten herhaalde ze de
handeling keer op keer. Ze zou al haar kracht nodig hebben, al haar
moed en al haar besluitvaardigheid — want ze zou maar één kans krijgen.

Of ze zou slagen hing van twee omstandigheden af. Nee, drie. Kon
ze het deksel optillen zonder geluid te maken? Zou Ronald haar bedoeling doorkrijgen voor ze de klap kon uitdelen? Was ze sterk genoeg om
hard genoeg te slaan?

Van de eerste en de derde voorwaarde dacht ze van wel en van de
tweede hoopte ze van niet.

Op dinsdag verschenen foto's van Barbara en Althea Wood in kranten
door de hele staat.

De onderschriften luidden ongeveer allemaal als volgt:

> Heeft u een van deze twee meisjes gezien? Er is een beloning
> van duizend dollar uitgeloofd voor inlichtingen omtrent hun
> verblijfplaats. De heer Ben Wood uit Oakmead in County San
> Joaquin, is van mening dat zijn twee dochters ontvoerd zijn.
> Beiden verdwenen onder raadselachtige omstandigheden.
> Inlichtingen graag rechtstreeks aan de politie doorgeven.
> Barbara is dertien, heeft blond haar en blauwe ogen en is van
> normale lengte. Althea is zestien, heeft lichtbruin haar en
> grijze ogen en toen ze voor het laatst gezien werd droeg ze
> een spijkerbroek met een groene trui.

Duane Mathews zat met Ellen in de woonkamer. De foto's leken
goed, vonden ze en misschien zouden ze iets opleveren — als de meisjes
tenminste ergens in het openbaar waren verschenen.

Duane verwachtte er niet veel van. "Ik denk niet dat er kijk op is. Ik
zeg dit niet graag, maar…" Hij kon zichzelf er niet toe brengen om zijn
gedachte verder uit te spreken.

Ellen merkte het niet, ze dacht toch al in dezelfde richting als hij. "Op de een of andere manier moeten we toch iets uit zien te puzzelen," zei Duane. "Dit soort dingen gebeurt niet zonder ergens een spoor achter te laten — maar hoe vind je dat spoor?"

Ellen schudde moedeloos haar hoofd. "We hebben het van alle kanten bekeken. We hebben helemaal niets anders dan die brieven."

"Is het mogelijk dat er ergens in die brieven informatie zit die wij niet begrepen hebben? Een verborgen aanwijzing?"

Ellen lachte verdrietig. "Je laat je meeslepen door je criminologische instinct."

"Maar," zei Duane, "laten we evengoed eens uitgaan van die brieven en er op de manier van Sherlock Holmes naar kijken."

"Inspecteur Shank heeft de brieven," zei Ellen, "maar ik ken ze uit m'n hoofd."

Ze liep naar het bureau, pakte twee vellen papier en schreef de twee berichten erop.

> Lieve allemaal,
>   Niemand hier vertrouwt me en daar kan ik niet meer tegen. Ik ga bij de hippies wonen. Over een tijdje kom ik wel weer eens terug. Maak je over mij maar geen zorgen, ik red me wel.
>   Barbara.

> Lieve allemaal,
>   Toen jullie weg waren kreeg ik bericht van Barbara, en ik ga met haar praten. Ik heb beloofd dat ik niet zou vertellen waar ze is, dus ik kan geen bijzonderheden geven.
>   Maak je over mij maar geen zorgen, met mij gaat het goed.
>   Liefs, Althea.

Naast elkaar op de bank staarden Duane en Ellen naar de twee berichten.

"Om te beginnen," zei Duane, "zijn de brieven allebei heel kort en ze beginnen allebei met 'Lieve allemaal'. Zou je dat verwachten?"

"Dat denk ik wel. Het lijkt erg vanzelfsprekend."

"In Barbara's brief gaat het over 'vertrouwen' — en dat slaat op die ruzie die jullie onderling hadden." Duane bleef met gefronst voorhoofd naar het woord zitten turen. "Ik bedenk ineens dat dat natuurlijk belangrijk is! Een buitenstaander zou daar niets van weten."

Ellen knikte langzaam. "Tja, zo kun je het natuurlijk bekijken."

"Het ligt voor de hand! Zou zij over die ruzie, of misverstand, wat het ook was, gepraat kunnen hebben met iemand die jij voor de hand vindt liggen?"

"Nee. Maar er is iets anders waardoor we er zeker van kunnen zijn dat het een buitenstaander was."

"O ja? Wat dan?"

"Het papier."

"Het papier? Er was helemaal niks vreemds aan het papier."

"Dat weet ik. Het was gewoon goedkoop schrijfmachinepapier. Daar denk ik nu pas aan. Moet je dít papier eens voelen. Dit is kwaliteitspapier van de telefoonmaatschappij. Pap neemt dat mee van kantoor. Pap op dievenpad. Wij kopen nooit schrijfmachinepapier. Dat andere papier werd hier binnengebracht — door een buitenstaander."

Duane tuurde scherp naar het papier. "Ben je daar absoluut zeker van?"

"Absoluut. Ik zal het je laten zien." Ellen nam hem mee naar het bureau en liet zien wat erin lag. "Als wij een vel papier nodig hebben halen we het hier vandaan. Ik heb ook in m'n kamer niet van dat andere papier. Laten we alle slaapkamers doorzoeken om er echt zeker van te zijn."

Zoals Ellen al had gezegd, kon er in het hele huis geen papier gevonden worden dat op het papier van de brieven leek.

Duane zei: "Dit is geweldig, zeg. Barbara's boodschap garandeert bijna dat een buitenstaander die niet heeft gedicteerd, maar noch Barbara, noch Althea zou dat papier gehad hebben om op te schrijven, tenzij ze het van iemand van buiten kregen."

"Maar er is geen buitenstaander die wist van die ruzie met Barbara, behalve jij dan."

Duane lachte zwakjes. "Ik heb het niet gedaan."

"Ik vind dat we inspecteur Shank over die brieven moeten vertellen," zei Ellen. "Het is iets waar hij vast niet aan gedacht heeft."

"Bel hem maar."

Ellen trof Howard Shank achter zijn bureau en ze legde hem de paradox voor die Duane en zij ontdekt hadden. Shank was het met haar eens dat de strijdigheid tamelijk verbijsterend was. "Dit versterkt in ieder geval het idee dat de meisjes niet uit vrije wil vertrokken zijn. Wie had er buiten jullie gezin van die ruzie kunnen weten?"

"Nou, Duane wist het misschien. Maar toen Althea verdween was hij bij mij. Ik weet dat Duane er niks mee te maken heeft."

"Tja. En is hij nu ook bij je?"

"Ja, hij is hier. Hij heeft ontelbaar vaak de kans gehad om me te ontvoeren, maar blijkbaar wil hij dat niet."

"De kruik gaat zolang te water..." zei Shank. "Heb je je ouders over die brieven verteld?"

"Nee. Mam is boodschappen doen en pap is op z'n werk. Ze kunnen elk moment thuiskomen. Wanneer ze binnenkomen vertel ik het ze meteen. Hebben jullie nog reacties gehad op die foto's?"

"Niet echt, nee. Ik hou jullie op de hoogte."

Ronald stond met zijn oog tegen het kijkgaatje. Die weerzinwekkende Duane! Hij had nog nooit zo'n hekel aan iemand gehad, zelfs niet aan Jim Neale. Duane kon dingen niet met rust laten, hij bleef er maar aan knagen. Wat had hij met die brieven te maken? Voor het eerst begon Ronald zich een beetje onzeker te voelen. Want de enig mogelijke uitkomst van het samenvoegen van alle manieren om de paradox van de brieven op te lossen zou zijn dat een buitenstaander, verblijvend op een plek waar hij de ruzie had kunnen afluisteren, het papier had meegebracht en de meisjes had ontvoerd. De volgende vraag werd dan natuurlijk: waar verbleef die buitenstaander dan precies? Die weerzinwekkende rot-Duane!

Ronald ging op het ledikant zitten. Althea draaide haar hoofd af. Ronald fronste zijn voorhoofd. Ze had iets in gedachten. Ze lag ergens op te broeden. Laat maar broeden. Hij stak zijn hand uit en streelde haar lichaam. Ze was ruim twee centimeter langer dan Barbara en net iets slanker en soepeler. Haar heupen waren jongensachtiger dan die van Barbara maar ze was waarschijnlijk aantrekkelijker vanwege haar gevoeligheid. Ronald vond het tamelijk leuk om dingen te doen waar zij van walgde... Ze had prachtige ogen, niet blauw zoals die van Barbara, maar grijs als regenwolken, groot en doorschijnend. Ze had een hele mooie mond en hij vond het heerlijk om die te zoenen omdat ze naderhand altijd haar pols langs haar mond haalde. Eén keer bleef een haar van zijn baard tussen haar tanden steken.

De avond verstreek. Ronald luisterde naar het gesprek aan de eettafel dat hij totaal niet interessant vond. Hij had het allemaal al eerder gehoord.

Voor het avondeten hadden de Woods een kartonnen bak met gefrituurde kipstukjes, patat en koolsla meegenomen en voor toe een diepgevroren kokoscustardvlaai. Alles zag er erg lekker uit en Ronald hoopte dat er wat over zou schieten. Met die schrokop van een Duane erbij gingen kip en patat schoon op, en Ronald wist dat het water hem vergeefs in de mond was gelopen. Maar er zou een flink stuk vlaai overblijven; een toetje voor hem en Althea.

Duane ging om tien uur naar huis, en een halfuur later gingen de drie Woods naar boven en ook naar bed. Ronald stond naast het toilet, klaar om door te trekken zodra iemand dat boven deed. Nu! Volmaakt gesynchroniseerd, zoals gewoonlijk.

Hij liep terug naar het ledikant. Althea deed haar ogen dicht en draaide zich om zodat ze hem niet aan hoefde te kijken. Ronald weigerde de stille wenk ter harte te nemen en hij ging zijn gang.

Toen het eerste karwei van de avond achter de rug was ging Ronald rechtop zitten. Nu was het tijd om iets te eten. Althea lag slap en vernederd op het bed. Ze zou wel een beetje oppeppen van een stuk vlaai en een kop koffie en wat hij nog meer kon vinden. Ronald stapte kwiek op zijn deurtje af. Hij aarzelde en keek om. Hij had Althea niet vastgebonden en ook geen prop in haar mond gestopt — maar ze zou amper een geluid durven maken. Hij had flinke honger en hij wilde zo snel mogelijk naar de koelkast. Hij zou het er dit keer maar op wagen.

Hij liet zich op handen en knieën zakken en keek toen toevallig even om. Althea lag naar hem te kijken met een eigenaardig heldere blik... Ronald schoof achteruit en ging staan. Hij kon toch maar beter geen risico nemen; je kon nooit weten wat voor streek Althea had liggen uitbroeden. Ze was slim en genadeloos en ze had een vreselijke hekel aan hem, dat wist hij. En dat gaf extra opwinding en lust en een heleboel nieuwe plannetjes, maar ze was absoluut volkomen onbetrouwbaar.

"Helaas," zei Ronald met een zalvende grijns, "maar ik kan toch maar beter alles even beveiligen voor ik vertrek."

Althea's gezicht betrok. Ze had een uitgewerkt plan in haar hoofd: als Ronald haar ooit minimaal twee minuten alleen liet, zou ze het deksel van de stortbak pakken en dwars door de gipsplaat in de oude deuropening heen uitbreken. En als Ronald haar dan achterna probeerde te komen door zijn geheime deur zou ze hem op zijn hoofd slaan.

Ronald bespeurde haar stemming en bond haar extra zorgvuldig vast. De prop werd stevig in haar mond geduwd en toen dook hij door zijn geheime deurtje en snelde meteen op de koelkast af. Hij was er al bang voor geweest en er was inderdaad weinig anders over dan de vlaai. Sissend van ergernis sneed hij twee stukken af. Er bleef maar weinig van de vlaai over maar nu ze zo in beslag werden genomen door hun problemen merkten de Woods dat toch niet. Hij vond overgebleven koffie en schonk die in twee koppen. Toen glipte hij gauw terug in het schuilhol.

Toen hij Althea had losgemaakt pakte ze wel de koffie aan maar ze weigerde de vlaai. "Ik ben niet lekker."

"Oh? Wat jammer," zei Ronald. "Het spijt me dat te horen." Hij ging op de rand van het bed zitten, at beide stukken vlaai op en verwierp met spijt zijn idee om ook de rest nog uit de koelkast te halen. Hij fronste zijn wenkbrauwen en keek naar Althea. "Wat scheelt eraan?"

"Ik heb pijn in m'n maag."

Ronald keek kwaad. Dat nieuws zette een domper op zijn plannen voor de avond. "Wil je een aspirientje?"

"Nee."

Ronald ging naast haar liggen. Vijf minuten later hees Ronald zich overeind op een elleboog en begon hij haar te liefkozen. Nou, dan voelde ze zich maar niet helemaal lekker. Een beetje opwinding zou haar zinnen wel verzetten.

Althea begon braakgeluiden te maken en Ronald schoof haastig opzij. Althea wankelde naar het toilet, zette de bril omhoog en leunde met twee handen op het deksel van de stortbak. Ronald draaide haar kieskeurig zijn rug toe.

Uitermate voorzichtig tilde Althea het deksel op door aan beide korte kanten haar vingers eronder te schuiven. Ze bleef overgeefgeluiden maken en keek behoedzaam naar Ronald. Hij lag op het bed met zijn rug naar haar toe. Ze tilde het deksel hoog op en deed twee grote stappen naar het bed toe. Ronald keek verbaasd om en zag net op tijd het neersuizende porseleinen deksel en Althea's vastberaden gezicht.

Ronald gromde en rukte zijn hoofd opzij. Het deksel kwam met enorme kracht op Ronalds gedraaide schouder terecht; stuiterde over zijn nek en tegen zijn achterhoofd. Hij had nog nooit zulke verschrikkelijke pijn gevoeld! En het bloedde! Moet je eens zien wat een bloed! En moet je die moordlustige duivelin eens zien die hem zo vreselijk had bezeerd en nu ontsteld stond te kijken omdat haar moordpoging was mislukt. Ronald wankelde naar voren. Althea deed haar mond open om te gillen maar Ronald schopte haar benen onder haar vandaan en smeet haar op de grond zodat het enige geluid dat ze maakte een soort hijgend gepiep was toen de klap haar de adem benam. Ze vocht, ze trok aan zijn haar, ze deed haar mond open om te schreeuwen, maar Ronald wist een uitermate afdoende manier om zulk verraad te voorkomen.

HOOFDSTUK XVII

WOENSDAGOCHTEND BESLOTEN Ben en Marcia Wood dat Ellen weer naar school moest. "Ik weet dat je je opgelaten voelt met de foto's in de kranten," zei Marcia, "maar daar is niets aan te doen."

"Nee, dat zal wel niet," zei Ellen mistroostig. "Maar het staat me evengoed niet aan. Iedereen staart naar me en ze fluisteren maar steeds over wat er in ons huis aan de hand kan zijn. Ik voel me net een lepra-lijder."

"Het spijt me, lieverd. Maar het is nu eenmaal iets wat we moeten verdragen."

"Je komt er op deze manier wel achter wie je vrienden zijn," zei Ben droog.

Ellen haalde haar schouders op. "Ik kan er wel tegen, hoor. Maar er moet eigenlijk iemand thuis zijn voor het geval we gebeld worden."

"Ik ben thuis," zei Marcia. "Ik ga voorlopig niet meer werken. In ieder geval tot we meer weten."

En Ellen ging naar school en verdroeg de stiekeme blikken zo beheerst mogelijk.

Duane Mathews kwam haar van school ophalen en ze liepen naar Curley's waar ze een ijscoupe met aardbeien aten. Duane die al nooit erg spraakzaam was, leek nog wel stiller dan ooit. Zelfs Ellen die nogal in beslag werd genomen door haar eigen problemen, merkte het ten slotte. "Wat ben je vandaag somber!"

Duane dacht even na. "Ja, dat zal wel." Even later vertelde hij waarom. "Ik weet niet of het jou ooit is opgevallen, maar het leven lijkt wel in verschillende stadia te verlopen. Het ene stadium verschijnt en het stadium daarvoor is verdwenen en komt nooit meer terug."

Ellen knikte. "Daar heb ik weleens over nagedacht, ja."

"Ik kreeg vanmorgen een brief. Ik kan in januari naar San Jose State. Zij hebben de beste criminologie vakgroep van de hele staat."

Ellen roerde in haar ijs.

Duane ging verder. "Ik wil graag dat je met me meegaat. Ik wil met je trouwen. Ik hou van je en ik kan me mijn leven niet zonder jou voorstellen."

Ellen lachte en zei met haar hoofd schuin gehouden: "Ik wil niet trouwen, Duane. Voorlopig niet in ieder geval. Misschien wel pas over jaren."

"Ik weet dat dit een verschrikkelijk moment is om je te vragen," zei Duane haastig, "met al die ellende — ik was ook eigenlijk helemaal niet van plan om wat te zeggen, maar ik kon het niet laten. Als ik hier vertrek is deze fase van mijn leven over en begin ik aan een nieuwe fase en ik wil graag dat jij daar deel van uitmaakt."

Ellen stond op. "Kom op Duane, we gaan naar huis."

Ze liepen zwijgend over straat. Uiteindelijk zei Duane: "Wil je daarmee zeggen dat je antwoord nee is?"

"Ik weet niet wat ik probeer te zeggen. Ik ben helemaal in de war. Ik moet almaar aan Barbara en Althea denken. Als zij er niet meer zijn, kan ik pap en mam niet alleen achterlaten. Niet zo vlug al... En ik weet ook helemaal niet of ik ooit wel wil trouwen."

"Je kunt niet eeuwig bij je ouders blijven wonen."

"Dat weet ik... Wat ik probeer te zeggen is dat ik veel van pap en mam hou en dat ze me een geweldig thuis hebben gegeven. Pap werkt al voor de telefoonmaatschappij sinds hij uit het leger afzwaaide. We hebben nooit honger geleden of ergens gebrek aan gehad. Elk jaar krijgt hij drie weken betaald verlof en dan gaan we naar Arizona of Canada of Idaho. We hebben het altijd leuk gehad maar ik denk dat ik voor mezelf niet zo'n leven wil. Ik wil geen leuk huisje en twee of drie kinderen en een echtgenoot met een goeie baan en elk jaar drie weken doorbetaalde vakantie en allerlei extra voordelen."

"Wil je zelf een opleiding volgen en dan carrière maken? Is dat het?"

"Nee, zelfs dat is het niet. Ik wil gewoon iets opwindends doen. Ik wil in ieder geval niet trouwen en dan in een flatje in San Jose wonen terwijl jij colleges volgt... En ik vind je verschrikkelijk aardig, Duane. Dat is juist zo erg."

"Maar je bent bang dat ik je een fijn huis zou geven met een grasveld en een terras om zondags op te barbecueën en misschien nog een zwembad ook."

Ellen schoot in de lach. "Je slaat de spijker op z'n kop."

"En als ik nou voor Interpol ga werken, of ik meld me aan bij het Peace Corps, of ik emigreer naar een Australische schapenboerderij?"

"Dan zou ik onder de indruk zijn. Maar op dit moment kan ik niet trouwen, met niemand. Niet wanneer er thuis zo'n verschrikkelijke toestand heerst."

"Ik geloof dat ik maar een saaie piet ben," zei Duane met op elkaar geklemde kaken. "Ik zou een onhandige stille zijn. Ik wil helemaal niet aan Hindoes leren hoe ze een plee moeten bouwen. Ik heb de pest aan schapen. Ik ben waardeloos."

Ellen stak haar arm door de zijne. "Zo beroerd ben je niet hoor. Je bent m'n beste vriend. En ik vind je erg aardig."

Duane liep met haar mee tot de voordeur van haar huis. "Ik moet m'n auto nog ophalen," zei hij. "Wil je vanavond nog iets doen — naar de film of zo?"

"Nee, vanavond niet, Duane. Ik wil mam en pap niet alleen laten. De stakkers weten gewoon niet wat ze zonder Babs en Althea moeten beginnen."

Duane stond een beetje te dralen op de veranda. Toen flapte hij eruit: "Het spijt me dat ik je op zo'n moment als dit lastigviel met m'n plannen en m'n voorstellen."

"Het maakt niet echt uit, hoor." Ze gaf hem een zoen op z'n wang. "Jij bent tenslotte ook maar een mens." Ze pakte de sleutel, deed de deur open en keek achterom naar Duane die fronsend naar haar stond te kijken. "Wat is er?"

"Is er niemand thuis?"

"Ik denk dat mam even naar de winkel is."

"Als je het niet erg vindt ga ik even mee naar binnen om te wachten tot er iemand thuiskomt. Ik wil niet dat jij vertrekt om Althea te gaan zoeken en een briefje achterlaat."

"Prima. Kom erin. Kun je me mooi met m'n wiskunde helpen."

Ronald stond met z'n oog tegen het kijkgat. Weerzinwekkende Duane zat met Ellen op de bank. Ellen zat op een opgetrokken been en had een boek op schoot. Ronald bekeek haar met de scherpe blik van een kenner en probeerde haar bijzondere eigenschappen te schatten. Ongetwijfeld zou ze in grote lijnen op Barbara en Althea lijken, maar individueel zou ze heel erg verschillen. Net als Napolitana ijs: drie smaken. Vandaag was zijn interesse louter theoretisch; hij was afschuwelijk moe en zijn hoofd en zijn schouder deden gruwelijk zeer. Pijn vond hij erger dan wat ook. Vroeger had hij zelfs bij het kleinste schrammetje overstuur staan beven, maar meestal was zijn moeder wel in de buurt geweest om hem te troosten. Nu bleef de pijn maar aanhouden en bij elke plotselinge beweging begon zijn hoofd vreselijk te bonken.

Duane en Ellen zaten zacht te praten. Ronald kon niet verstaan wat ze zeiden. Hij bleef een tijdje naar ze kijken en toen ging hij met een knorrige grom op zijn bed liggen, waarbij hij zich heel voorzichtig liet zakken.

Marcia Wood kwam thuis en toen Ben, en Duane ging naar huis.

Ronald had zo'n pestbui dat hij niet eens opstond om te zien wat het gezin bij het avondmaal nuttigde. Hun stemmen waren gedempter dan anders; één keer zei mevrouw Wood iets dat Ellen zich aantrok en ze reageerde er tamelijk heftig op.

"...dat deed hij helemaal niet!" verkondigde Ellen. "Ik heb een klein stukje genomen en Duane ook. Hij houdt helemaal niet zo van toetjes."

"Hmpf," zei mevrouw Wood sceptisch. "Er was anders vanmorgen niet erg veel over."

"Nou, dan hoef je daar Duane de schuld nog niet van te geven. Hij zou het vreselijk vinden als hij hoorde wat je net zei."

"Hij zal het ook zeker nooit te horen krijgen, want ik zou zoiets nooit tegen hem zeggen. En bovendien mag ik Duane graag. Hij is een goedhartige, betrouwbare knul, en je zou het heel wat slechter kunnen treffen."

"Dat denk ik wel," zei Ellen. "En dat gaat helaas misschien ooit toch gebeuren."

"Dat begrijp ik niet," zei Marcia.

"Hij vroeg me vandaag of ik met hem wilde trouwen."

"Jeminee," zei Ben, "trouwen op jouw leeftijd? Je hebt nog niet eens je highschool afgerond!"

"Ik heb ook nee gezegd," zei Ellen. "Ik heb hem denk ik wel een beetje gekwetst."

"Het is ook een belachelijk idee," zei Marcia bits. "Duane is een aardige jongen en hij is erg verantwoordelijk voor zijn leeftijd —"

"Een beetje al te verantwoordelijk," mompelde Ellen.

"— maar jij moet eerst nog studeren."

Ellen begon over iets anders. "Ik neem aan dat er nog geen reactie is op de foto's?"

"Niets wat de politie erg serieus neemt." Bens stem klonk troosteloos. Met een zwaar gemoed keek Ellen naar de veranderingen die de gebeurtenissen van de afgelopen maand bij haar vader teweeg hadden gebracht. Hij leek mager en hoekig en zijn huid had een grauwe ondertoon gekregen. O, waarom waren ze ooit uit Los Gatos vertrokken waar hun leven zo makkelijk en zo gelukkig was geweest?

Ben leek zo'n beetje hetzelfde te denken. "Er komt een plek vrij voor mijn klassering in Santa Rosa en ik sta bovenaan voor die baan als ik hem wil. Dan zouden we wel weer moeten verhuizen," zei hij verontschuldigend, "en dat zal voor ons allemaal zwaar worden."

"Ik zou wel graag willen verhuizen," zei Ellen. "Al het werk dat we in het huis gestoken hebben draagt bij aan de waarde."

"Dat is waar," zei Ben, maar zijn stem klonk dof en leek weg te sterven.

Marcia zette haar kaken op elkaar en haar ogen glinsterden. "Ik vind Oakmead niet bepaald geweldig en dit huis is eigenlijk nooit echt ons thuis geworden. Maar ik wil me niet door dit huis laten verslaan. Ik zou het niet graag opgeven en ervandoor gaan."

Ellen keek verwonderd op. Ze had nooit zulke complexe gemoedsbewegingen in haar aardige vrolijke moeder vermoed. Ze zei: "Ik weet wat je bedoelt — dat denk ik tenminste. Maar is dat de moeite waard?"

"Dat weet ik niet," zei Marcia. "Maar als ik denk aan wat ons is overkomen zonder enige aanwijsbare reden dan word ik soms witheet." Ze liet een verbitterde lach horen. "Ik neem aan dat het mal is om het huis de schuld te geven, maar dat gaat vanzelf, dat doe ik instinctmatig."

Ben zei onzeker: "Nou ja, we kunnen er in ieder geval over nadenken. We kunnen natuurlijk niet veel doen tot we onze meiden terugkrijgen, of tot…tja…" Zijn stem stierf weg.

"Heeft de politie helemaal geen enkel idee?"
"Blijkbaar niet."

Er ging een week voorbij. De dagen waren te lang en te eenzaam en Marcia besloot uiteindelijk om maar weer aan het werk te gaan. Op dinsdag kwam Ellen thuis in een doodstil huis. Er hing een eigenaardig ranzige lucht in huis die ze weerzinwekkend vond. Ze liet de deur openstaan en deed de ramen van de woonkamer open om te luchten. Ze wilde net naar de keuken lopen om een glas melk en een appel te pakken toen de telefoon rinkelde. Het was Mary Maginnis, Ellens beste vriendin van school en het tweetal bleef een halfuurtje kletsen. Eindelijk hing Ellen op. Ze bleef een tijdje nadenkend op de bank zitten. Ze was niet graag alleen in het huis; het leek te kraken en te zuchten en het liet allerlei heel griezelige geluiden horen. Ellen herinnerde zich dat Althea altijd serieus had beweerd dat spoken bestaan. Nou, misschien was dat wel waar.

Ronald keek door zijn kijkgaatje. Zijn pijn was afgezakt, hoewel hij er een paar dagen flink beroerd van was geweest. Net als de anderen vond hij het huis akelig stil nu de twee jongste meiden er niet waren. Toch was hij wel in zijn schik toen Marcia weer aan het werk ging en hij het huis weer voor zichzelf had.

Inmiddels was zijn aandacht helemaal op Ellen gericht. Hij had haar doorschijnende schoonheid altijd bewonderd. Ze miste de uitgelatenheid van Barbara en de sprookjesachtige bevalligheid van Althea, maar zij was de enige met die eigenaardige doorschijnendheid. Ze had hem voor zich ingenomen door haar weigering om met Duane Mathews te trouwen. Ronald zou zich zwaar gekwetst gevoeld hebben wanneer Ellen dat niet had gedaan. Hij had zich bovendien behoorlijk geërgerd aan het feit dat het gezin Wood zo te horen overwoog om naar Santa Rosa te verhuizen en hem eenzaam en afgezonderd achter te laten in zijn schuilhol. Er viel niet te ontkomen aan het feit dat er een eind zou komen aan de band die hij met de Woods had gehad. Wat zou het geweldig zijn als hij door een of ander toverwonder weer helemaal van voren af aan kon beginnen! In zekere zin waren Barbara en Althea verantwoordelijk voor de huidige situatie — waren ze hem maar op zijn voorwaarden tegemoet getreden, hadden ze maar zoveel van hem gehouden als hij voor hen had bedacht! In plaats daarvan had Barbara hem proberen te bedriegen en Althea had hem verschrikkelijk pijn gedaan, en de gevolgen daarvan waren niets anders dan doodgewone rechtvaardiging…

Hij bekeek Ellen nauwgezet en dacht eraan terug dat Barbara niet al te lang geleden op diezelfde bank ook had zitten telefoneren, maar met heel wat minder kleren aan. Hij stelde zich Ellen voor in zo'n zelfde schaars kostuumpje en dat beeld was uitermate bekoorlijk. Ronald dacht na. Zou hij een nieuwe strooptocht wagen?…zolang ze aan de telefoon zat was zo'n project niet haalbaar. Het was ook al behoorlijk laat; over een paar minuten zou een van haar ouders terugkomen en Ronald had op zijn minst een halfuur nodig, hoe doelmatig hij ook te werk ging.

De volgende dag haalde Duane Ellen weer af bij school en hij nam haar in zijn auto mee naar Burnham's Creamery, de beste ijssalon van de hele stad. Vandaag leek Duane wel wat vrolijker en minder ernstig. Hij had lang nagedacht over zijn relatie met Ellen en hij had begrepen waarin hij tekortschoot: hij had niet genoeg bravoure en charme. Hij was louter die goeie, zwijgzame, ernstige Duane die op de duur een goeie echtgenoot zou worden.

Ellen dacht ongeveer net zoiets. Als Duane nou eens een beetje minder praktisch kon worden; als hij bijvoorbeeld met haar in een boot naar Tahiti wilde zeilen, of als hij met haar in een landrover een tocht naar India zou willen maken. Maar zelfs dan was ze er niet zeker van. Ze vond Duane nooit opwindend; hij ontstak in haar nooit die verrukkelijke vonk van dat oervrouwelijke gevoel dat je op je tenen moest lopen; hij was veel te betrouwbaar en te voorkomend. Wel jammer dat Duane nu gestraft werd voor zijn goeie eigenschappen. En Ellen begon bijna wreed een paar van Barbara's flirtkunstjes te gebruiken. En Duane dacht dat hij misschien toch wel op een fijne wereld leefde.

Ellen zei: "Pap had het erover dat hij er wel wat voor voelt om zich te laten overplaatsen naar Santa Rosa, dus misschien gaan we wel weg uit Oakmead. Niet meteen, natuurlijk. We blijven in ieder geval tot we nieuws over Babs en Althea hebben, goed of slecht."

Duane schudde pessimistisch zijn hoofd. "Dat kon weleens lang gaan duren."

Ellen dacht even na. "Ik maak me zorgen over pap. Hij ziet er vreselijk uit, helemaal mager en grijs, alsof hij ziek is. Hij maakt zich voortdurend zorgen maar dat houdt hij allemaal opgekropt. En mam — die is ook helemaal veranderd — hoe precies is moeilijk uit te leggen. Gisteravond zei ze iets heel eigenaardigs, dat ze niet wilde verhuizen omdat ze zich niet door het huis wilde laten verslaan."

Duane knikte begrijpend. "Ze haat dat huis gewoon."

"Ik ook," zei Ellen, "maar ik wil gráág verhuizen. Je kunt een huis niet verslaan. Niets kan de oude tijd terugbrengen."

"Weet je nog hoe akelig het eruitzag toen jullie er net in trokken? Daarna leek het een tijdje wel vrolijker — maar nu is het toch weer akelig, in weerwil van de frisse verf."

"De afgelopen zomer was leuk, maar zelfs toen begonnen we al vreemde ideeën te krijgen. Weet je nog dat Althea telkens weer over geesten en vervloekingen begon?"

"Dat weet ik nog heel goed. Jij nam haar nooit serieus."

"Nou, inmiddels wel. Het lijkt wel of er iets schimmigs rondwaart dat vlug uit het gezicht verdwijnt wanneer je je hoofd omdraait: een monster of een vampier die gemene streken uithaalt en eten steelt en een walgelijke stank in het huis achterlaat wanneer er niemand thuis is."

Duane trok zijn wenkbrauwen op. "Die eten steelt, zeg je?"

Ellen dacht even na. "Weet je, ik heb me er nooit erg druk om gemaakt. Ik dacht altijd dat mam een beetje vergeetachtig was of dat pap 's avonds laat nog even een hapje had genomen, of dat Barbara een van haar vreetlustige vriendinnen had getrakteerd — maar weet je nog laatst toen mam die kokosvlaai had meegenomen?"

Duane knikte.

"We namen allemaal een stukje en er was nog een halve vlaai over. De volgende morgen was er nog maar een kwart vlaai. Mam dacht al dat jij dat stuk opgegeten had."

"Wat?" riep Duane verontwaardigd. "Ik? Ik ben er niet aan geweest!"

"Dat heb ik ook tegen haar gezegd. Ik denk niet dat het erg tot mam en pap doordrong. Ze zitten almaar aan — nou ja, jeweetwel te denken."

"En ze denken dus nog steeds dat ik een vlaaiendief ben."

"Nee, hoor. Maar wanneer mam iets mist denkt ze gewoon altijd dat jij het hebt opgegeten. Niet dat ze dat erg vindt, hoor."

Duane wreef over zijn kin. "Hoelang missen jullie al dingen?"

"Eens denken... Eigenlijk al van het begin af aan. Mam klaagt er telkens over dat de melk in dit huis altijd zo op is."

"Hmm. Missen jullie weleens andere dingen?"

"Niet dat ik weet. Mijn parfumflesje was eens omgegooid. En Althea's dagboek werd opengebroken. Jemig, Duane, misschien is er echt iets!"

"Hebben jullie weleens een val gezet?"

Ellen schudde haar hoofd. "Niemand nam de zaak ooit serieus."

"Horen jullie weleens iets? Kloppen, bonken, voetstappen, spookgeluiden?"

"Elk oud huis maakt geluid. Ik heb nooit voetstappen gehoord." Ellen fronste haar voorhoofd. "Of toch wel? Ik kan het me niet goed meer herinneren. Eergisteren — maar ik weet het niet zeker. De vloeren kraken. Mam en pap hebben wel een keer een schreeuw gehoord — ze dachten zelfs dat het Babs was."

"O ja? Waar kwam die schreeuw vandaan?"

"Dat konden ze niet nagaan. Ze hebben op straat gekeken en ze keken bij mij en bij Althea in onze slaapkamers. Het kan wel een kat geweest zijn. Maar ze zworen dat het klonk als Babs."

"En dat was nadat Babs verdwenen was?"

"Ja. Twee of drie dagen daarna."

"Vreemd! En ze hebben het allebei gehoord?"

"Allebei."

"Hebben ze het aan de politie verteld?"

Ellen schudde haar hoofd. "Er was eigenlijk niks te vertellen."

"Heel erg raar," mompelde Duane. "En vergeet ook dat papier niet waarop de brieven geschreven waren."

"Maar Duane — wat kan dat betekenen?"

"Volgens mij betekent het iets verschrikkelijks. Laten we eens een proef nemen."

"Wat?" zei Ellen schor. "O, Duane, nu word ik bang."

"En met reden. Moet je horen. Vertel niets aan je ouders, maar vanavond wanneer ze naar bed zijn moet je de keukenvloer met talkpoeder bestrooien, of beter nog, met meel want dat heeft geen geur. En dan sta je morgenochtend vroeg op, vóór je vader en moeder uit bed komen. Hoe laat is dat ongeveer?"

"Halfacht. Maar morgen is het zaterdag. Dan kan het later zijn, rond acht uur of halfnegen."

"Dan ga jij er om zeven uur uit. Ga naar de keuken, kijk goed rond en bel me meteen. Ik sta om zeven uur op en ga naast de telefoon zitten. Afgesproken?"

Ellen liet een zenuwachtige grijns zien. "Ik ga het doen. Maar wat zullen we volgens jou vinden?"

"Ik weet het niet, maar als er iets is, dan vinden we het."

"Duane, ik ben bang."

"Ik ook. En zorg er vooral voor dat je niet alleen thuis bent. Zo zijn Barbara en Althea ook verdwenen — toen ze alleen thuis waren."

"O Duane. Het is echt verschrikkelijk."

"Zeg dat wel."

"Vind je niet dat we pap moeten vertellen wat we gaan doen?"

Duane schudde zijn hoofd. "Ik mag je vader graag, maar soms is hij een beetje onpraktisch."

"Dat klopt," zei Ellen zwakjes. "Hij aarzelt altijd een beetje. Hij is niet erg agressief. Ik ook niet. Ik ben een lafaard."

"Maar je gaat wel meel op de vloer strooien? En dan bel je me morgenochtend vroeg?"

"Ja, dat doe ik."

Duane was om zes uur wakker. Hij kleedde zich aan, zette koffie, roosterde een broodje en ging bij de telefoon zitten. De tijd sleepte zich voort, minuut na trage minuut. Duane zat naar de telefoon te staren, klaar om bij het eerste rinkeltje de hoorn van de haak te rukken.

Om vier minuten over zeven rinkelde de bel. Duane hield de hoorn tegen zijn oor. "Hallo?"

"Duane, ik ben het."

"Wat heb je gevonden?"

"Kom alsjeblieft meteen hierheen. Zo snel je kunt."

"Ik ben er over drie minuten. Misschien nog wel eerder."

Duane stopte voor het huis, zette de motor uit en sprong de auto uit.

Op de veranda stond Ellen in een witte pyjama met een blauwe badjas erover. Ze was bleek en haar heldere ogen stonden wijd open. Ze liep Duane tegemoet. Hij kwam bij haar staan op de veranda. "Heb je iets gevonden?"

"Ja, sporen! Grote voetsporen!" Ze fluisterde. "Ik durfde het door de telefoon niet tegen je te zeggen. Ze lopen van de provisiekast naar de keuken en dan weer terug naar de provisiekast. Ze gaan niet naar een deur. Het is doodeng!"

"Heb je ín de provisiekast gekeken?"

Ellen schudde haar hoofd. "Daar is toch helemaal niks — geen plek om je te verstoppen, alleen de kast zelf. Hoe kan iemand de keuken binnenkomen zonder sporen achter te laten?"

"Ik weet het niet. Laten we maar eens gaan kijken."

Ze liepen het huis in en de eetkamer door om bij de keukendeur stil te blijven staan. Ellen wees en deed haar mond al open om iets te zeggen, maar Duane gebaarde dat ze stil moest zijn. Een witte film bedekte de vloer en de sporen waren duidelijk te zien. Blijkbaar waren ze gemaakt door grote voeten in slippers of sloffen, en ze leidden van de provisiekast naar de koelkast, waar ze een rommelige plek maakten om dan weer naar de provisiekast terug te keren.

"Zet jij maar even koffie," zei Duane zakelijk. Maar hij gebaarde weer dat ze stilletjes moest doen en wees op de vloer. Toen pakte hij een bezem van de achterveranda waarmee hij de keukenvloer schoonveegde.

Ellen zette koffie. Ze vroeg aarzelend: "Heb je honger? Zal ik roerei voor je maken?"

"Nee, dank je," zei Duane. Hij stond naar de wand van de eetkamer te kijken en naar de ingebouwde buffetkast. Toen liep hij naar het halletje bij de voordeur en daar ging hij naar de wand tegenover de voordeur staan kijken.

Ellen bracht hem een kop koffie. "Waar kijk je naar?"

Duane gebaarde nogmaals dat ze voorzichtig moesten zijn. Op een zorgvuldig nonchalante toon zei hij: "Ga jij nu maar gauw naar boven om je aan te kleden. Ik wacht op je in de auto. Als je ouders wakker zijn en als ze willen weten waarom ik hier ben, zeg dan maar — zeg dan maar dat je me had uitgenodigd om hier te komen ontbijten. Maar kom naar de auto zo gauw je kunt."

Ellen knikte instemmend. Duane vond dat ze er nog nooit zo mooi uit had gezien; zo bleek en met die grote ogen in haar blauwe badjas. Hij trok haar tegen zich aan en zoende haar.

"Duane, nu niet," zei Ellen ademloos en ze holde de trap op. Maar onder het aankleden tintelde ze nog van top tot teen; want dit was zowat de eerste keer dat ze echt wat voor Duane had gevoeld. Hij was dan misschien nuchter en praktisch, maar hij was wel een echte man, en toen hij haar had gekust voelde hij hard en agressief aan, absoluut geen saaie piet... Ze bleef even aan de slaapkamerdeur van haar ouders staan luisteren maar daar was nog geen leven te bespeuren. Ellen rende weer naar beneden en naar buiten waar Duane tegen zijn auto geleund stond. Hij was een heel ander iemand geworden; hij straalde doelbewustheid uit en een eigenaardige, ironische uitgelatenheid — het leek wel of ze een onbekende ontmoette.

Duane zei: "Ik weet wat er is gebeurd." Hij keek naar het huis en zijn groene ogen glansden, en toen keek hij weer naar Ellen. "Weet jij het ook?"

"Nou — ja, ik denk van wel. Er moet een luik of zoiets in de provisiekast zitten en iemand gebruikt dat om bij ons naar binnen te gaan."

Duane schudde zijn hoofd. "Het is nog veel beter — of erger, moet ik natuurlijk zeggen. Wat bevindt zich aan de andere kant van de provisiekast?"

Ellen fronste haar voorhoofd. "De veranda."

"Nee, ik bedoel aan de andere kant."

"De woonkamer? De trap?"

"De trap en de ruimte onder de trap."

Ellen knipperde met haar ogen en dacht daarover na. "Dat is allemaal afgetimmerd," zei ze weifelend.

Duane knikte. "Maar daar zit iemand verstopt, die in het hart van het huis leeft als een worm in een appel. En ik weet wie dat is."

"Wie dan?" vroeg Ellen met een beetje walging in haar stem.

"Ronald Wilby. Wie anders? Nadat hij Carol vermoordde is hij in lucht opgelost. De politie heeft nooit enig spoor van hem gevonden. En daar was een goeie reden voor. Zijn moeder heeft hem ingebouwd. Er moet een ruimte onder de trap geweest zijn, een kast."

"Of een toilet."

"Uiteraard! Het toilet van de begane grond! Daar heeft Ronald zich al die tijd verborgen gehouden. En op een of andere manier kan hij er door de provisiekast uit kruipen."

Ellen keek met ontzette ogen naar het huis. Haar emotie maakte haar zicht wazig en het huis glinsterde en bibberde als een gestrande kwal. "Wat verschrikkelijk...Maar het is waar, ik weet dat het waar is. En Babs, en Althea...O, god, Duane, wat ontzettend erg. Wat is er met ze gebeurd?"

Duane pakte Ellen bij haar schouders. "Er bestaat weinig twijfel aan wat er met ze is gebeurd."

"Ze zijn dood...O, Duane." Haar benen begaven het en ze zakte huilend in elkaar tegen Duanes borst. "Mijn arme zusjes!"

Mevrouw Schumacher die naar buiten kwam om vroeg de sproeier aan te zetten, zag het met opgetrokken neus aan en wendde toen met overdreven kiesheid haar hoofd af. Duane en Ellen negeerden haar.

Ellen kalmeerde wat. Even later zei ze: "Hoe kunnen we dat aan mijn vader en moeder vertellen? Die hopen nog altijd dat m'n zussen naar Berkeley zijn vertrokken."

"Ik vind dat we het ze ronduit moeten vertellen. Er is geen andere manier... Ik zou bijna liever de hele zaak zelf afhandelen."

Ellen deinsde een beetje achteruit. "Wat bedoel je, Duane?"

"Ik bedoel straks komt de politie Ronald ophalen en dan stoppen ze hem in een prettige, gerieflijke instelling. Over drie of vier jaar besluiten ze dan dat hij weer zo goed als nieuw is en dan laten ze hem vrij." Duane staarde met natte ogen naar het huis. "Zelf zou ik hem het liefst dood willen maken."

Ellen was onder de indruk van Duanes felle toon. Ze huiverde. "Ik zou het niet kunnen verdragen om hem aan te raken, of zelfs maar naar hem te kijken."

"Jij was vast de volgende op zijn lijst."

"O, Duane." Ellens maag kromp in elkaar en ze ademde vlug en ondiep. "Dat jaagt me de stuipen op m'n lijf."

"Al die tijd pal onder onze neus," mompelde Duane.

Ze keken nadenkend naar het huis. Ellen vroeg met gedempte stem: "Denk je dat er nog kans is dat Babs of Althea nog leeft?"

"Het lijkt me verdomd onwaarschijnlijk. Ik moet trouwens nog even wat doen. Als jij nu naar binnen gaat en een eitje gaat bakken, de borden afwassen, gewoon flink bezig blijven in de keuken. En doe de radio daar aan."

"En wat ga jij dan doen?"

"Eerst ga ik onder het huis kijken. En dan ga ik ervoor zorgen dat hij niet kan ontkomen."

"Duane, doe alsjeblieft voorzichtig! Hij kan je wel aanvallen!"

"Daar is niet veel kans op. Eerlijk gezegd helemaal nul."

Ellen keek weifelend naar het huis. "Ik voel me vanbinnen helemaal beverig."

"Probeer zo gewoon mogelijk te doen. Besteed geen enkele aandacht aan de geheime ruimte. Als je ouders beneden komen moet je ook heel nonchalant doen."

"Goed dan, Duane. Ik probeer het… en wees alsjeblieft voorzichtig, want ik hou ook van jou."

Ellen ging naar binnen. Duane pakte een zaklantaarn uit het handschoenenkastje van zijn auto en liep om naar de achterkant van het huis. Van binnen hoorde hij het gebonk van een cowboyband; Ellen had de radio in de keuken aangezet.

Duane liep naar het traliehek dat toegang gaf tot de kruipruimte onder het huis. Hij trok het voorzichtig open en liet zich op zijn knieën zakken. Er kwam een bedompte, zurige lucht uit het gat. Duanes neusvleugels trilden. Hij scheen wat rond met de zaklantaarn, maar met het daglicht in de rug kon hij in het grauwe lichtvlekje niets ontdekken.

Duane haalde diep adem en kroop het duister in.

Na drie meter scheen hij weer met de zaklantaarn in het rond. Nu kon hij stukken van de fundering zien. Duane schatte dat hij zich nu onder de keuken bevond. Aan zijn rechterhand droeg een rij penanten de centrale draagbalk die de vloerbalken ondersteunde. Zo'n dertig centimeter boven zijn hoofd zag hij koperen waterleidingen glimmen en een gietijzeren afvoerpijp van een centimeter of acht breed. Duane volgde de loop van de afvoerpijp. Pal naast de centrale draagbalk sloot die aan op de tien centimeter brede hoofdafvoer van de bovenverdieping. Duane kroop naar dat aansluitpunt en zag nog een acht centimeter brede afvoerbuis die ongeveer één en een kwart meter naast het aansluitpunt uit de vloer omlaag kwam. Ronalds schuilplaats was dus inderdaad het toilet van de benedenverdieping. Als Ben Wood ooit al eens in de kruipruimte was geweest was hij niet nieuwsgierig geweest naar de leidingen.

Duane scheen met de zaklantaarn omhoog naar de vloer en zag onmiddellijk het luik. Hij knikte somber: ongeveer zo'n beetje als hij al had verwacht.

Zijn ogen waren inmiddels aan het donker gewend. Hij kroop naar de rij penanten en scheen met de zaklantaarn tot in het verste deel van de ruimte. Tegen de verste wand stond een hele rij papieren zakken. Een was er omgevallen en er waren een stuk of tien zorgvuldig platgeperste blikken uitgevallen. Dit was Ronalds vullisbelt, die een muffe zoetzure lucht afgaf. Duane tastte met de lichtstraal het hele grondoppervlak af, stukje voor stukje. Daar: een rechthoekige plek met een textuur die van de omringende grond verschilde, en niet al te ver ernaast nog zo'n rechthoek van bewerkte grond. Duane kroop achteruit. Toen stopte hij en hij staarde naar de twee rechthoeken. Iemand moest het toch uitzoeken. Hij kroop weer naar voren over de grond en schraapte met een van de geplette blikken de losse aarde weg. Erg ver hoefde hij niet te graven. Vijftien centimeter onder het oppervlak stootte het blik op iets dat zacht en stevig was. Duane richtte de zaklantaarn omlaag hoewel een vlaag stank visuele controle overbodig maakte. Voor alle zekerheid keek Duane toch.

Hij schraapte het gat dat hij had gegraven weer dicht en controleerde de andere rechthoek met een gelijk resultaat. Met een in elkaar krimpende maag en een bonkend hart gooide Duane het tweede gat weer dicht en daarna kroop hij terug naar de ingang.

Hij liep om het huis heen. Het traliehek was de enige ingang naar de kruipruimte.

Achter op het erf vond hij een stevig balkje van twee bij vier duim en dat klemde hij tussen de rand van het betonnen paadje en het traliehek. Ronalds ontsnappingsroute was geblokkeerd.

Duane borg de zaklantaarn weer op in zijn auto en liep langzaam terug naar het huis. Ellen stond in de deuropening. Ze keek hem vragend aan. Duane knikte. "Ze liggen daar beneden. Allebei dood, allebei begraven."

Ellen zuchtte, en slikte moeizaam. Niets kon haar nu nog treffen.

Barbara en Althea. Het werd zwart voor haar ogen. Ze voelde Duanes armen om zich heen en zijn stem in haar oor. "Ik heb hem opgesloten. Hij had een luik naar de kruipruimte."

Ellen ging op het verandatrapje zitten. Duane kwam naast haar zitten. "Mijn lieve zusjes," fluisterde Ellen. "Ik hield zo van ze. Ze zijn weg en ik zal ze nooit meer zien."

Duane sloeg zijn arm om haar heen en zo bleven ze een tijdje zwijgend naast elkaar zitten. Marcia Wood kwam de trap af gelopen, gevolgd door Ben Wood, grauwer en gekwelder dan ooit.

Duane en Ellen kwamen overeind. Duane liep naar de deuropening. "Goedemorgen."

"Goedemorgen, Duane," zei Ben Wood.

Marcia stond stokstijf van Ellen naar Duane te kijken. "Wat is er mis?"

Duane zei: "Willen meneer Wood en u alstublieft even hier bij ons komen staan."

Ben en Marcia kwamen langzaam naar de veranda. "Hebben jullie nieuws?"

Duane knikte somber. "Geen goed nieuws."

"O," riep Marcia met haar zachte, melodieuze stem en Bens kleur werd nog grijzer. "Ga verder."

"Het heeft geen zin om verzachtende woorden te gebruiken," mompelde Duane. "Ik kan de feiten niet minder erg maken door er omheen te praten. U moet zich voorbereiden op een grote schok."

"Ga verder," zei Ben Wood met een holle stem.

"Barbara en Althea zijn dood. Ronald Wilby heeft ze vermoord."

"Hoe weet je dat?" vroeg Marcia. Haar stem had een scherpe, droeve bijklank.

"Gister vertelde Ellen me dat jullie telkens eten missen. Ik zei tegen haar dat ze meel op de keukenvloer moest strooien. Vanmorgen vonden we sporen."

"Ga verder."

Duane zweeg even. "U weet wat Ronald Wilby met mijn zusje heeft gedaan. Daarna verdween hij. Dat weet u ook. Nou, zijn moeder verstopte hem in wat toen het toilet van de benedenverdieping was, en daar heeft hij al die tijd gezeten."

"Er is geen wc op de benedenverdieping!" verklaarde Marcia met een stalen stem.

"Die bevindt zich in de ruimte onder de trap. De sporen die we vonden leidden naar de provisiekast en nergens anders heen. Ik ben gaan kijken en toen zag ik dat hij onder de onderste plank een ingang heeft waardoor hij eruit en erin kan."

Ben schudde vol ontzag zijn hoofd. Hij zei schor: "Dit is absoluut niet te geloven."

Marcia keek naar het huis. "Hoe weet je dat mijn dochters dood zijn?"

"Ik ben onder het huis gaan kijken." Duane likte langs zijn lippen. "Ik vond Ronalds luik en twee graven. Daar liggen ze."

Ben leek wel een eikenhouten standbeeld. Marcia ademde snuivend door haar neus.

Eindelijk verroerde Ben Wood zich. "Kan hij ontkomen?"

"Niet door zijn luik. Ik heb het traliehek klemgezet."

"Goed dan," zei Ben Wood. "We gaan naar binnen. Ik wil de situatie bekijken. Dan bel ik de politie. En je bent hier absoluut zeker van?"

"Ja, meneer Wood. Heel erg zeker."

Marcia vroeg aan Duane: "Heb je hun graven gezien?"

"Ja."

"En je weet zeker dat de meisjes erin liggen?"

"Ik weet het zeker. Ik heb gegraven tot ik ze vond."

Ben zwalkte met afhangende schouders naar de voordeur. Marcia liep als een slaapwandelaar achter hem aan. Ben bleef in de gang achter de voordeur naar de wand staan staren. Marcia liep door de eetkamer en door de keuken naar de achterveranda.

Ben zei tegen Ellen en Duane: "Het is toch niet te geloven. Al die tijd…"

Duane maakte hem met gebaren duidelijk dat hij voorzichtig moest zijn met wat hij zei. Ben zuchtte en knikte. "Ellen zoek jij even dat nummer voor me op."

Op de achterveranda goot Marcia een 5-literblik wasbenzine leeg in een teiltje. Dat droeg ze naar de provisiekast waar ze het op een plank zette. Toen liep ze de keuken weer in, scheurde een vel keukenpapier af en bracht dat naar de provisiekast. Ze doopte het papier in de wasbenzine en legde het naast het teiltje. Toen begon ze tegen het geheime deurtje te schoppen — één, twee, drie keer. De knip brak af en het deurtje klapte naar binnen. Marcia gooide de wasbenzine door de opening. Ze stak een lucifer aan, stak daarmee het vel keukenpapier in brand en smeet dat door de opening. Het geheime schuilhol in, het land van Atranta in.

En die hele magische wereld, met al zijn prachtige kastelen en gemene hertogen, zijn schitterende kaart en zijn oeroude legenden veranderde in een zee van vlammen. Uit het hol klonk een angstige kreet. Ben en Duane en Ellen die het telefoonnummer al draaide schrokken van het geluid. Marcia stond in de keuken, met een streng en kalm gezicht. De wand tegenover de voordeur barstte open; in het gat stond Ronald, vlammend als een vuurduivel. Het drietal kreeg heel even een indruk van een forse, in vodden geklede gestalte met brandend en rokend haar en baard, en toen sprong Ronald door de open voordeur naar buiten, de open lucht in. Hij denderde het verandatrapje af, rende met fladderende armen heen en weer door de tuin en maakte de malste capriolen die je je kunt voorstellen. Hij liet zich op de grond vallen, sloeg naar de vlammen en rolde schreeuwend en jankend rond en rond. Marcia en Ben stonden op de veranda; Marcia onaandoenlijk en Ben met open mond van verbazing over dit wonderbaarlijke creatuur dat ze uit hun huis hadden verdreven. Ellen liep naar de telefoon en belde de brandweer.

Ronald rende met grote sprongen naar het grasveld van de Schumachers en wentelde zich in het water van de sproeier waarbij stinkende stoom vrijkwam. Maar ineens sprong hij overeind om het op een lopen te zetten, alsof hij plotseling op een idee was gekomen. Duane tackelde hem en gooide hem op het gras. Toen gaf hij hem vloekend een schop tegen z'n buik. Ronald greep de tuinslang, zwiepte de sproeier als een bola tegen Duanes benen en sloeg hem achterover in de ligusterhaag van de Schumachers. Toen rende hij weg door Orchard Street naar Honeysuckle Lane.

Sirenes loeiden en een politieauto verscheen, op de voet gevolgd door een brandweerwagen. Duane hield de politie aan en wees naar Honeysuckle Lane waar ze Ronald over een hek in het park van het landgoed van Hastings zagen tuimelen.

De politie trok de dompige, oude tuin binnen, porde in de bosjes, doorzocht de schuren en het koetshuis, tuurde naar de hoogste takken van de eiken en cipressen, treurwilgen, olmen, thuja's en montereydennen, maar Ronald was nergens te vinden.

Er arriveerden nog vijf manschappen, de volledige staf van politiebureau Oakmead, om bij het zoeken te helpen. Ze ondervroegen de mensen uit de buurt en ook voetgangers en voorbijgangers werden ondervraagd. Onder die laatsten bevond zich Laurel Hansen die juist Ignatz, haar nieuwe jonge poedel uitliet. Laurel haastte zich naar huis en deelde het nieuws mee aan haar moeder die net terugkwam van de supermarkt.

"Dat is hier vlak om de hoek!" riep mevrouw Hansen terwijl ze speurend de hele straat doorkeek. Gehaast duwde ze Laurel alle boodschappen in haar armen, pakte zelf de twee overblijvende zakken, schopte Ignatz opzij die haar maar voor de voeten bleef lopen en holde naar binnen. "Doe de tuindeuren op slot en ook de keukendeur!" riep ze tegen Laurel. "Kijk of de ramen dicht zijn! We zetten geen voet buiten de deur tot je vader thuiskomt."

Laurel deed wat haar was opgedragen en voegde zich toen weer bij haar moeder in de keuken. Mevrouw Hansen was aan de telefoon en eiste dat haar man naar huis kwam. "…hier pal in de buurt! Ja, Ronald Wilby!…Natuurlijk heb ik de deuren op slot gedaan…Nee Ralph, ik wil dat je naar huis komt. Laurel en ik zijn hier helemaal alleen…Wat hij kan doen? Hij kan inbreken en ons allebei vermoorden! Dat kan hij doen!…Dat vind ik echt waardeloos van je!…Nee, niet zodra je weg kunt. Ik wil dat je nú meteen naar huis komt!…Ik meen het, Ralph!… Nou, goed dan." Mevrouw Hansen ging trillend van opwinding en op haar lip bijtend uit het keukenraam staan turen. Mevrouw Hansen die gewoonlijk zo keurig en beheerst en zelfverzekerd was, leek in haar woede en haar angst wel een bijtende blauwe damp uit te stralen als van schroeiend metaal.

Laurel vroeg bedeesd: "Komt pap naar huis?"

"Wanneer hij vindt dat hij weg kan. Hij is zo verdomd onverschillig. Alle mannen, trouwens. Het zou zijn verdiende loon zijn als wij naar Ediths huis gingen en hem in zijn sop lieten gaarkoken…Laat-ie zelf zijn eten maar koken…Doe iets met je hond, hij staat te janken dat hij eruit wil."

"Denk je dat ik dat wel moet doen? Dan moet ik de deur van het slot halen."

"Nou zorg er in ieder geval voor dat hij ophoudt met dat gejank, of hoe je dat ook noemt."

"Hier Ignatz! Ignatz! Kom hier bij me en gedraag je. En niet op het vloerkleed plassen!"

Mevrouw Hansen mompelde: "Ik begrijp er nog steeds niets van. Is die knul van Wilby hier teruggekomen? Of wat?"

"Ze zeiden iets over dat hij zich ergens had verstopt en dat hij gevlucht was."

Mevrouw Hansen schudde haar hoofd. "En diezelfde dag dat hij dat kleine meisje vermoordde was hij nog hier, in ons huis... Gewoon niet te geloven."

Laurel zei dat ze even naar de wc ging.

Mevrouw Hansen belde haar zuster Edith en bracht verslag uit over de schokkende gebeurtenissen van de dag. "Ja, een eindje verderop in de straat!... Dat steegje dat achter het landgoed van Hastings loopt. Hij ontsnapte uit waar hij dan ook verstopt zat en... Nee, Laurel heeft hem niet echt gezien maar dat moet maar een haar gescheeld hebben. En die verdomde Ralph zegt alleen maar tut-tut, ho-ho. Hij zei dat ik de deuren op slot moest doen en een kalmeringspilletje moest slikken. Eén dezer dagen... Laurel! Wacht alsjeblieft even, Edith, die stomme hond zit te janken, die zal wel naar buiten willen. Blijf even hangen. Ignatz! Ignatz!" Mevrouw Hansen legde de hoorn neer en keek in de woonkamer. Ze luisterde en wist het geluid te lokaliseren in Laurels kamer aan het eind van de gang. Waarom zou Laurel in hemelsnaam de hond in haar kamer opsluiten vroeg ze zich af.

Ze liep naar Laurels slaapkamer, keek aan beide kanten naast het bed. De hond zat in de klerenkast; ze kon hem horen janken. Waarom zou Laurel zoiets doen? Ze schoof de deur open en daar stond Ronald, stinkend naar rook en verbrand vlees en jankend van pijn.

Mevrouw Hansen verstijfde. Sissend en kreunend zei Ronald: "Wacht even. Het is allemaal in orde, hoor... Ik liep hier toevallig naar binnen... Ik voel me niet goed..."

Mevrouw Hansen deinsde met knikkende knieën achteruit, en ze kreeg niets anders uit haar keel dan een soort gegorgel. Ze draaide zich om en rende de gang in.

Ronald zwalkte slingerend achter haar aan. "Wacht!" kwaakte hij. "Wacht even! Heeft u misschien wat zalf en een aspirientje?"

Mevrouw Hansen rukte de voordeur open en holde de straat op. Laurel kwam uit de wc. "Hallo Laurel," zei Ronald.

"Ronald Wilby," hijgde Laurel.

Buiten stond mevrouw Hansen doodsbang te ratelen tegen Ralph Hansen die toch maar naar huis was gekomen.

Het leek Ronald maar het beste om te vertrekken. Hij strompelde door de woonkamer naar de terrasdeuren. Ralph Hansen holde achter hem aan. Ronald kreeg het slot niet open en dook door een van de glazen deuren naar buiten. Ralph Hansen brulde van verontwaardiging.

Naast het zwembad haalde hij Ronald in en hij gaf hem een stomp tegen de zijkant van zijn hoofd. Ronald tuimelde in het water. Kreunend en jankend klemde hij zich vast aan de rand — voor de tweede maal in zijn leven een ongevraagde gast bij het zwembad van de Hansens, en daar bleef hij tot de politie hem eruit trok en hem meenam.

HOOFDSTUK XVIII

HET HUIS OP ORCHARD STREET 572 stond leeg. Op het verwaarloosde grasveld ervoor stond een bord met de tekst:

TE KOOP

Oakmead Vastgoed
Valley Boulevard 890
Calvin Roscoe • Bill Winger
Telefoon: 477-5102

Winterregens spoelden over het huis. Een paar dagen met vroege voorjaarszon deden onkruid opschieten in de tuin. Van tijd tot tijd kwam meneer Roscoe met gegadigden: jonge mensen, oude mensen, stellen met kinderen, stellen zonder, en eindelijk niette meneer Roscoe op een dag een plakkaat met VERKOCHT op het bord.

Een week later arriveerden de nieuwe bewoners en kort daarna een verhuiswagen met hun spullen. Volstrekt bij toeval reden Duane en Ellen er net langs. Ze stopten om de nieuwe bewoners het huis te zien betrekken: een man, een vrouw en drie kinderen, twee meisjes en een jongen.

"Het huis ziet er heel anders uit," zei Duane. "Met elke nieuwe bewoner verandert het."

Ellen schudde haar hoofd. "Het huis is nog hetzelfde. Wíj zijn veranderd."

"Er is nu een mooi nieuw toilet op de begane grond," zei Duane. "Maar dat kun je natuurlijk vanaf de straat niet zien."

"Ik krijg bijna de neiging om ze te waarschuwen," zei Ellen zacht.

Duane grinnikte vreugdeloos. "Waarschuwen waarvoor?"

"Ik weet het niet. Het is natuurlijk ook een malle gedachte. Kom, Duane, we gaan verder."

"Die kinderen vragen zich af waarom wij hier zitten te kijken," Duane stak zijn hoofd uit het raampje. "Hoe vinden jullie je nieuwe huis?"

"Mooi," zei het oudste meisje.

"Onze school is maar zes zijstraten verderop," zei het jongste meisje. "We hoeven niet meer met de bus."

"We hebben allemaal een eigen kamer!" verkondigde de jongen. "En we gaan aan de voorkant een grote zonveranda bouwen en dan nemen we een schommelbank, en misschien krijgen we boven nog een balkon!"

"We gaan het van buiten groen schilderen," zei het oudste meisje. "Dat past mooi bij de eucalyptusboom."

"Dat klinkt leuk," zei Ellen. "Misschien komen we nog wel een keer kijken wanneer het allemaal af is."

"Jullie mogen wel even binnenkomen om het te bekijken," zei het jongste meisje. "Het is vanbinnen heel mooi."

"Nee hoor, dankjewel," zei Duane. "We moeten weer verder. Tot ziens."

"Tot ziens," zei Ellen.

"Tot ziens."

"Tot ziens."

"Tot ziens."

Jack Vance werd in 1916 geboren in een welgesteld Californisch gezin dat tegen het einde van zijn kindertijd moeilijke tijden doormaakte. Als jonge man probeerde hij een aantal onbevredigende baantjes uit alvorens aan de Universiteit van Californië in Berkeley mijnbouwkunde, natuurkunde, journalistiek en Engels te gaan studeren. Hij ging van school toen de oorlog uitbrak en werd matroos op de koopvaardij. Later werkte hij als rolbrugmachinist, landmeter, keramist en timmerman, voordat hij zich door het produceren van een gestage stroom aan SF, mysterieromans en korte verhalen als voltijds schrijver vestigde.

Hij was meer dan zestig jaar actief als schrijver, en voor zijn werk ontving hij onder andere drie *Hugo Awards*, een *Nebula Award*, een *World Fantasy Award* œuvreprijs, en een *Edgar* van de *Mystery Writers of America*. De *Science Fiction & Fantasy Writers of America* kroonden hem tot Grootmeester, en hij werd opgenomen in de roemruchte *Science Fiction Hall of Fame*.

In zijn werk overschreed Jack Vance vaak de grenzen van het genre: van weemoedige fantastiek (de zeer invloedrijke *Stervende Aarde* verhalen) tot interstellaire space opera (de vijfdelige *Duivelsprinsen* reeks), van heldhaftige fantasy (de *Lyonesse* trilogie) tot de mysterieuze moorden die een sheriff in landelijk Californië moet oplossen (de *Joe Bain* boeken).

Toen hij reeds op leeftijd was, vormde zich een internationale groep van Vance-fans die zich tot doel stelde om het complete œuvre van Vance in de oorspronkelijke staat te herstellen, daarbij tientallen jaren van redactionele ingrepen en ongewenste wijzigingen ongedaan makend. Dit resulteerde in de toonaangevende Engelse *Vance Integral Edition* die als 44 hardcover delen in een beperkte oplage verscheen.

In 2013, kort nadat hij zijn eerste jazz-album had opgenomen, overleed Jack Vance op 96-jarige leeftijd in het huis dat hij eigenhandig had gebouwd in de beboste heuvels buiten Oakland. In het jaar van zijn honderdste geboortedag begint Spatterlight met het uitgeven van een nieuwe Nederlandse editie. In 62 paperbacks verschijnen zowel alle Vance verhalen die al eerder zijn uitgegeven, alsook alle titels die nog niet eerder in het Nederlands verkrijgbaar waren.

Colofon

Dit boek is gezet uit 11,5 pt Adobe Arno Pro.

De tekst van deze uitgave is ontleend aan het digitale archief van de *Vance Integral Edition*, een reeks van 44 boeken die onder auspiciën van de schrijver geproduceerd werden door een wereldwijde groep van zijn lezers. Onze dank gaat uit naar Norma Vance voor haar onschatbare redactionele hulp, en naar het *Department of Special Collections* van de Boston University die ons met hun *John Holbrook Vance* collectie geweldig hebben geholpen.

Omslagontwerp: Howard Kistler

Typografisch ontwerp: Joel Anderson

Zetwerk: Joel Anderson

Management: John Vance, Koen Vyverman